ゲーム・オブ・ヴァンパイア
岩田洋季
［イラスト］8イチビ8

「愛しい命《みこと》のことですから。
……それにしても命ってばほんと、
朝起きてすぐに**格好いい**し
全身から**いい匂い**がしまくりですね」

陸《おか》田《だ》真《ま》子《こ》
潜入捜査のパートナー。

久《く》嶺《れ》ミライ
学園中から敬愛される
支配クラスの優等生。だが――。
「これから先、なるべくわたしの
視界に入らないでくれる？」

「困ったことがあったら、また助けてね？」
玖《く》村《むら》アサ
謎の多い特別クラスの生徒。
命に興味があるようで――？

風《かぜ》囃《はや》ユメ
牙を剥き出しにしたような雰囲気で
学園中から恐れられる支配クラスの生徒。
「あんたはいちいちあたしを見んな！」

「わたしなんてまだまだなの。
ピアノに助けられているだけ」
美《み》調《つぎ》ヒカリ
内気な特別クラスの生徒にして
天才ピアニスト。

汐《しお》瀬《せ》命《みこと》
幼少期に大吸血鬼に血を分け与えられ、望まぬ能力を授かった半吸血鬼。真子とともに天霧学園に潜入し、潜伏する吸血鬼を捜索する。
「……いや。なんでこんな物を」
かわいい

ゲーム・オブ・ヴァンパイア

Game of Vampire

岩田洋季
［イラスト］8イチビ8

0

妹の[redacted]が言った。

「あたし、お兄ちゃんの赤ちゃんがほしいなあ」

小学五年。夕暮れの通学路だ。歩いて水筒《すいとう》の麦茶を飲んでいた汐瀬《しおせ》命《みこと》は、思いっきりむせる。

そのときの妹はどんな顔をしていただろう？　両腕を広げてバランスを取り、歩道の縁石《えんせき》の上を進みながらいたずらっぽく[redacted]いた気がするが、はっきりとはわからない。妹は続ける。

「だってほら、お兄ちゃんって顔が可《か》愛《わい》いじゃん？　モテるじゃん？　生まれたときから光りかがやいてて、運動できるし勉強できるしやさしさにあふれてて人を助けたりしまくるスーパーヒーローじゃん？」

「……べつにふつうだよ」

「はい出たー出ました！　はるかな高みからの謙遜《けんそん》いただきました！　あたし自由研究で吸血鬼について調べたとき、特に支配血統の吸血鬼は人間にめちゃくちゃモテがちって知って、これ一学期で五人の女子から告白された記録保持者のお兄ちゃんじゃん、あたしのお兄ちゃん吸血鬼だったの？　って思ったし」

「吸血鬼なんて絶滅危惧種《ぜつめつきぐしゅ》だよ」

「一部の地域ではそうでもなくなってきてるかもしれないって。危ないね。いやまあそれはいいんだけど、あたしはお兄ちゃんの赤ちゃん産みますね」

命《みこと》は実《じつ》の妹の発言に震《ふる》えた。

「そんな馬鹿な……」

「お父さんとお母さんに伝えたら、どんな顔するかな？」

「この世の終わりっぽい顔じゃないかな」

「えー？」

妹はその[redacted]た目で、命《みこと》の顔をのぞき込んでいた。睫毛《まつげ》が[redacted]て、まるで[redacted]のようだと命《みこと》はいつも思う。命《みこと》と妹はわずかしか[redacted]いない。命《みこと》は両親のいいところのみを集めた顔立ちで、妹は完全に[redacted]似である。[redacted]ような唇《くちびる》や頰《ほお》の[redacted]などは、写真で見た[redacted]の子供のころにそっくりだ。

そして、年齢《ねんれい》のわりにはずいぶんませた子だった。

「でもさ。お兄ちゃん」

妹の頭上に広がるのが、流れたての血のごとく鮮烈《せんれつ》な夕焼け空だったのを憶《おぼ》えている。赤とんぼが飛んでいて、飛行機が現在進行形で飛行機雲を刻んでいたのも憶《おぼ》えている。近所の飼い犬がうるさく吠《ほ》えたことすら憶《おぼ》えている。

「容姿でしか判断しない女にお兄ちゃんを取られるのが嫌《いや》なのは、ほんと。そりゃなかには、このひとならいっか、って思う人はいるけど、そうじゃない、愛のない女がお兄ちゃんに言い寄ろうもんなら――」

「愛があるから言い寄るんじゃないのか」

「うっわお兄ちゃん、顔と挙動ぜんぶでモテ街道《かいどう》まっしぐらのくせに劇ピュア……。大丈夫《だいじょうぶ》かな……。とにかく、お兄ちゃんがそんな女どもの毒牙《どくが》にかかるくらいなら、あたしがパンツ引《ひ》っ剝《ぺ》がすからって話。容姿じゃなくて、なんでもできちゃう能力でもなくて、心の芯《しん》みたいなものを愛し合える相手を見つけて？」

結局、具体的にどうすればいいのかは教えてくれなかったのも、憶《おぼ》えている。

遠い海からの風は涼《すず》やかで、道路に車はほとんど走っておらず、歩道に命《みこと》たち以外の人は歩いていなかった。命《みこと》が人生で最も幸福だったころの記憶《きおく》だ。妹の強すぎる冗談《じょうだん》に戸惑《とまど》うことは多かったものの、過剰《かじょう》に愛され、必ずしも嫌《いや》だったわけではない。妹とも、両親とも、ほのかに想《おも》いを寄せる相手とも、友人たちとも、いつも笑い合って、他愛ない話に花を咲《さ》かせて、それがずっと続くと疑っていなかった。

美しい想《おも》い出《で》は生きる意味になる。原動力になる。

それなのに。

命《みこと》は妹の名前も、顔も、いっさい思い出せない。妹の声も。妹の匂《にお》いも。時折つないだ手の体温も。憶《おぼ》えていない。記憶《きおく》がどす黒く欠損している。妹だけではない。命《みこと》の幸せな記憶《きおく》は、あちこちが悪意で穿孔《せんこう》されて、虫喰《むしく》いになっている。

1

シーリングライトや間接照明のカラーは暖色、家具や家電は白とナチュラルで統一されている。いかにも若い女の部屋、というのが命《みこと》の印象だった。殺風景を絵に描《か》いたような、想子《そうこ》の部屋とはまるでちがう。

アロマキャンドルの火が揺《ゆ》れ、部屋の主《あるじ》が話を続ける。

「ねえ命《みこと》くん、……命《みこと》くんだったよね？　わたしね、通りの先に命《みこと》くんが見えたときから、あっ可愛《かわい》い男の子がいる、とは思ってたの」

命《みこと》は頭のなかで彼女のデータを反芻《はんすう》する。

比婆《ひば》ユキエ。二十八歳。九月二十七日生まれ。

「わたしってそういう趣味《しゅみ》があるわけじゃない。ほんとよ。当たり前だけど、生徒に手を出してもないし出そうと思ったこともない。そんな対象としては見られない。ただそれでも、たまに容姿のいい子を見ると、おおっイケメンだなー、とは思うでしょ？」

私立天霧《あまぎり》中学高等学校の英語教師。

前の職場は学習塾《がくしゅうじゅく》、いまの職場は勤続三年。今年度は高校一年のクラスの副担任だった。次年度はそのまま持ちあがって、おなじく副担任の予定らしい。美術部とバドミントン部の顧《こ》問《もん》を兼任《けんにん》している。生徒とは友達のような触《ふ》れ合《あ》い方《かた》をしており、若い女性なのもあって、人気はまずまずある。出身は隣県《りんけん》で、大学進学時に、二階建てアパートの二階にあるこの部屋に引《ひ》っ越《こ》してきた。

「それといっしょで、最初は深い意味なく目で追っただけ。だけど、実際に命《みこと》くんがそばに歩いてきたら、なにかちがったの。あなたはちがった。なぜかわからないけど、すごくどきどきした。大学でふたりと付き合ったけど、君と会ったときほど胸はときめかなかった。なんだろう。匂《にお》い？　いやちがう……でも、いい匂《にお》い。いまも。命《みこと》くんとおなじ空間にいると、ぞわぞわしちゃう」

独身で、少なくともいまの職場に移ったあとは、親密な関係になった相手はいないと思われる。いまの話も言葉どおり事実なのだろう。友人との付き合いも活発ではない。社会人としてる。

はよくあることだ。

ひとりっ子で、両親も祖父母も隣県《りんけん》に健在。利用頻度《ひんど》の高い店は、駅からアパートまでの途中《とちゅう》にあるスーパーマーケットとコンビニエンスストア。美容院は駅近くの〝MANDARIN hair〟を利用している。飲食店は〝居酒屋はこいり〟〝クラウドカフェ〟〝麺《めん》や　みみずく〟あたり。といっても頻繁《ひんぱん》ではなく、外出しない休日も多い。

「ゴキブリみたいな親戚《しんせき》どもが結婚結婚《けっこんけっこん》ってうざくて、いっそお見合いをしてやろうかと思いもしたけど、しなくて正解だった。そんなくそつまんないありきたりに埋没《まいぼつ》しなくてよかった。……そう、そうだ、命《みこと》くんにときめいたのは、きっと運命だったんだよ。わたしがつまらない人生と決別した証拠《しょうこ》。わたしはこれまで満ち足りたことなんてなかった。──命《みこと》くんは飲まないの？」

比婆《ひば》ユキエがふいに訊《き》いてきた。

命《みこと》は内心、ほんのすこしぎくりとしながら、ミネラルウォーターと氷の入ったグラスに触《ふ》れる。よく冷えていて、いくらか結露《けつろ》した水滴《すいてき》がつめたい。

「いただいてます」

「ち、が、う。……こっちのこと」

ユキエがふふっと笑い、白いラグに座ったまますり寄ってくる。想定の上ではあるものの、これもぎくりとした。ただ当然、表には出さない。そういった手段を取らずとも、やり取りから判断できる可能性はまだある。

　ユキエが指で弾《はじ》いたのは、センターテーブル上の手つかずのワイングラスだ。

　命《みこと》はさりげなく、体をわずかに離《はな》した。

「一応、未成年なので……」

「あら？　命《みこと》くんってお酒はじめて？」

「……いえ。いけないことですけど、事情があって一度だけ。……でもなんていうか、その、ちょっとやらかした感じでしたし、それからはまったく」

「ふうん？　わたし、命《みこと》くんがやらかすところ見てみたいなあ。これ、けっこういいワインなんだよ。ボルドーの5級。……ねえ、命《みこと》くん——」

　言いながら自身のワイングラスをあおったユキエが、甘くささやいてくる。体を離《はな》してもなんの効果もなかった。ユキエは命《みこと》の胸に手を置き、先ほど以上に体を寄せてきた。お酒で熱くなった体温を感じる。髪《かみ》と香水《こうすい》、赤ワインの入り交じった、女の匂《にお》いがする。ユキエは目を閉じ、積極的にキスしてきた。

　舌で唇《くちびる》を開けられ、ユキエが口に含《ふく》んでいた少量の赤ワインを流し込まれる。渋《しぶ》く重い口当たりと複雑な果実のような香り。ユキエはそのまま舌で赤ワインと命《みこと》の口内をかき混ぜ、命《みこと》の体をラグの上に押《お》し倒《たお》した。しばらくして唇《くちびる》を離《はな》す。どちらのものかわからない唾液《だえき》が、糸を引いた。

　ユキエは命《みこと》の上に馬乗りになって、口許《くちもと》の唾液《だえき》とワインを手で拭《ぬぐ》った。

「どう？　大人の味かな？　いけないことって言うなら、こういうこともそうよ？　でもこういう行為《こうい》が嫌《きら》いな男の子なんていないんでしょ？」

　命《みこと》は、かすかに動揺《どうよう》する。覚悟《かくご》していたより早い。よくない兆候だ。至近距離《しきんきょり》で真正面から目が合わないよう、視線をそらす。

「……先生、もう酔《よ》っているんですか？」

「んー？　……んふふ、どうかな？　酔《よ》ってるのかな？　今日は特別だから、きっとそう。……命《みこと》くん、わたし、教師って仕事をやっててよかったってはじめて心から思ったよ。こんなことをしながら、先生、って呼ばれるのは痺《しび》れる」

　ユキエは命《みこと》にまたがったまま、自身のシャツのボタンを外していった。上着を脱《ぬ》ぎ、ブラジャーも外し、それらを放り投げる。ユキエは手を伸《の》ばし、命《みこと》の頬《ほお》を撫《な》でた。その手つきには余《よ》裕《ゆう》が窺《うかが》えた。

　未成年を連れ込むのに慣れている、という余裕《よゆう》ではない。もっとおおきい。自分には怖《こわ》いものなどひとつもない、といった余裕《よゆう》。

「先生」

「ほら。鳥肌《とりはだ》が立つ。ふふ、……誤解しないで？　酔《よ》ってるって言ってもお酒にじゃないよ？わたし酒豪《しゅごう》の家系なんだから。わたしが酔《よ》ってるのは、わたしの運命。自由よ。これがほんとうのわたしだった。わたしはこうなるために生まれた。わたしはもう、周りの敷《し》いたレール上にはいないの」

「先生は……いまは、満ち足りているんですか？」

「え？　ええ、そう、そうなの。命《みこと》くん。可愛《かわい》い可愛《かわい》い子」

命《みこと》の頰《ほお》を撫《な》でたユキエの手が、そのまま首筋も撫《な》で、命《みこと》のシャツのボタンを外しにかかる。

命《みこと》はユキエの挙動を注意深く観察する。

「だってね、わかる？　わたしはずっと嫌《いや》だった。反吐《へど》が出るって思って生きてきた。わたしはこういう子なんだって決めつけるばかりだった親も。こっちはなんの親しみも持ってないのにすり寄ってくる、気持ちわるい親戚《しんせき》のクズどもも。避妊《ひにん》する理性もない男と付き合っただけのくせに、子育てで人生の先輩面《せんぱいづら》する同級生も。マウント取ってふんぞり返るしか能のないおっさん教師どもも。臭《くさ》いんだよ。腐《くさ》った脂《あぶら》の臭《にお》いをぷんぷんさせて、人に指示ばっかしてくんじゃねぇよ」

ユキエはボタンを外し終えた命《みこと》のシャツの裾《すそ》を、ぐしゃ、と握《にぎ》った。精神が不安定になっているのか。とつぜん沸騰《ふっとう》した感情が理性を超《こ》えてあふれたように、まなじりをつりあげる。その目に涙《なみだ》がにじんでいる。

「ほんと無理。ほんとくっさい。でっかい声で喋《しゃべ》られて唾《つば》が飛んでくる度《たび》、死んでくれないかなって思ってる。生徒にいい格好ばかりする同僚《どうりょう》も、保護者への体面ばっか気にする同僚《どうりょう》も。

金持ちの家に生まれた馬鹿なガキどもも。貧乏《びんぼう》な家に生まれた卑屈《ひくつ》なガキどもも。平然といじめ差別を繰《く》り返《かえ》してなんとも思わないクズのガキどもも。元芸能人だとかでくそ生意気なガキも嫌《きら》い。これが自分の生き方でございって悲壮《ひそう》な顔してピアノ弾《ひ》き続《つづ》けてるガキも、こっちがなにもしてない気分にさせられて嫌《きら》い。なんでもできるって顔をして実際なんでもできて、そのくせ人柄《ひとがら》まで評価されてるガキも、劣等感《れっとうかん》を刺激《しげき》してくるから嫌《きら》い。うんざり。嫌《きら》い、嫌《きら》い嫌《きら》い嫌《きら》い嫌《きら》い嫌《きら》い……、……でも」

ユキエは泣きながら、にっこり微笑《ほほえ》んだ。

「命《みこと》くんは好き」

……ここまででひとつ確実にわかったことがある。

ユキエはたしかに命《みこと》にまいっている。

命《みこと》のシャツの下の肌着《はだぎ》をめくりあげて言ってくる。

「透《す》き通《とお》るみたいな肌《はだ》。……ねえ、舐《な》めてもいい？　好きよ。大好き。わたしはこのために変わった。至高の存在。おとぎ話の支配者。この世で最も麗《うるわ》しき魔獣《まじゅう》。高貴で尊い、吸血鬼《ヴァンパイア》。だけど安心して？　命《みこと》くんにひどいことはしないし、もしも望むならいっしょに連れて行ってあげる——」

ユキエは言いながら命《みこと》の首筋に舌を這《は》わせる。命《みこと》は一瞬《いっしゅん》、それまでとはまたべつの緊張《きんちょう》に身を強《こわ》ばらせた。が、ユキエの舌はそのままのぼっていき、命《みこと》の耳殻《じかく》を、れろぉ、と舐《な》めた。命《みこと》はぞくりと走った快感に眉《まゆ》をひそめて、訊《き》いた。

「愛はありますか」

「……………ん？」

「先生のいまのその気持ち……この行為《こうい》は愛に基《もと》づくものですか」

ユキエは最初目をしばたたかせた。

しかしすぐに、とろん、とした声で言ってくる。

「そうね。愛、……愛してる。命《みこと》くん。君みたいにすごく素敵《すてき》な子と偶然《ぐうぜん》、たまたま出会えて幸せ。君はわたしの運命の象徴《しょうちょう》。生まれてすべての瞬間《しゅんかん》よりいまが幸せだし、親にも、彼氏《かれし》にも、友達にも、こんな愛《いと》しさを持ったことはない。とてもとても愛してる。愛してる、愛してる、愛してる——」

胸の奥がずぐりと痛んだ。

命《みこと》は罪悪感から逃《に》げるように、いったん目を閉じる。

愛ではなくただの性欲、あるいは男子高校生を愛《め》でるのが趣味《しゅみ》なだけ、あるいは吸血衝動《しょうどう》。そういう答えが返ってきたほうがよかった。任務でも、そうでなくても、否応《いやおう》なく感じさせられる。これは自分の血に染《し》みついた呪《のろ》いだ。

細胞《さいぼう》のひとつひとつにまで刻まれた罪の証拠《しょうこ》だ。

生まれてすべての瞬間《しゅんかん》よりいまが幸せ？　こんな愛《いと》しさを持ったことはない？　そんなわ

けがない。両親から慈《いつく》しまれて育ち、思い返すと切なさで泣きたくなるような大事な瞬間《しゅんかん》はいくらでもあったはずだ。

にもかかわらず、ユキエはいま屈託《くったく》なく命《みこと》を上位に置いた。

一時間前に声をかけてきただけの相手を。

愛を冒瀆《ぼうとく》しているのは命《みこと》なのだ。

脳裏《のうり》に、むかしだれかと交《か》わした会話がよぎった。

——みこちゃん、わたしね、おまえには原罪があるんだって言われたんだ。それでずっと考えていた。もしもそうだとしても、前を向いて歩く方法はあるのかな。……みこちゃんの妹、[redacted]ちゃんなら笑い飛ばすかな。

——考えて、なにか思いついた？

——笑わないでね？　……本物の愛があれば、きっとなにも気にならないって、ついさっき感じた。それっぽい偽物《にせもの》ではなくて。本物中の本物。だって、それってほかのどんなものより尊い。ほかのどんなものより優先度が高い。わたしは……。

あれはだれだったんだろう？

命《みこと》の記《き》憶《おく》の穴は、時間の経過ではふさがらなかった。支配血統の吸血鬼による精神支配、その強固な記憶改竄《きおくかいざん》は、きっかけがなければ回復しないことも多い。そのきっかけを人工的に作り出す治療《ちりよう》方法もある。しかし、命《みこと》には奏功しなかった。命《みこと》に精神支配をかけた吸血鬼の力が強すぎるせいもある。

なんにせよ、ユキエが命《みこと》にこんなにも夢中になっているなら——命《みこと》が無意識ながらその心をもてあそんでいるのなら。

比婆《ひば》ユキエという女性がこれまでに歩んだ人生とこれからの可能性、双方《そうほう》を冒瀆《ぼうとく》し続《つづ》けるのがつらかった。本物の吸血鬼ならともかく、そうでないならば……。

どれだけ気が進まなくても、やはりさっさと確認《かくにん》すべきだ。

命《みこと》は目を閉じたまま問いかける。

「吸血鬼には四つの血統があるのを知っていますか？」

ユキエが命《みこと》の耳許《みみもと》で答えた。

「どうしたの？　なんの話？」

「人が吸血鬼から〝鮮血《せんけつ》の口づけ〟もしくは〝鮮血《せんけつ》の契《ちぎ》り〟を受けて転生すると、自分がどんな力を持つのか本能的に察します。吸血や擬態《ぎたい》といった基本能力も、血統ごとの固有能力も。それによって、どの血統に属するのかも理解します。支配、戦争、飢餓《きが》、死。先生はなんの吸血鬼ですか？」

ユキエがやや戸惑《とまど》い、命《みこと》の上で身を起こす気配。

「命《みこと》くん？　そんなことより、楽しいことを……」

「わからないんでしょうか」

「え、……そんなこと、ない。わたしは……そう、ええっと、あれ？　……飢餓《きが》、ちがう、支配……うん。支配血統の吸血鬼よ」

「なるほど。僕たちが最もありえると考えていたのは支配血統なので、その回答はある意味で正しいです。それで先生はいつ、どこで、支配血統の吸血鬼になりましたか？　先生はどう見ても屍人《レブナント》——最下級、あっという間に理性がすり切れる吸血鬼ではありません。どこかで上級吸血鬼から鮮血《せんけつ》の口づけを受けるか、下級吸血鬼から鮮血《せんけつ》の契《ちぎ》りを受けたはずです。憶《おぼ》えていますか？」

アロマキャンドルの火が、じじっ……とちいさな音を立てる。

「命《みこと》くん、それは……その、そういうプレイ？　論理的なことを口にしながら、つまり、ケダモノのように交わるアンビバレントな——」

命《みこと》は目を開いた。

素早《すばや》く動いて、ユキエに抵抗《ていこう》させない。腹筋の力で乱暴に起きあがり、その勢いで後ろへひっくり返りそうになったユキエの体を、左手で支える。右手はユキエのあごに添《そ》えるが、むろん愛撫《あいぶ》を兼《か》ねたものではなく、万が一にユキエが襲《おそ》いかかってきた場合——性的な意味ではなく——対処できるようにだ。

「教えてください。先生を吸血鬼にしたのはどんな相手でしたか？　そのときの記憶《きおく》がないんじゃないですか？」

ごく間近からユキエの瞳《ひとみ》をのぞき込む。

ユキエの瞳《ひとみ》が、どきんっとおおきく揺《ゆ》れるのが見て取れた。

「み、……命《みこと》くん――」

「はじまりは、屍人《レブナント》が一匹確認《ぴきかくにん》されたことです。彼女は転生したばかりで、混乱と吸血衝動《しょうどう》の嵐《あらし》のなかで自宅マンションに帰って、そこで母親と助けにきた弟を襲《おそ》いました。彼女の名前は戸河内《とごうち》マイ。先生も知っていますよね？　先生の生徒です。今年度は副担任もしていたんでしょう」

命《みこと》はユキエの目から目を離《はな》さない。

ユキエが生唾《なまつば》を飲んだ。

「命《みこと》くん、目が……目の色が。赤……」

「家族が通報してすぐに発覚しましたし、母親が咬傷《こうしょう》と骨折、弟も裂傷《れっしょう》などを負いましたが、幸いそれだけでした。まあどのみち屍人《レブナント》は魔素《まそ》の絶対量が足りず、鮮血《せんけつ》の口づけを行えないのがふつうですし。先生はこの件を知っていましたか？」

「知らな、……命《みこと》くん、その目の色、素敵《すてき》……。ピジョンブラッド……」

「吸血鬼災害には、魔女狩《まじょが》り防止のために情報規制が入りますから、知らなくても不自然じゃありません。彼女を屍人《レブナント》に変えた吸血鬼本人以外は。……先生が知っていたようには、いま、とても見えないですね。そして、吸血鬼災害が発生すれば、まずその近辺を急いで洗うのが定石です。吸血鬼災害が目に見える形で発生するのは、転生したばかりの吸血鬼が絡《から》んでいることがほとんどだから」

血統による差違《さい》はあるものの、吸血鬼は基本的に転生して二ヶ月ほどで、自らの吸血衝動《しょうどう》を制御《せいぎょ》できるようになると言われている。殺さない程度の吸血。安全な状況《じょうきょう》、安全な相手の選別。ふいの衝動《しょうどう》をやり過ごす。そういったことが容易になると。

逆に言えば転生したばかりなら、血を満足に吸うまで衝動《しょうどう》に歯止めが利《き》かず、後先考えずに吸血や殺戮《さつりく》、場合によっては鮮血《せんけつ》の口づけを行いがちということだ。それによって吸血鬼災害が発覚する。吸血鬼の存在が露呈《ろてい》する。

吸血鬼を狩《か》るために最も確実なのは、転生直後を逃《のが》さず捕《と》らえ、そこから転生させたほうの吸血鬼の足跡《そくせき》も辿《たど》る、という方法だ。

吸血鬼駆除《くじょ》の標準戦略である。

「戸河内《とごうち》マイは……先生には言うまでもありませんが、全寮制《ぜんりょうせい》の天霧《あまぎり》学園の生徒で、春休みも前半は寮《りょう》に残る予定だったようですから。まず学園関係者を洗って、この数日で最も言動が変わったという話が出たのが先生でした。なんせ先生は飲食店で、自分は吸血鬼になったと匂《にお》わせる話をしていました」

命《みこと》はユキエの頬《ほお》を撫《な》でた。

抵抗《ていこう》はない。ここまで話しても、逃《に》げようとする素振《そぶ》りもない。

「ひとつ、昔話をします」

ユキエはうっとりと甘える仕草で、話を聞いている。

「ひとりの子供が、始祖の吸血鬼のひとり――支配血統の〝吸血鬼《きゅうけつき》の君《きみ》〟、つまり〝支配《しはい》の君《きみ》〟と思われる吸血鬼に家族を殺されました。それだけじゃない。その子供には妹がいましたが、その妹の体は……〝支配の君〟と相性《あいしょう》がよかったため、奪《うば》われました。鮮血《せんけつ》の契《ちぎ》り、です。

鮮血《せんけつ》の契《ちぎ》りとは、吸血鬼が全魔素《ぜんまそ》を人に移す行為《こうい》で、ふつうは自分の命を犠牲《ぎせい》にして同格の吸血鬼を生み出す行為《こうい》です」

魔素《まそ》を一部分《わ》け与《あた》える鮮血《せんけつ》の口づけでは、格下の吸血鬼しか生み出せない。始祖なら上級以下、上級なら下級以下、下級なら屍人《レブナント》のみだ。

「でも、始祖が行う鮮血《せんけつ》の契《ちぎ》りだけはべつなんです。吸血鬼の君の人格は魔素《まそ》そのものにも宿っており、その魔素《まそ》をすべて移行する鮮血《せんけつ》の契《ちぎ》りは、ほとんど体の乗っ取りとイコールです。鮮血《せんけつ》の契《ちぎ》りを受けた側の人格は消滅《しょうめつ》して、人としての体は死に、吸血鬼の君の真新しい体になる。吸血鬼の君たちはそうやって千年生きている。妹が鮮血《せんけつ》の契《ちぎ》りを受ける際、その子供は妹が、助けてお兄ちゃん、と言うのを聞きました」

「その子供って……命《みこと》くん？」

「子供は我を忘れて、吸血鬼の君の心臓を後ろから包丁で刺《さ》しました。吸血鬼の君の体が灰になって崩《くず》れ、次の瞬間《しゅんかん》、妹に……直前までは妹だったそれに蹴《け》り飛《と》ばされました。瀕死《ひんし》の怪我《けが》を負った子供に、妹だったそれは近づいてきて、邪悪《じゃあく》な微笑《ほほえ》みを浮《う》かべて、自らを傷つけて血を子供の傷口に垂らしました。自分にひと太刀《たち》入れた褒美《ほうび》だ、この体と血のつながりがあるから馴染《なじ》むかもしれない、と。……こうして子供は半分だけ吸血鬼になりました」

半吸血鬼《はんきゆうけつき》は歴史上、十人足らずのみ確認《かくにん》されている。

実際にはもっと多いと思うが。

半吸血鬼が誕生するには三つのパターンがあるとされるが、どれも、過去に行われたいかなる実験においても再現されていない。確率がとてつもなく低いのか、相性《あいしょう》というものがおおきすぎるのか、知られざる必須《ひっす》条件があるのか。

なんにせよ、半吸血鬼は吸血鬼よりさらに稀《まれ》な存在で、誕生には奇跡《きせき》的な確率が関わり、どの程度まで吸血鬼の力を引《ひ》き継《つ》いでいるのかも個人差が激しい。自身を流れる人の血を魔素《まそ》維持《い じ》の糧《かて》にできるため、吸血衝動《しょうどう》を持たず、特定の機関の管理下においてのみ人権を半分程度認められる。

研究対象としても、吸血鬼駆除《くじょ》の駒《こま》としても、有益だから。

「支配血統の吸血鬼が、人を強烈《きょうれつ》に魅了《みりょう》する力を持っているのは有名です。ただこの話には語弊《ごへい》があって、魅了《みりょう》はたとえばフェロモンとかそういうものじゃなくて、精神支配の一種なんです。支配血統は精神支配の固有能力を持つ。でも、あんまりにも不自然なモテ方をしてたら怪《あや》しまれますよね？　だから、吸血鬼は魅了《みりょう》の力を抑制《よくせい》しています。……僕はそれが下手くそなんです」

抑制《よくせい》のやり方がよくわからない。

〝支配の君〟の魔素《まそ》による、〝支配の君〟を除くすべての支配血統の吸血鬼より強い魅了《みりょう》の効果を、無意識に振《ふ》りまいてしまう。

「要するに、先生のその気持ちは愛じゃなく単なる魅了《みりょう》の効果って話です。……ショックだったと思いますが。すみません――」

ユキエがうつむき、小刻みに肩《かた》を震《ふる》わせている。うつむく直前に、その瞳《ひとみ》が衝撃《しょうげき》を受けて涙《なみだ》ぐむ様を、命《みこと》は目の当《ま》たり《あ》にしていた。申し訳なさとともにほんのすこし、ある意味で愛《いと》しさのようなものが芽生える。目を合わせ、命《みこと》のなかで結論は出た。自らを吸血鬼と吹聴《ふいちょう》したこの教師は――。

「――………最高」

ユキエがぼそりと言った。

小声なのと内容のせいで、聞きまちがいかと思った。

「先生？」

「……最っ高じゃん‼」

「え」

再び顔をあげたユキエの目はきらっきらとしていた。涙《なみだ》はむしろ喜びによるもの。ユキエは興奮で荒《あら》くなった息を、はぁ、はぁ、と吐《は》きながら、命《みこと》の肌着《はだぎ》をまたまくりあげる。命《みこと》はちょっと慌《あわ》てた。

「せ、先生？　聞いてました？　あの」

「最高じゃない、運命じゃないの！　なんて素敵《すてき》なの命《みこと》くん！　吸血鬼と半吸血鬼の情事とか中学生のころ読みあさってたロマンチックな小説みたい！　わたしたちの愛は不滅《ふめつ》になるの。太陽の光でも消えないの！　ね、えっちしながらまた目ぇ光らせて？　そしたら命《みこと》くんの眼球舐《な》めていい？」

「いい……わけ、ないんですけど！　いやっ……ちょっ……、ちがうんです！　僕がもうひとつ言おうとしてたのは、先生はちがうってことです！」

とりあえず、というふうにお腹《なか》のあたりを舐《な》めようとしてくるユキエを、命《みこと》は両手で押さえて制する。

これも状況証拠《じょうきょうしょうこ》のひとつだ。力が弱い。仮に最下級の屍人《レブナント》であっても、魔素《まそ》を力の源とする夜の吸血鬼の筋力は、女性の平均値近辺に収まるものではない。半吸血鬼は昼夜の差が少ないので、夜ならば、屍人《レブナント》であっても命《みこと》が押さえるのは大変だ。

「魅了《みりょう》の抑制《よくせい》はできなくても、間近からじっと目を見て全開にはできるんです。その状態だと僕は、相手が吸血鬼ではないならそう判断できる。魅了《みりよう》は格下の吸血鬼にも通じる——むしろ覿面《てきめん》に効きますが、作用の仕方がただの人とはちがうから、それで……先生？　聞いてます？　先生は支配血統の吸血鬼に遭遇《そうぐう》したんです」

屍人《レブナント》にされた戸河内《とごうち》マイとおなじく。

〝私立天霧学園《あまぎり》〟という接点のある人間ふたりが、同時期に。

これは素直《すなお》に考えれば——。

「戸河内《とごうち》マイの家族や僕の家族とおなじ、吸血鬼災害の被害者《ひがいしや》です。先生はどこかで精神支配を受け……なにか意図があるのか、それとも吸血の記憶《きおく》を消す際の不手際《ふてぎわ》なのか……、記憶《きおく》の改竄《かいざん》を受けた。自分を吸血鬼だと思い込まされた。大丈夫《だいじようぶ》、その程度なら日常生活に支障ないように治療《ちりよう》できます」

「でもわたし、吸血鬼だから……。高貴な……。命《みこと》くんとラブラブに……運命的なえっちをして日々を過ごすための……」

「先生？　あれ？　僕の確認《かくにん》が決定打ですけど、ほかにも状況証拠《じようきようしようこ》はもろもろあるんですよ。その性欲剝き出《むだ》しな感じもそうですし。吸血鬼はふつう性欲より吸血欲が勝ちますから。先生の肌《はだ》を傷つけて、その再生力を見るってテストもできるんですけど、上位吸血鬼には人前ではあえて傷を再生させない個体もいますし、そもそも人の可能性が高い相手には行えませんから……そうだ、首筋の件」

命《みこと》は懸命《けんめい》に説明する。

が、ユキエが体をすり寄せてくるのを止められない。

「僕の剝《む》き出《だ》しの首に舌を這《は》わせ、そのまま通りすぎました。首筋は吸血鬼が最も好む吸血箇《か》所《しょ》なので、牙《きば》を突《つ》き立《た》てようとする素振《そぶ》りがゼロなのは、転生したばかりかつ血に飢えた吸血鬼にはありえません。ですから、……わっ」

再び押《お》し倒《たお》された。

乗っかられる。そのまなざしは相変わらず熱っぽく、というか興奮きわまっており、口許《くちもと》にはにやにやと堪《こら》えるつもりもなさそうな笑《え》みが浮《う》かんでいる。命《みこと》はぞわりとした。ユキエが吸血鬼でないのは確信がある一方で、魅了《みりょう》が効きすぎている。

いや、これは……これまでに何度か経験がある。

ユキエにとって命《みこと》が、魅了《みりょう》が効く以前にそもそも好みだったのでは？

男子高校生の趣味《しゅみ》はないと言っていたが、本人も知らず知らずのうちにこっそり望んでいたのでは？

命《みこと》の魅了《みりょう》と支配血統の吸血鬼による精神支配、双方《そうほう》の影響《えいきょう》でいろいろと歯止めが利《き》かなくなっているのでは？

「命《みこと》くん、話はわかったけど我慢《がまん》の限界。続きをしましょ？　ね、さっきのキスほんとに素敵《すてき》だった。ふふ、キスであんなにとろけたこと、一度もなかった……」

同情心およびわずかに抱《いだ》いていた愛《いと》しさのようなものが、あっという間に吹《ふ》き消《き》えていくのを命《みこと》は自覚した。

ほぼまちがいなく人である以上、乱暴な真似《まね》はできない。それでも命《みこと》なら、ユキエを怪我《けが》させずに押しのけるのは簡単なはずだ。なのに、できなかった。

恐怖《きょうふ》で。キスでは済まない貞操《ていそう》の危機を感じて。

蛇《へび》に睨《にら》まれた蛙《かえる》。

「魅了《みりょう》でもなんでもいいから、わたしは命《みこと》くんを愛してる。とってもとっても大好きよ。可愛《かわい》い、ほんとに可愛《かわい》い。あぁ……わたし、次からプロフィール書くとき、好きな食べ物も趣味《しゅみ》も特技も命《みこと》くんって書こうかな……」

「先っ……待っ……頬《ほお》！　頬《ほお》を舐《な》めないでください！　僕は本気で先生が吸血鬼じゃなくてよかったって思ってるんですから！　もうこんなことやめ、……想子《そうこ》さん！　想子《そうこ》さん終わりましたから比婆《ひば》ユキエは被害者《ひがいしゃ》ですからきてください、想子《そうこ》さーん！　吸血鬼はたぶん学校にひそんで、……想子《そうこ》さん!!」

スマートフォンを素早《すばや》く取り出して、近くで待機しているはずの上官に助けを求める。ほかの女の名前を呼ばないで、とユキエにスマホをそっと押さえられた。スマホ越《ご》しに想子《そうこ》の笑い声が聞こえたのは気のせいだろうか。

アロマキャンドルの火がふっと消えた。

薔薇《ばら》の香りだけがあとに残る。それもすぐに消える。

擬態《ぎたい》を解いた吸血鬼《ヴァンパイア》は、花に似た体臭《たいしゅう》がするという。

2

戸河内《とごうち》マイの母親はその夜、薔薇《ばら》の匂《にお》いを嗅《か》いだ気がして、お玉でカレーをかき混ぜる手を止めた。

違和感《いわかん》があった。夫はいわゆる日本式のカレーではなく、クミンとターメリックとパクチーと玉ねぎを基本とした、本場風のカレーでないと嫌《いや》な顔をする。そのスパイシーな匂《にお》いを貫《つらぬ》いて、薔薇《ばら》の匂《にお》いが届いたのだ。そんなに強い芳香剤《ほうこうざい》が家にあっただろうか。

夫が薔薇《ばら》の花束を買ってきた？　まさか。

廊下《ろうか》のほうから物音が聞こえた。

戸河内《とごうち》マイの母親はカレーを弱火にかけたまま、そちらに向かった。

天霧《あまぎり》市で有数の高級マンションの十七階。数年前、皮膚科《ひふか》の開業医である夫が買った一室。まだぴかぴかの廊下《ろうか》に、学生寮《がくせいりよう》に滞在《たいざい》しているはずの娘《むすめ》が倒《たお》れていた。

——マイちゃん⁉　大丈夫《だいじょうぶ》⁉

母親は戸河内《とごうち》マイを抱《だ》き起《お》こす。

娘《むすめ》が顔面蒼白《がんめんそうはく》で、歯をかちかちと鳴らしているのに気づく。

——なに、どうしたの⁉　具合がわるいの？　横になる？　お父さんに連絡《れんらく》する？　熱はない……けど、ふつうじゃない、マイちゃん大丈夫《だいじょうぶ》？　ねえ？　……ちょっときて！　お姉ちゃんが大変なの！

母親は戸河内《とごうち》マイの弟の部屋に目をやり、声をかける。そのあいだに戸河内《とごうち》マイは母親を後ろから抱《だ》きしめた。母親は娘《むすめ》の腕《うで》を摑《つか》み返《かえ》す。

——大丈夫《だいじょうぶ》、大丈夫《だいじょうぶ》だからね、マイちゃん。ずっとそうだったでしょ、お父さんとお母さんが守ってあげる。マイちゃ、……痛っ、……痛いよマイちゃん。もうちょっとやさしく、……え、痛い、痛い、ちょっと待って痛い痛い痛いってば……！

戸河内《とごうち》マイは母親をぎりぎりと締《し》めつける。……逃《に》げられないように。その唇《くちびる》が、ゆっくりと開きながら、母親の首筋に近づいていく。

おとぎ話やフィクションで描《えが》かれる吸血鬼の牙《きば》は、あくまで強調的な描写《びょうしゃ》だ。吸血鬼に転生したからといって犬歯は伸《の》びない。ただしその強調描写《びょうしゃ》が示唆《しさ》するとおり、魔素《まそ》を帯びた歯の硬度と咬合力《こうごうりょく》はすさまじい。夜であれば、鋼鉄ですら易々《やすやす》と引《ひ》き裂《さ》く。

その歯が無防備な首に触《ふ》れ——。

母親の悲鳴が響《ひび》きわたった。


それが数日前。

＊

——生きているのか？

小学五年の命《みこと》は乾《かわ》いた血だまりのなか、その声で目を覚ました。

どれだけ眠《ねむ》って——意識を失っていたのかわからない。命《みこと》は起きあがって声の主を見ようとして、物理的な抵抗《ていこう》があることに気づいた。血が頬《ほお》と床《ゆか》のあいだで固まっているのだ。力任せに剝《は》がして起きあがる。

意識がおぼろげなわりに、体には疲労感《ひろうかん》や痛みなどがない。妙《みょう》に体が軽かった。

——なにがあったのか、説明できるか？

目の前にいるのは背の高い女の人だ。飾《かざ》り気《け》のないトレンチコートを着た立ち姿は力強く、いかにも殺伐《さつばつ》とした雰囲気《ふんいき》で、美しい灰色狼《はいいろおおかみ》という第一印象だった。

その女性が助けにきてくれた味方だというのは、すぐにわかった。なにもかも遅《おそ》かったが。

命《みこと》は徐々《じょじょ》にはっきりしてきた頭で説明しながら、周りはなるべく見ないようにした。

吸血鬼に血を吸《す》い尽《つ》くされ、干《ひ》からびた母の死体。母を助けようとして、首を引きちぎられた父の死体。それらがこの家にあるのを思い出したから。

それでも、助けにきたのは女性ひとりではなく、幾人《いくにん》もいるのは把握《はあく》できた。その女性ひとりが命《みこと》と話しているのは立場が高いからなのか、低いからなのか、女性のほうが子供に威圧感《いあつかん》を与《あた》えないという判断なのか。

命《みこと》の話を聞き終えた女性は、驚《おどろ》いた。特に妹のくだり。血を与《あた》える、と言われたことはまだ話していなかった。現実なのか自信がなかった。

女性がぼそりと口にした言葉を、そのときの命《みこと》は知らなかった。

——鮮血《せんけつ》の契《ちぎ》りだ。……始祖かもしれない。

——……なに？

——いや。すまない。おまえは気にしなくていいことだ。……おまえはいま、とてもそうは思えないだろうが、おまえだけでも生き残ってよかった。わたしの名前は陸田想子《おかだそうこ》という。おまえの名前は？

——汐瀬命《しおせみこと》。

──そうか。妹が乗っ取られたと言ったな。妹の名前は？

命《みこと》は問いかけられてはじめて、気づいた。

頭のなかの靄《もや》が徐々《じょじょ》に晴れていったのは途中《とちゅう》までだ。記憶《きおく》にところどころ闇《やみ》がある。時間が経《た》ってもいっこうに晴れない部分がある。命《みこと》は困惑《こんわく》した。頭がずきずきと痛んで顔をしかめると、女性──想子《そうこ》は察した様子を見せた。

──思い出せないのか？　妹の名前を。

──……なんで。そんな。

──支配血統の吸血鬼だな。吸血鬼は……なかでも長く生きた個体は、大した意味もなく人の心を踏《ふ》みにじるんだよ。あらゆることに飽《あ》いているらしい。なら勝手に自害してくれって感じだがな。むろん、これから記録に当たれば妹の名前はわかるだろうが、……おまえは教わっても記憶《きおく》できないようにされているかもしれない。……ちょっと待て。わたしはショタコンじゃない。

──は？

それまでは痛ましげに命《みこと》を見ていた想子《そうこ》がいきなりなにを言い出したか、さっぱり理解できなかった。

命《みこと》はまばたきして、想子《そうこ》の目をじっと見る。想子《そうこ》がますます耐《た》える顔になった。強烈《きょうれつ》に揺《ゆ》さぶられ、それを反射的に堪《こら》えているような目。潤《うる》み、抵抗《ていこう》し、さまざまな感情が入り乱れた複雑な目つきだ。頬《ほお》をかすかに赤らめた想子《そうこ》は、視線を落として気持ちをしずめ、ふーっと深い息を吐《は》いた。

——たしかにおまえは可愛《かわい》い顔をしている。

——……あの？

——アイドルかなにかみたいな顔だ。それ自体は単に幸運だな。もうそろそろ骨格も成長していく時期だろうに、天使のごとき顔をしている。血で汚《よご》れていてもだ。……だがこれはおかしい。だからといって、わたしがこんな気持ちになるはずがない。わたしはいま、つらい想《おも》いをしているおまえを抱《だ》きしめて頬《ほお》ずりしたあげく、シャワーできれいに洗ってぴかぴかのブランド服で着飾《きかざ》ってやりたくなった。

想子《そうこ》は感情を抑《おさ》える顔をしつつも、真面目そのものの口調で語った。

——変だ。ありえない。……おまえはさっき、始祖かもしれない吸血鬼に蹴《け》られたと言ったな？　なぜその怪我《けが》がない？　その血がおまえのものだとして、怪我《けが》はどこだ？　といってもおまえが吸血鬼そのものだとはあまり疑っていない。おまえの両親は……亡《な》くなって数日は経《た》っていると思われる。その間ずっと気を失っていたわりに、わたしを前にしても吸血衝動《しょうどう》の気配がない。しかし………。

想子《そうこ》は首を振《ふ》った。

——いや、ここでわたしがなにかの結論を出せることでもないか。わたしがとつぜんショタに目覚めたというのも、絶対にありえないわけじゃない。おまえが純然たる吸血鬼にされていないと確定もしていない。まずはおまえを調べることになるだろう。もしもそれで吸血鬼にされているとわかった場合、おまえの人権はすべて失われる。……いま、この場から逃《に》げ出《だ》したいか？

命《みこと》はそう言う想子《そうこ》のまなざしの奥に、実に人らしい、慈《いつく》しみの色合いを感じ取った。この人は不器用だが冷淡《れいたん》ではない、と感じた。だから素直《すなお》に首を振《ふ》る。本心から答えた。

――吸血鬼は許せない。僕がそうなっていたなら、僕自身も。……吸血鬼は父さんと母さんを殺して、妹の心を踏《ふ》みにじったバケモノだ。

――……血を分けた家族を愛する気持ちは、よくわかる。

この人も妹か弟がいるのかもしれない、と思った。実際そのとおりだと命《みこと》が知るのはこのあと、想子《そうこ》のマンションでいっしょに暮らしはじめてからだ。

――妹を取《と》り戻《もど》したい。

――残念だが、それは無理だ。鮮血《せんけつ》の契《ちぎ》りを受けた時点で、人としては死んでいる。相手が始祖だったなら、おまえの妹の人格もその瞬間《しゅんかん》に砕《くだ》けている。……死んだ者は生き返らない。どれだけ奇跡《きせき》を願っても。その吸血鬼はおまえの妹の体で人を殺し、もてあそび、悲劇の連鎖《れんさ》をつなげていくだけだ。

――……なら。

理性の一部が拒否《きょひ》していただけで、本能的にはわかっていた。

両親だけではなく、妹も死んだ。命《みこと》を蹴《け》り飛《と》ばしたあとの笑《え》みを見てそう確信したのを、憎《ぞう》悪《お》とともに思い出した。

——駆除《くじょ》したい。

命《みこと》は皮膚《ひふ》がやぶれ、血がにじむほど手を握《にぎ》りしめて、言った。

その傷が見る間に治っていっていることにはまだ気づかなかった。

——もしも僕が吸血鬼にされてなくて、今後も生きられるのなら。全員、この世のすべての吸血鬼を皆殺《みなごろ》しにしたい。これから際限なく悪行を重ねる、妹の……動く死体も。

想子《そうこ》は命《みこと》を見返して、こみあげた悲しみを我慢《がまん》する表情をした。ほかの人間を見回したあとで、しゃがみ込んで、命《みこと》の体を抱《だ》きしめる。命《みこと》はそれで、このひともきっとなんらかの形で吸血鬼の被害《ひがい》を受けているのだ、と気づいた。


それがおよそ五年半前。

その当時も、現在も、変わらず吸血鬼に人権はない。

吸血鬼は属性が変化した人ではない。記憶《きおく》や人格の名残《なごり》があるだけの動く死体であり、そう規定して駆除《くじょ》せねばならぬ有害なバケモノなのだ。過去には、家族が転生した子供を匿《かくま》った結果、数百人規模の犠牲者《ぎせいしゃ》が出た大事件もある。

吸血鬼は捕獲《ほかく》か駆除《くじょ》するしかなく、けれど魔女狩《まじょが》り防止の観点から、決して、吸血鬼駆除《くじょ》のために一般人《いっぱんじん》の人権を侵《おか》してはならない。

これはほぼ全世界共通のルールだ。

吸血鬼の存在も、その存在による悲劇的な混乱も、絶対に許容できないというのが、千年にわたり犠牲者《ぎせいしゃ》を出してきた人間社会の回答である。


命《みこと》はときどき考える。

ならば半吸血鬼はどうなのだろうか。命《みこと》は現在、想子《そうこ》の管理下で公安吸血鬼災害課に所属し、吸血鬼の捜索《そうさく》と捕獲《ほかく》、駆除《くじょ》に協力して生存権を得ている。命《みこと》の望みにも沿う。

不満と言えば、命《みこと》自身が――吸血鬼の力という意味でも、妹がむかし語っていた本物の愛への侮辱《ぶじょく》だという意味でも――嫌悪《けんお》する〝魅了《みりょう》〟を、捜査《そうさ》のために求められることくらいか。

ただ物事には優先順位がある。それで吸血鬼を――吸血鬼災害の犠牲者《ぎせいしゃ》を減らせるのであれば、仕方ない。

やりたくなくてもやるしかない。

吸血鬼を一匹《ぴき》でも減らす。人をひとりでも救う。それを続けて、もしも……もしもほんとうに吸血鬼を残らず駆除《くじょ》できたとしたら――。

……どうなるんだろう？

命《みこと》の生きる目的も。

半吸血鬼という存在の社会的な立場も。

なにが残る？　なにが待つ？　そうなったとき、自分は空っぽになるのではないか？　わかるのは、たとえその先に茫漠《ぼうばく》とした暗黒しかなくても、ほかに選択肢《せんたくし》はないほどの怒《いか》りと憎《にく》しみがある事実だけだ。

次の標的は、おそらく学校にいる。

戸河内《とごうち》マイが通学し、比婆《ひば》ユキエが勤務していた接点だ。

私立天霧《あまぎり》学園。

命《みこと》にはこのあとの流れがおおむね予測できていた。命《みこと》は学校に潜入《せんにゅう》することになるはずだ。吸血鬼を発見すると言っても、そのための犠牲《ぎせい》を生徒や教職員から出すのは認められない。その上で、当の吸血鬼に勘《かん》づかれないようにして、吸血衝動《しょうどう》を抑《おさ》えるのが困難な転生直後のうちに、行動の怪《あや》しい人物を洗い出す。

吸血鬼災害課は、警察組織としては異例に自由度が高い。が、さすがに中高生を装《よそお》える年齢《ねんれい》の人材は命《みこと》しかいない。命《みこと》の力なら〝候補者を絞《しぼ》る〟のがそれほど難しくない。場合によっては、魅了《みりょう》だけで発見できる可能性もある。

そもそも比婆《ひば》ユキエの近辺調査の際、天霧《あまぎり》学園の生徒を装《よそお》って、制服に袖《そで》を通した経験もある。その続きを命じられるのは自然な話だ。

しかし、まるで予期していなかったこともあった――。

3

もぞっ、と動きを感じて、命《みこと》はうっすら目を開ける。

カーテンの隙間《すきま》から漏《も》れる光の強さで、すでに夜が明けているのはわかった。朝がくるとすこし安心してしまうのは、両親が殺され妹の体を奪《うば》われたのが夜で、想子《そうこ》がきたのが朝だったからか。

それとも自分の体の〝支配の君〟の魔素《まそ》の力を、日中は自覚しづらいからか。

至近距離《しきんきょり》から寝息《ねいき》が聞こえた。

ぐー。

命《みこと》のベッドに見知った顔が潜《もぐ》り込《こ》んでいる。

想子《そうこ》とは似ていない。

こうした寝顔《ねがお》でもそうだが、起きたらもっとだ。雰囲気《ふんいき》がまったくちがう。どちらかと言えば小柄《こがら》といった体格にほどよい肉付き。前髪《まえがみ》を斜《なな》めにまっすぐ切《き》り揃《そろ》えた髪《かみ》からは、フローラルなシャンプーの香りがする。……道理で布団《ふとん》が温《ぬく》いと思った。

想子《そうこ》の妹、陸田真子《おかだまこ》が丸まって眠《ねむ》っている。

想子《そうこ》の両親はずっとむかしに他界しているので、真子《まこ》が想子《そうこ》の唯一《ゆいいつ》の肉親になる。命《みこと》とは同い年だ。だが、パジャマ姿で、命《みこと》のそばで安心しきってぐっすり眠《ねむ》られると、女の匂《にお》いぷんぷんではあった。だが、いまさらどぎまぎする相手ではない。想子《そうこ》たちがもともと住んでいたこのマンションの一室で命《みこと》も暮らすようになって、はや五年以上。裸《はだか》を見たり見られたりしたことも一度や二度ではない。

何年前だったか忘れたが、一回、真子《まこ》がおしっこしているときにお手洗いのドアを開けてしまったこともある。そのときにはさすがにちょっと怒《おこ》られ、その後しばらく、命《みこと》の排尿《はいにょう》も見せろと迫《せま》られたが。

「勝手に入るなって何度も言ってるのに……」

命《みこと》はちいさくつぶやき、のそのそと体を起こした。掛《か》け布団《ぶとん》を剝《は》いでも真子《まこ》は動かない。むにゃむにゃと口を動かしただけだ。

「いやん……命《みこと》ってば……そんなとこ触《さわ》っちゃ駄目《だめ》ですよ……」

「……触《さわ》ってないよ」

想子《そうこ》の妹君はこんなことをしてくるので厄介《やっかい》だ。とはいえ、六年近くもいっしょに暮らして家族の情は芽生えているし、丸まった寝姿《ねすがた》を愛《いと》しく思わないわけではない。実際、小動物じみた可愛《かわい》らしさがある。なんだろう、アルマジロ……ハリネズミ……いや、もっとこう……ダンゴムシ？

「むにゃ……、ちょっと命《みこと》、やめないでください……いまの、いやん……は、もっとやってって意味ですよ……女心がわからない……」

「なんて夢を見てるんだ。起きなよ」

「ふぇ……、……あっ」

揺《ゆ》さぶると、ぱちっと目を開けた。

真子《まこ》はくりくりした両目を何度かしばたたかせて、ふいに言った。

「さては命《みこと》、あたしの寝姿《ねすがた》を見て、ダンゴムシみたいって思いましたね？」

「なんでわかるんだよ。怖《こわ》いな」

「愛《いと》しい命《みこと》のことですから。……それにしても命《みこと》ってばほんと、朝起きてすぐに格好いいし全身からいい匂《にお》いがしまくりですね。これを味わいたくて、命《みこと》のベッドについ潜《もぐ》り込《こ》んじゃうんです。あたしったらいけない子です……」

「もうとっくに慣れてるだろ。僕の魅了《みりょう》」

命《みこと》はベッドからおりながら言う。だが、魅了《みりょう》の効果は慣れないものだ。

……ふつうだったら。

真子《まこ》はふつうではない。魔血体《まけつたい》だ。

かなり濃度《のうど》の高い魔血体《まけつたい》である想子《そうこ》と寝食《しんしょく》をともにしている以上、珍《めず》しいケースではなかった。

魔血体《まけつたい》とは、非吸血鬼で単なる人間にもかかわらず、血中に魔素《まそ》を多分に持つ状態を指す。

吸血鬼発見のための血液検査にさえ引っかかり、区別がほぼできない。

魔素《まそ》は吸血鬼を吸血鬼たらしめる力の源ではあるが、容易に人やほかの生き物にも伝達される。それが偶発的《ぐうはつてき》に持続することがあり、その場合に魔血体《まけつたい》となる。

吸血鬼と接触《せっしょく》が多い、吸血鬼の血を利用した魔血武器《まけつぶき》を所持している、といった条件下にあれば、魔血体《まけつたい》となるのは珍《めず》しくない。生まれつき魔血体《まけつたい》の人間も数千人にひとりほどの割合でいる。魔血体《まけつたい》の人間が、そのせいで吸血鬼に至る可能性は絶対にない。魔血体《まけつたい》はあくまで魔素《まそ》を帯びた人間であり、吸血鬼は魔素《まそ》で動く死体だ。

ただ、魔血体《まけつたい》になると明確な害がひとつある。

吸血鬼に狙《ねら》われやすくなる。

その一方で、吸血鬼の固有能力に対して多少の耐性《たいせい》がついたり、傷の治りが早くなったりする側面もある。警察組織内では、魔血体《まけつたい》になると公安の吸血鬼災害課に転属され、貴重な人材として優遇《ゆうぐう》される場合もある。吸血鬼災害課のエースクラスの捜査員《そうさいん》は例外なく魔血体《まけつたい》だ。吸血鬼にしろ魔血体《まけったい》にしろ、魔素《まそ》はある程度反応し合う。

命《みこと》の魅了《みりょう》で、吸血鬼の目星がつけられる理由でもある。

血中に魔素《まそ》を持たず、抵抗《ていこう》する訓練も受けていない一般人《いっぱんじん》だと、魅了《みりょう》は単純に効く。その効果の強さには個人差があれど、効き方の印象はおなじだ。

しかし吸血鬼あるいは魔血体《まけったい》相手だと、もっと複雑な反応を呼ぶ。

格下の吸血鬼にも、魔血体《まけったい》の人間にも、命《みこと》の魅了《みりょう》は覿面《てきめん》に効果を及《およ》ぼす。特に、目をのぞき込んで力を全開にすれば強烈《きょうれつ》に揺《ゆ》さぶれる。これまでに何度も実証済みだ。

その一方で、一般人《いっぱんじん》より抵抗力《ていこうりょく》も持っているので、湧《わ》きあがった気持ちに……身も心も命《みこと》に委ねたい衝動《しょうどう》に、無自覚ながら抗《あらが》おうともする。

はじめて会ったときの想子《そうこ》もそうだった。吸血鬼あるいは魔血体《まけったい》は命《みこと》の魅了《みりょう》に対して、とろん、としたシンプルな反応は見せない。激しい劣情《れつじょう》と激しい抵抗感《ていこうかん》がぶつかり合う動揺《どうよう》をその目に浮《う》かべる。本来は命《みこと》を性的対象として見ない、異性愛者の男性や同性愛者の女性でさえ、吸血鬼あるいは魔血体《まけったい》であればそうだ。命《みこと》への好感と、そんなはずがないといった戸惑《とまど》いの不調和が見て取れる。

子供だった六年近く前より、いまはさらにはっきり判別できる。

真子《まこ》も、想子《そうこ》も、命《みこと》に対し、いちいち欲望に震《ふる》えたり涙《なみだ》を流して悔《くや》しがったりしないのは、魔血体《まけったい》である上に、長い時間をかけ命《みこと》の魅了《みりょう》に対する抵抗力《ていこうりょく》を得ているからだ。

逆に言えば、最初の一回なら命《みこと》は絶対に見逃《みのが》さない。

この力があるために、命《みこと》は吸血鬼災害課においてより珍重《ちんちょう》されている。専用の検査よりも迅《じん》速《そく》に、専用の検査よりも対象に気づかれず、単なる一般人《いっぱんじん》と、吸血鬼あるいは魔血体《まけったい》の人物を見分けられる。

問題は検査とおなじく、吸血鬼と魔血体《まけったい》の区別はつけられないことだ。つまり、偽陰性《ぎいんせい》はまずなくても偽陽性《ぎようせい》は存在する。吸血鬼という証明は、事前的にはさまざまな証拠《しょうこ》の積み重ねが必要となる。

吸血鬼は長期間吸血できなければ特有の症状《しょうじょう》を見せはじめるため、事後的にはそう難しくないが。魔女狩《まじょが》りが許されない以上、確証なく長期拘束《こうそく》はできない。

真子《まこ》がベッドからおりようとしないまま、高らかに宣言した。

「慣れても心地《ここち》いいってことは、すう、要するに、はあ、命《みこと》本人が……すうすう、いい匂《にお》いで落ち着くということです、……はあはあ！」

「寝《ね》てた布団《ふとん》をくんくんされると、さすがに恥《は》ずかしいんだけど……。寝汗《ねあせ》もかいてるだろうし……。……想子《そうこ》さんは？」

「すうすう、はあ、お姉、はあ、ちゃんは、すう、さっきもう、すうすうすう！　はあはあはあ！　吸血鬼災害課すうはあ、すうはあすうはあ！」

「とりあえず僕の残り香を嗅《か》ぐのをやめよう？」

命《みこと》は言いながら部屋を出て、リビングダイニングへと向かった。テーブルの上には空になったコーヒーカップが置かれっぱなしだ。磁器ではなく陶器《とうき》製《せい》だ。備前焼《びぜんやき》の火襷《ひだすき》。想子《そうこ》の物だ。想子《そうこ》の数少ない趣味《しゅみ》が焼き物で、殺風景なリビングのなか、きれいにディスプレイされた作家物の陶器《とうき》が異彩《いさい》を放っている。

ケトルでお湯を沸《わ》かして、リモコンでＴＶをつけて、自分のコーヒーをドリップしているあいだに想子《そうこ》のカップを洗う。ローカルニュースで、来月の市長選挙についてやっているタイミングで、真子《まこ》が命《みこと》の部屋から出てきた。

「――堪能《たんのう》しました」

「あぁ……そう……」

「命《みこと》」

真子《まこ》が真剣《しんけん》な声音《こわね》で言った。

「あたしには……コーヒーではなく紅茶を」

命《みこと》は、はいはい、と苦笑《くしょう》する。それから尋《たず》ねた。

「真子《まこ》は今日どうするんだ」

春休みなので学校はない。真子《まこ》がソファに腰《こし》かけ、ＴＶ画面を見やる。あたしこの候補に勝ってほしいんですよね、と知ったげなことを言う。命《みこと》が見つけたティーバッグで淹《い》れた紅茶を持っていくと、それに口をつけてようやく答えた。

「それがですね、あたしも命《みこと》といっしょに吸血鬼災害課の本部にくるよう、お姉ちゃんに言われているのです」

「え」

――――それはまったく予想していなかった。

再びコーヒー。

といっても家とちがい、焼き物ではなく紙のコップだ。吸血鬼災害課本部の三階に設置された、カップ式自販機《じはんき》のコーヒー。それとお茶請《ちゃう》けのクッキー。命《みこと》は、持ってきてくれた顔見知りの男性職員に頭をさげる。

想子《そうこ》は先にコーヒーを飲んで、話を切り出している。

「学園への潜入捜査《せんにゅうそうさ》に当たって、問題がふたつ」

真子《まこ》はコーヒーよりクッキーを喜び、えへへ、ありがとうございます、と無邪気《むじゃき》な微笑《ほほえ》みを浮《う》かべる。職員は照れた様子で、そそくさと会議室を出ていった。相変わらず女の子に弱い五十代だ。三人だけが残る。想子《そうこ》が続けた。

「ひとつ目。目標がひそむかもしれない私立天霧《あまぎり》学園が、変わった校風を持っていること。先日、命《みこと》が生徒のふりをしたのはわずかな時間だけだったが、それでも実感するものはあったんじゃないか？」

「……そうですね。居心地《いごこち》はすんごいわるかったです」

真子《まこ》がクッキーをつまみながら口をはさんだ。

「ちょっとした有名校ですもんねー。まじくそ差別主義だって」

カーストに例えられるような制度を取っている。

命《みこと》は学校生活と無縁《むえん》の人生になってしまった。なので、一度目の潜入《せんにゅう》まであまり知らなかった。私立天霧《あまぎり》学園は、富裕層《ふゆうそう》や著名人の子女ばかりが通う学校で、それは単純にお金がかかるからだ。全寮制《ぜんりょうせい》で、一般的《いっぱんてき》な私立名門校よりはるかに高い学費と寮費《りょうひ》を入学時に全額前払《まえばら》いしなければならない。

全額前払《まえばら》い、というのはやはり、庶民《しょみん》にはかなり厳しい条件だ。しかし、ごく一部の生徒だけは学費全額免除《めんじょ》、寮費《りょうひ》全額免除《めんじょ》、卒業後の面倒《めんどう》も見てもらえる、という破格の待遇《たいぐう》で入学ができる。

いわゆる特待生だ。が、この学校が特殊《とくしゅ》なのは、そういった特待生の立場がほかの生徒より格段に低い、というところらしい。

特待生は自分たちのお金では入学できない者、通常の生徒たちが支払《しはら》ったお金で養われている、という価値観をあえて学校側が標榜《ひょうぼう》している。特待生には設備の利用に制限があったり、特待生だけ寮《りょう》の部屋が相部屋だったりするし、制服のデザインも簡易的なものに変えられている。

学校側のその感覚は当然、生徒にも波及《はきゅう》する。

特待生たちのクラスは校内で〝特別クラス〟と呼ばれている。

通常の生徒たちのクラスの呼び名は、通常クラスではない。命《みこと》は最初に聞いたとき噴飯物《ふんぱんもの》と思った。

〝支配クラス〟だ。

真子《まこ》がクッキーの二枚目をもぐもぐする。

「そりゃ経営陣《けいえいじん》にはなんらかの意図があるんでしょうし、進学実績もすんごい出てるからその仕組みを続けてるんでしょうけど、その気になって特別クラスの子をいびってる生徒とかアホですよねぇ……」

命《みこと》もカップを手に持ち、言う。

「春休み中で、すこし話を聞ければよかったこの前とはちがう。吸血鬼を特定するまで……最悪の場合、吸血衝動《しょうどう》を制御《せいぎょ》できるようになってしまうころまで潜入《せんにゅう》すると思ったら、動きやすさを考慮《こうりょ》して、支配クラスのほうが都合いい。……なるほど、想子《そうこ》さんが問題と言った意味がわかりました」

想子《そうこ》の家にある豆と比べたら風味がわざとらしいコーヒーだが、かまわない。命《みこと》にとってコーヒーは味わいを楽しむものではなく、軽い気付け薬だ。

「僕が富裕層《ふゆうそう》の子女にはとても見えないってことですか」

想子《そうこ》は命《みこと》をしみじみと眺《なが》める。

「そうだな」

「でもお姉ちゃん、命《みこと》は顔がいいですよ！」

想子《そうこ》は、真子《まこ》の言葉にも同意した。

「見た目のよさは、おおよその印象を補塡《ほてん》してくれるからな。たしかにそれでなんとかなる可能性はある。だが学校だ。うら若い……ちょうど命《みこと》を性的対象として見る年代の生徒だらけだろう。命《みこと》の見た目のよさが逆に、ふたつ目の問題になる。魅了《みりょう》の効果と合わさってモテすぎてしまうのではないか、と」

真子《まこ》がふざけて乗っかった。

「つまりお姉ちゃん。お姉ちゃんとあたしが、女子生徒の親御《おやご》さんたちに頭をさげて回らざるを得ないのを心配してるわけだね。手を出してすみません、と」

「潜入《せんにゅう》期間中の莫大《ばくだい》な慰謝料《いしゃりょう》、課の予算でいけるかな……」

「人を性欲モンスターみたいに言わないでください……」

命《みこと》の抗弁《こうべん》に、姉妹《しまい》は揃《そろ》って笑った。普段《ふだん》似ていないくせに命《みこと》をからかうときだけちょっと似ている。命《みこと》はやや赤くなってふたりを見つめて、……閃《ひらめ》いた。

「だから真子《まこ》ですか？」

想子《そうこ》が首を傾《かし》げる。

「うん？」

「そのために真子《まこ》まで呼んだんですか？　想子《そうこ》さんが真子《まこ》をこういう話に呼ぶって珍《めずら》しいから、いったいなんのためにって考えてたんですけど。僕といっしょに天霧《あまぎり》学園に潜入捜査《せんにゅうそうさ》させるつもりですか？」

「あぁ……、そのとおりだ。むろん、真子《まこ》を危険にさらす手は取りたくない。だが専門医によると、最初の見立てどおり、比婆《ひば》ユキエが受けた精神支配の強度はかなりのものがある、下級吸血鬼にできる強さではない、と。相当上位の吸血鬼の仕業《しわざ》ではないかと。……命《みこと》には、その意味がわかるだろう？」

屍人《レブナント》を生み出し、ほかの人間も立て続けに襲《おそ》うような行為《こうい》は、ふつう、転生したばかりの吸血鬼がやることだ。ということは近時に、その吸血鬼を吸血鬼にした吸血鬼——格上の吸血鬼がいたのだ。

吸血鬼は、鮮血《せんけつ》の口づけにおいて格下の吸血鬼しか作れない。鮮血《せんけつ》の契《ちぎ》りは容易に行われるものではない。

転生したばかりの吸血鬼を起点に〝上流〟に遡《さかのぼ》る戦略でも、その起点の位置は重要だ。わかっている位置が上流であればあるほど、目標が近いのだから。

すべての源泉。

……吸血鬼の君が。

「わたしの勘《かん》も告げている。場合によっては始祖の痕跡《こんせき》に触《ふ》れられるかもしれない。戸河内《とごうち》マイと比婆《ひば》ユキエを襲《おそ》ったと思われる吸血鬼を、必ず、なにがあっても捕《と》らえたい。命《みこと》が自分の力を、愛を浸食《しんしょく》する力だと嫌悪《けんお》しているのは知っている。命《みこと》は愛の戦士だからな。それでもその力で吸血鬼を暴《あば》いてほしい」

「……愛の戦士ってなんですか」

「しかし、候補である吸血鬼あるいは魔血体《まけったい》を見つけ出したとしても……それ以外の一般《いっぱん》生徒にきゃっきゃきゃっきゃと言われ、連日ラブレターを送られ今晩は家に親いないからとか誘《さそ》われ続《つづ》けるのは、邪魔《じゃま》にしかならないだろう。そこで真子《まこ》の出番だ。真子《まこ》には、命《みこと》の恋人《こいびと》で許嫁《いいなずけ》の、遠縁《とおえん》の親戚《しんせき》を演じてもらう」

新たなクッキーを手に取っていた真子《まこ》が顔をあげる。

「えっ⁉」

「明確な恋人《こいびと》……というかいずれ結婚《けっこん》する相手がいる、というのは、一般人《いっぱんじん》の魅了《みりょう》トラブル回《かい》避《ひ》には役立つだろう。とはいえ真子《まこ》には、わたしや命《みこと》とちがって危険な場所に身を置く義務はない。真子《まこ》もまったく身を守れないわけではないし、命《みこと》も全力で守ろうとするだろうが、怖《こわ》いのであれば——」

「怖《こわ》いわけない、嫌《いや》なわけないです！」

真子《まこ》が想子《そうこ》をさえぎった。

命《みこと》は横からもろに目撃《もくげき》した。

その目に使命感や人を救いたいという思い——ではなく、きらっきらとかがやく、それはすごくおもしろそう！　という好奇心《こうきしん》が浮《う》かんでいるのを。

「だって命《みこと》の恋人役《こいびとやく》ですよね、最高じゃないですか！　そんなの思いもしていなかったので、いま、むしろとってもうれしいです！　普段《ふだん》は命《みこと》ってば照れてるのかお触《さわ》りとかちっともさせてくんないですけど、その任務のあいだはお触《さわ》り恋人《こいびと》つなぎれろちゅーオールOKじゃないですか！」

「オールOKじゃないよ……」

「わたしでも命《みこと》にれろちゅーとかしたことないぞ」

「それに……命《みこと》の役に立てるんですよね。それなら、多少の危険どうこうなんて気になりません。望むところですよ。あたしは命《みこと》に助けてもらった恩もありますので、恩返しのためにもぜひやりたいです」

想子《そうこ》はしばし真子《まこ》を見つめて、やがて、ゆっくりうなずいた。

「わかった。すまない。……命《みこと》もだが」

「僕にはほかにありませんから。真子《まこ》以上に望むところです」

「では、ふたり分の手続きを進める。ふたりは四月から、私立天霧《あまぎり》学園の高校部に転入することになる。支配クラスの生徒としての偽《いつわ》りの身分はこちらで用意している。……ふたりがやるのはまずはこれ」

想子《そうこ》が取り出した分厚いA4封筒《ふうとう》に、真子《まこ》が首を傾《かし》げた。

「お姉ちゃん？　なんですかそれ？」

「ふたりの設定だ。家族構成はもちろん、幼少期から送ってきた人生の詳細《しょうさい》が書かれている。天霧《あまぎり》学園の執行部《しっこうぶ》だけにはうちから話を通してある。ほかの教職員や生徒向けに、すべて完璧《かんぺき》に暗記しておいてくれ」

「うげ」

勉強嫌《ぎら》いの真子《まこ》がうめいた。

命《みこと》は封筒《ふうとう》を受け取りながら、ふと話題を振《ふ》る。

「朝のニュースで、天霧《あまぎり》学園の理事長が市長選に出るってやってました」

「あぁ、だから天霧《あまぎり》学園の執行部《しっこうぶ》としては、公安に全面協力する代わりに騒《さわ》ぎをおおきくしてくれるなという反応だそうだ。校内に吸血鬼がいるという話そのものにも懐疑《かいぎ》的《てき》らしいが、いたとしても、吸血鬼災害の発生自体伏《ふ》せたいと」

「じゃあ、僕たちにはむしろプラスですね」

「どういう意味だ？」

「多少のことなら揉《も》み消《け》しに協力してくれるから」

「……命《みこと》はわるい子だな」

想子《そうこ》はうれしそうに口許《くちもと》をほころばせた。


命《みこと》には思い出せない記憶《きおく》が多い。妹のこと以外でも。

ただそれは、必ずしも直接そう改竄《かいざん》されているのではなく、強烈《きょうれつ》な精神支配を受けた後遺《こうい》症《しょう》という側面がある。短期記憶《たんききおく》は問題なくても、中長期の記憶《きおく》を失いやすくなっており、また傾向《けいこう》に規則性がない。

〝支配の君〟と遭遇《そうぐう》したときよりあとのできごとなのに忘れたり、逆にそれ以前の記憶《きおく》を簡単なきっかけで思い出したりする。

資料が入った封筒《ふうとう》を手に、吸血鬼災害課の本部の建物を出たところで、自販機《じはんき》でつめたいミルクティーを買いはじめた真子《まこ》へ問いかけてみる。気になっていた。

「そういえばさっき言ってたよね」

「なにをです？」

「僕に助けてもらったって。なんのこと？」

真子《まこ》は、えー、と不満そうに唇《くちびる》を尖《とが》らせた。

「憶《おぼ》えていないんですか？」

「……心当たりが多くて」

真子《まこ》はミルクティーをひと口飲んで、にやりとする。

命《みこと》たちのあいだをアゲハ蝶《ちょう》が一匹《ぴき》飛んでいく。もうすっかり暖かくなってきて、虫も活発になった。真子《まこ》が蝶《ちょう》を目で追いながら話をはじめる。真子《まこ》はたしか蝶《ちょう》が好きだったはずだ、と命《みこと》は思い出した。

「あたしは忘れもしませんよ。あれは二年前……、いや三年……？　半年？　……なんだろ、ええっと……六年前……？」

「時期はともかく。なに？」

「忘れてるじゃないか、ましてや六年前はまだ出会ってなかったって突《つ》っ込《こ》んでくださいよ！　あたしが想子《そうこ》お姉ちゃんとひどく喧嘩《けんか》して、家を飛び出したことがありました。抗議《こうぎ》の家出です。憶《おぼ》えていますか？」

「ああ。うん」

たしかに。まちがいなく、そんなことがあった。

真子《まこ》は路上にしゃがみ込み、目を伏《ふ》せて記憶《きおく》を辿《たど》る。

「あたし、お姉ちゃんにはたくさん負い目がありますけど、それでもやっぱり喧嘩《けんか》して我慢《がまん》できなくなることはあるので……。かんかんになって、絶対に見つからない場所を選んで隠《かく》れました。廃工場《はいこうじょう》です」

「憶《おぼ》えてるよ。しかも廃工場《はいこうじょう》の内部じゃなく、鍵《かぎ》のかかった廃工場《はいこうじょう》の建物を通過しないと行けない裏手だ」

「はい。工場の窓が一箇所《かしょ》だけ割れてるところを見つけて、そこから侵入《しんにゅう》しました。怒《おこ》ってるって示したくて、ひと晩は帰ってやらないつもりでした。でも、暗くなってくるにつれて怖《こわ》くなっちゃいました。心細くて、なんでこんなことしてるんだろうって我に返って、だけど自分から帰るのは悔《くや》しくて——」

「真子《まこ》は……そんなふうに見えても意外と意地っ張りだもんな」

「そんなふうってどんなふうですか。……あたしがひとりで泣いていると、命《みこと》がいきなり声をかけてくれました。帰ろう、家まで手をつないであげるからって。信じられませんでした。だって、見つけられるわけがないって思ってたし、夢じゃないかと……」

命《みこと》の脳裏《のうり》に、あのときの泣き顔が浮《う》かぶようだった。

「そのしばらく前に、廃工場《はいこうじょう》を見ると侵入《しんにゅう》してみたくなるよね、みたいな話をされてたから。なんだかピンときたんだ」

「命《みこと》は勘《かん》が鋭《するど》いです。だから魅了《みりょう》以前にそもそも女の子にモテるんですよ。他人の弱いところをずばっと衝《つ》くのが上手《うま》いんだから。……いちばん印象的なのはその一件ですけど、ほかにもたくさんあります。困っているといつの間にか気づいていてくれていて、魔法《まほう》みたいに助けてくれる。命《みこと》はヒーローでした」

「ぜんぜん、そんなことないよ」

「あるんです。だから、あたしは命《みこと》のためならなんだってできます」

真子《まこ》はミルクティーのペットボトルを抱《だ》きしめるようにして、愛《いと》しげに語った。またアゲハ蝶《ちょう》が一匹《ぴき》。命《みこと》がそちらを見やると、太陽の光がまばゆかった。ずっと救われているのは命《みこと》のほうだ。

家族を奪《うば》われ、自分の人生も半吸血鬼という形で破壊《はかい》された命《みこと》にとって、帰れる場所の存在がどれだけ救いだったか。吸血鬼への憎悪《ぞうお》に染まり、魅了《みりょう》のせいでふつうの他人と健全なコミュニケーションを行うのも困難になった命《みこと》が、それでもちゃんと笑えるのは新たな家族のおかげなのだった。

吸血鬼を一匹《ぴき》でも減らし、吸血鬼災害の犠牲者《ぎせいしゃ》をひとりでも減らせたならば、もっと笑えるだろう。

次は、目標がすでに特定されていた比婆《ひば》ユキエの調査とはわけがちがう。簡単な任務にはならないかもしれない。

だが必ずやり遂《と》げる。

吸血鬼は駆除《くじょ》する。絶対に許さない。……皆殺《みなごろ》しにしなければ。

4

……私立天霧《あまぎり》学園に、高校二年の支配クラスの生徒として潜入《せんにゅう》する。

数日間で、命《みこと》は魅了《みりょう》に対する反応が一般人《いっぱんじん》のそれではない相手を、四人、見つけた。


久嶺《くれ》ミライは高校三年、支配クラスだ。

学園で最も有名な生徒と言っても過言ではない。

魔血武器《まけつぶき》とその鋼材の製作で国内トップシェアの久嶺産業《くれさんぎょう》、その経営者一族の子で、現在は天霧《あまぎり》学園の生徒会長もやっている。だから、入学始業式のときに在校生代表挨拶《あいさつ》をしたのも彼女だった。

学業優秀《ゆうしゅう》、スポーツ万能《ばんのう》。ときに久嶺産業《くれさんぎょう》の広告モデルを務めているのは、容貌《ようぼう》も抜群《ばつぐん》によいからだ。命《みこと》も、全生徒の資料を事前に確認《かくにん》しているとき、ミライの写真に見覚えがある気がした。吸血鬼災害課は久嶺産業《くれさんぎょう》の製品をよく扱《あつか》う。だが、ミライの評価として最もあげられるのはどうやら、能力や容姿、生まれよりも人柄《ひとがら》であるらしかった。

特別クラスの生徒を決して差別しない。だれに対しても、当たり前の友達として振《ふ》る舞《ま》う。

それでいて支配クラスの生徒から敬愛されている。これは珍《めずら》しいことだ。

天霧《あまぎり》学園では、特別クラスを差別しない支配クラスの生徒は周りから浮《う》く。ミライだけがそうならず、慈悲深《じひぶか》い、と受け止められている。

堂々としており、驕《おご》らず、動じず、美しい笑顔《えがお》を見せる。

そんな評判を持つミライが、新学期初日の放課後、命《みこと》を呼び出してきたのだ。

ほとんど睨《にら》みつける目つきで言ってくる。

「あなたのフルネーム、なんだったたっけ？」

ミライの波打った豊かな髪《かみ》が、夕陽《ゆうひ》にきらきらしていた。

最初に目が合ったのは入学始業式の最中だった。

——新しい一年で、さまざまなことがあるでしょう。よい想《おも》い出《で》になることも、ときには忘れたくなるようなことも。だからだれもが、いつでも誇《ほこ》りを持って……本物の、大切な……なによりも…………。

大講堂の壇上《だんじょう》でよどみなく喋《しゃべ》っていたミライの言葉が、止まった。それなりに距離《きょり》があってもわかった。命《みこと》の姿をまっすぐに見たミライは一瞬《いっしゅん》、信じがたいものを目の当《ま》《あ》たりにした表情になった。

ミライはその直後にすぐ、なにごともなかったかのように表情を取《と》り繕《つくろ》った。挨拶《あいさつ》を再開した。けれども命《みこと》は直感した。

あの遠さであの反応は単に魅了《みりょう》に軽くかかった人間のものではない、そしてミライはきっとなんらかの形で接触《せっしょく》してくる、と。そういう目だった。

思ったよりずっと早く、そのとおりになったわけだ。

全寮制《ぜんりょうせい》の天霧《あまぎり》学園は、門限までなら放課後の生徒の出入りは自由である。が、いちいち敷地外《しきちがい》に出ない生徒が大半で、ふつうの学校よりは夕方の校内がにぎやかなはずだ。はず、というのは命《みこと》がまともに学園生活を送ったのが小学校までで、よく知らないからだ。

そんななかで命《みこと》が呼び出された場所はしずかだった。女子寮《じょしりょう》の近くなのに、おおきなクスノキのおかげで死角になっている。

命《みこと》はミライの目をじっと見て偽名《ぎめい》を告げる。命《みこと》は男子としては小柄《こがら》な部類で、ミライは女子としては高身長なので背丈《せたけ》はおなじくらい、目線を合わせやすかった。ミライからはココナッツやキャラメルじみた、グルマン系の甘い香りを感じる。

ミライは、そう、と答えた。

命《みこと》の目を強く見返しながらだ。

「わたしの周りでも、いろんな女の子たちが騒《さわ》いでいた。……すごく可愛《かわい》い男の子が入ってきた、しかもすごくいいところの子供だって。でも、わたしがここに入ってからいままで、中《ちゅう》途《と》入学者って見たことない」

魅了《みりよう》がまったく効いていない？　命《みこと》が性的対象になっていない一般人《いっぱんじん》？　との考えもよぎったが、ちがう。単色ではない、さながら向日葵《ひまわり》を閉じ込めたごとき虹彩《こうさい》の瞳《ひとみ》をよく見ると、そこには強烈《きょうれつ》な動揺《どうよう》の気配がある。

ただ意志の力で必死に抑《おさ》えている。

抵抗《ていこう》し、なんとか平静を装《よそお》える水準で均衡《きんこう》を保っているが、それを崩《くず》すまいとする緊張感《きんちょうかん》に満ちている。命《みこと》はそれだけで、彼女が吸血鬼あるいは魔血体《まけつたい》のどちらかだと確信を持てた。

しかし、単なる戸惑《とまど》いではない……なんだ？

命《みこと》に向けられる目には怒気《どき》すらこもって見えた。

「あなたはどうして、高校二年のこのタイミングで編入したの？」

口調もとげとげしい。

少なくとも評判では、出会ったばかりの相手にこういう態度を取る人間ではないはずだったが。命《みこと》のほうがやや戸惑《とまど》ってしまう。

ここ数年、あきらかに敵対したあとの吸血鬼を除いて、女子からこんな目で睨《にら》まれた記憶《きおく》はない。

人気《ひとけ》のない場所に呼び出されたとき、ミライが吸血鬼であり、命《みこと》がひとりになったところを襲《おそ》われる、という可能性も頭をかすめたのだが、そういう気配もむろんない。ミライがどんな気持ちで命《みこと》と向かい合っているのかわからない。

「久嶺《くれ》さんこそ、どうして僕に興味があるんですか」

「わたしの名前を知っているのね。いいから答えなさい」

「……父が来月からイギリスに転勤になるので。父についていくか日本に残るかどちらかになって、全寮制《ぜんりょうせい》で身の回りの面倒《めんどう》もある程度見てくれて、授業のレベルも高いここにっていうことになりました」

「ふうん？　前は東京だったって噂《うわさ》で聞いたけど。どのあたりに住んでいたの？　二十三区内よね？」

「はい。港区《みなとく》の芝公園《しばこうえん》の近くでした」

「もうひとり、高校二年に入ってきた女の子があなたの恋人《こいびと》？　許嫁《いいなずけ》？　って話も聞いた。そうなの？　いまどき親同士が決めた許嫁《いいなずけ》なんて実在するの？　それが決められたのっていつの話？」

「僕たちが五歳のときです。……かなり遠い親戚《しんせき》でもあります。事情はなんだかいろいろあるそうですが、よく知りません。僕たちとしては、お互《たが》いちいさいころから仲がいいし、まあいいか……みたいな感じです」

「あなたの好きな食べ物はなに？」

思いがけない質問に、間の抜《ぬ》けた声を返した。

「は？」

比婆《ひば》ユキエや、本日ここまでに命《みこと》にたくさん群れてきた女子生徒たち――それでも、真子《まこ》がものすごく得意満面な正妻面《せいさいづら》をして盾《たて》になったおかげで、混乱は軽減されていたと思うが――の口から出るなら違和感《いわかん》がなかったが。なぜ、こんなふうにぎりぎりとまなじりをつりあげつつ訊《き》くのか。

ミライは苛立《いらだ》ち混じりに繰《く》り返《かえ》した。

「好きな食べ物は？　答えてくれたらいいだけよ」

「……、……柘榴《ざくろ》です」

好きな食べ物の設定まではなかったので、素直《すなお》に答えた。これは想子《そうこ》の家で暮らしはじめてから覚えた味だ。ミライは変わらず命《みこと》を睨《にら》むように見たまま、柘榴《ざくろ》、とごくちいさくつぶやく。

それからすぐに質問を切《き》り替《か》えてくる。

「誕生日は？」

これには吸血鬼災害課が用意した設定がある。

「え、……七月七日です」

「好きな本はなに？」

「カール・セーガン。父が好きなので、僕も」

ミライはその後もそういった質問を重ねた。命《みこと》はそのほとんどを設定で答える。その度《たび》、ミライのまなざしのなかにある熱――たしかに魅了《みりょう》の強い効果に刺激《しげき》されている様子と、それを抑《おさ》え込《こ》む苦しさ、なにより強い怒《いか》りの感情が強くなっていくのが窺《うかが》えた。

ミライが最後に尋《たず》ねてきた。

「あなた、兄弟姉妹《けいていしまい》はいる？」

「年の離《はな》れた姉がいますが……」

設定。

ミライは奥歯を、ぎりっ、と激しく嚙《か》んだ。

はじめて命《みこと》から明確に目をそらした。ミライはうつむいて、耐《た》えるように右手で自分の左《ひだり》腕《うで》をぎゅうっと握《にぎ》る。爪《つめ》が食い込むほどに。

「……………あの？」

命《みこと》はちょっと心配になり、下からのぞき込むようにしてミライの顔を見た。その顔が、どきっ！　と隠《かく》しきれない強さで揺《ゆ》れた。命《みこと》は、しまった、そのつもりはなかった、と慌《あわ》てたが遅《おそ》い。ミライの瞳《ひとみ》の奥でひときわ強く恋《こい》の炎《ほのお》が燃えあがる。ミライは目を閉じ、震《ふる》えた。目を閉じたまま身を翻《ひるがえ》す。

「もういい」

歩き出して、言ってきた。

「充分《じゅうぶん》わかった。これから先、なるべくわたしの視界に入らないでくれる？　……わたしのことを見ないで」

それもやはり、事前の評判とは差違《さい》のあるつんけんした言葉だった。命《みこと》はミライの背を見送ってから、ふーっ、と息を吐《は》いた。

それにしても美人だった。相手がなんだろうと、いまさら自分がどきどきする資格はないと
命《みこと》は思うが。

ふたり目は玖村《くむら》アサだ。高校一年、特別クラス。

この春、珍《めずら》しく高校入学した生徒。命《みこと》たちとおなじ新参者だ。……いや、支配クラスと特別クラスではおなじとは言えないか。

二日目の授業開始前だった。命《みこと》は敷地内《しきちない》の把握《はあく》と、魅了《みりょう》による全生徒の確認《かくにん》のため、早くから寮《りょう》を出てあちこちを散策していた。私立天霧《あまぎり》学園はもともと広大な国有地が建物ごと払《はら》いさげられたのがはじまりで、鉄骨煉瓦石造《れんがいしづくり》の大講堂や洋風の貴賓館《きひんかん》など、ふつうの学校にはない施設《しせつ》も多いから。

真子《まこ》は連絡《れんらく》しても返信メッセージがなかったので、確実に惰眠《だみん》をむさぼっている。命《みこと》が知る真子《まこ》はそういう奴《やつ》だった。命《みこと》が想子《そうこ》に拾われたときからずっと。

とはいえ、防犯カメラも複数設置された女子寮《じょしりょう》の自室、それも支配クラスの生徒用の個室で

眠《ねむ》っているなら、危険もそうないだろう。という判断で、置いてきた。

命《みこと》が玖村《くむら》アサを見かけたのは校舎裏だ。そちらのほうから笑い声がする、と思って様子を窺《うかが》いに行ったのだ。五人の男子生徒がひとりの女子生徒——玖村《くむら》アサを囲んで、げらげらと笑っていた。

男子生徒たちは全員、支配クラスの生徒だった。特筆すべき背景が少なく、事前資料を読んだかぎりではいわゆる〝ふつうの支配クラスの生徒〟といった感じだった者たち。一方、玖村《くむら》アサは久嶺《くれ》ミライとはまったくちがう意味で印象に残った生徒だった。

……玖村《くむら》アサはうつむき、その髪《かみ》から水をぽたぽた垂らしていた。

男子生徒のうちひとりが、半分ほどまで減ったミネラルウォーターのペットボトルを持っている。命《みこと》は、あぁ、と理解し、迷わなかった。男子生徒五人も、玖村《くむら》アサも、魅了《みりょう》に対する反応をまだ確認《かくにん》していなかったし、単純に不快だった。

なにが楽しくてこんなことをするのか。

不快という意味では、初日でもうこの学園の不快さは重々感じた。入学始業式でも、整列する支配クラスに対し特別クラスの生徒たちは整列すらさせられず、大講堂の最後方、つめたい磨《みが》き石《いし》の上に座らされていた。……なぜ、そんな仕組みを作るのか。どうしてそれに乗っかって勘《かん》ちがいするのか。命《みこと》とはちがい、心の芯《しん》から愛せる相手を探す資格を失っていないのになぜこんなくだらない行為《こうい》に時間を浪費《ろうひ》するのか。

「やめたら？」

声をかけると男子たちは振《ふ》り返《かえ》って、命《みこと》の顔を見て、ややたじろいだ。命《みこと》についての噂話《うわさばなし》——転入してきた〝社会的強者の子息〟の話をすでに聞いているのだろう。長髪の男子生徒が媚《こ》びる顔で言った。

「……こいつ、うちの学年に今年から入った特別クラスなんですよ。身《み》の程《ほど》ってやつを教えてやってるんです。いっしょにどうっすか？　こいつ顔はまずくないから、けっこうおもしろいもんがありますよ」

ペットボトルを差し出してきた男子に、こいつはちがう、と思う。

命《みこと》は受け取ったペットボトルの中身を地面にだぱだぱとこぼしながら、驚《おどろ》くほかの男子生徒たちの目を順々に見た。ちがう。ちがう。ちがう。ちがう。だれも特に、魅了《みりょう》に特異的な反応を見せない。アサは——。

命《みこと》はアサがかけた眼鏡越《ご》しに、目が合った瞬間《しゅんかん》どきりとした。それを顔に出さないようにするのに神経を使った。アサの反応が予想外だったからだ。

びしょ濡《ぬ》れの顔をあげたアサはうっすらと微笑《ほほえ》み、ぞくっ、ぞくっ、と身震《みぶる》いした。

男子生徒がアサの様子には気づかず抗議《こうぎ》してくる。

「な、なにするんすか」

「ちゃんと分別して捨てなよ」

命《みこと》は言って、空になったペットボトルをつぶして、投げる。男子生徒の胸に当たる。男子生徒は反射的に受け止めた。命《みこと》は男子生徒たちにはもう見向きもしない。男子生徒たちは納得《なっとく》がいかないようにしばらく立《た》ち尽《つ》くしたあと、なにか捨《す》て台詞《ぜりふ》を吐《は》いて去っていった。アサは微《ほほ》笑《え》んで命《みこと》を見ていた。

時折、身震《みぶる》いしながら。

「ありがとう。助けてくれて」

アサが発した声は心なしか弾《はず》んでいる。

その声音《こわね》も、表情も、魅了《みりょう》の効果を受けた典型例からは異質だ。さながら、自分が現在進行形で魅了《みりょう》を受けているのを知っており、その効果で心を揺《ゆ》さぶられること自体を楽しんでいるかのようだった。

命《みこと》はアサの顔色や仕草を窺《うかが》いながら答える。

「……いや。大丈夫《だいじょうぶ》？　いまの連中は──わっ」

「君って、いい匂《にお》いがする」

アサがふいに鼻を近づけて匂《にお》いを嗅《か》いできたので、命《みこと》は焦《あせ》って身を引いた。アサの髪《かみ》から滴《したた》った水が、命《みこと》の鎖骨《さこつ》あたりに落ちた。逆にアサの体臭《たいしゅう》も感じる。蜂蜜《はちみつ》の甘さと心地《ここち》よいスパイシーさと樹木じみた清涼感《せいりょうかん》。個性的な香りだ。やや彫《ほ》りの深い顔立ちも合わせ、近親者に西洋人がいるのかもしれない。

かもしれない、というのは事前資料の情報が極端《きよくたん》に少なかったからだ。命《みこと》の印象に残っていた理由もそれだ。

情報がなにもない。

全生徒でいちばん少なかったのではないか。顔写真と名前、卒業した小学校、中学校名。両親と思われる保護者名。生年月日。それだけだ。

単純に調査が間に合わなかったのもあるだろう。天霧《あまぎり》学園の協力を得ても、全生徒分の詳《しよう》細《さい》を一気に集めきるのは楽ではない。その上、アサはこの学校に入学するまで遠い県に住んでいたようだ。それにしてもである。

アサは、支配クラスの生徒たちに囲まれたのも、かけられた水も、なんら気にしてなさそうだった。

「なんだろうね。花の匂《にお》い？　なんの花だろ？　それに君の顔、とても整っててびっくりだ。こんな匂《にお》いさせて、こんな顔してたら、そりゃあたいていの女の子たちはいちころだろうね。愛なんてなくても」

「……え」

「わたしの名前、玖村《くむら》アサ。君、支配クラスの転入生って話題になってた。わたしは支配クラスの君とちがって、しがない特別クラスです。……わたし、男の子に助けてもらったのってはじめて。ね、わたしと君じゃ血の高貴さがちがうだろうから、こんなこと言うのは気が引けるんだけどね……」

アサは細身の体で背伸《せの》びして、命の耳許《みことみみもと》に唇《くちびる》を寄せた。

「困ったことがあったら、また助けてね？」


あとは、風囃《かぜはや》ユメと美調《みつぎ》ヒカリという女子生徒だ。

どちらも高校二年生で、風囃《かぜはや》ユメは支配クラス、ヒカリは特別クラス。ユメは入学始業式の段階で、ヒカリは二日目に見かけたときに、もしかして、とは感じていた。だから命《みこと》のほうから後日確認《かくにん》しに行った。まちがいなかった。

ユメには食堂で真っ赤っかになって悲鳴をあげられ、真子《まこ》はその近くで天ぷらうどんを食べていた。ヒカリには廊下《ろうか》でぐすぐすと泣かれ、真子《まこ》はその近くでチョコレートスナックをぽりぽりとかじっていた。

そのほかには、中学部の生徒や学園の敷地内《しきちない》で働く教職員のなかにも、それらしき反応を示した者はいなかった。

つまり、ミライとアサも含《ふく》め、この四人のなかに吸血鬼がいる可能性がきわめて高い。

……特異的な反応の人間がひとりだけであれば、おそらくはそいつが吸血鬼であるから、いちばん手っ取り早かったが。吸血鬼以外は魔血体《まけつたい》ということになる。吸血鬼は当然として、魔《ま》血体《けったい》の人間も重要だ。

かつて、匂《にお》いがするんだよ、と語った吸血鬼がいた。大都市の住宅街を狩《か》り場《ば》に少なくとも七人を襲《おそ》い、三人を殺害し、ひとりを屍人《レブナント》に変えた下級吸血鬼だった。

――なんつーかな、脳髄《のうずい》にビンビン響《ひび》くんだよ。多少離《はな》れたとこにいてもそうだし、手が届く距離《きょり》だとそりゃもうすげぇんだ。なんだっけか、カサブランカ？　ああいう匂《にお》いの強ぇ花に包まれてるみたいでよ。

命《みこと》と想子《そうこ》で捕《と》らえて吸血鬼災害課で尋問《じんもん》した際、拘束具《こうそくぐ》で締《し》めつけられていても、その話をするときはうっとりとしていた。

――わかるんだ。その血が極上《ごくじょう》に旨《うま》いって。確信だ。我慢《がまん》しろって言うほうが無理だろ。そこの女……俺の左腕《ひだりうで》を落としやがったおまえもおんなじだろ。おまえらには感謝してる。俺たちの家畜《かちく》として存在してくれて。なあ、なんでも喋《しゃべ》ってやるから、飲ませてくれよ。おまえの血。ひと口でいいから。

――こいつが最初に血を吸《す》い尽《つ》くして殺したのは、こいつの弟だった。

想子《そうこ》は嫌悪《けんお》を剝《む》き出《だ》しにして言った。

――周囲の証言だと、親友のような兄弟だったそうだ。こいつはその相手を殺した……血のつながった、なにより大切な弟をだ。にもかかわらず家畜呼《かちくよ》ばわりだ。わかるだろう、命《みこと》。人格や記憶《きおく》が残って見えても、吸血鬼はしょせん人間の残骸《ざんがい》だ。命好《みことごの》みの言葉を使うなら、こいつらは愛を知らないし、愛を踏《ふ》みにじるのをなんとも思っていない。

そのときの吸血鬼災害の被害者《ひがいしゃ》は全員が魔血体《まけつたい》だった。

魔血体《まけつたい》だと吸血鬼に狙《ねら》われやすいというのは、そういうことなのだ。魔素《まそ》を帯びた人間の血はどうやら、吸血鬼にとってほかのどんなものよりご馳走《ちそう》らしい。命《みこと》の魅了《みりょう》による確認《かくにん》や血液検査とちがい、同類との区別もほぼつくようだ。

吸血鬼の好みは人の食事同様に千差《せんさ》万別《ばんべつ》で、魔血体《まけつたい》しか吸血しなかったのはレアケースではあるものの、魔血体《まけつたい》の人間の血を好まない吸血鬼はいないとされる。

それゆえ、魔血体《まけつたい》の人間が持つ意味はふたつある。

ひとつ目は、最優先で守るべき対象だということ。魔血体《まけつたい》は、そうではない人間より圧倒的《あっとうてき》に狙《ねら》われやすい。全寮制《ぜんりょうせい》の学校という、近い条件が数多くの生徒に揃《そろ》う環境《かんきょう》ならなおさらだ。

獲物《えもの》としての狙《ねら》いやすさが同程度であれば、吸血鬼は一般《いっぱん》の生徒より魔血体《まけつたい》の生徒に惹《ひ》かれて襲《おそ》うだろう。ただ、事前に魔血体《まけつたい》の人間が見つかったとしても、たとえば隔離《かくり》してまで守るという選択《せんたく》はあまりされない。

吸血鬼駆除《くじょ》のための直接的な人権侵害《しんがい》が、センシティブな問題であるせいもある。事前に手を打って吸血鬼に察知され、なりふりかまわず逃亡《とうぼう》されてしまったら、よりおおきな被害《ひがい》がその後に出るというのもある。

けれどいちばんの理由は、捜査上《そうさじょう》で魔血体《まけつたい》が持つ意味のふたつ目だ。

的を絞《しぼ》らせる。

転生して間もない吸血鬼に対しては特に有効だ。満足に吸血していない吸血鬼の近くに魔血《まけつ》体《たい》の人間が長時間いれば、なんの兆候も出さずに堪《こら》えるのは至難だ。

要するに、魔血体《まけつたい》の血が吸血鬼にとって抗《あらが》いがたい誘惑《ゆうわく》になるのなら——。

候補のうち、だれが吸血鬼かわからないのなら——。

魔血体《まけつたい》の存在は、吸血鬼を誘《おび》き出《だ》す自然な餌《えさ》になる。

5

新発見だった。

命《みこと》は昼休みの食堂で考える。

抑制《よくせい》できない魅了《みりょう》の力について。吸血鬼でも魔血体《まけつたい》でもない一般人《いっぱんじん》は、個人差こそあれど、基本的に慣れないし抵抗《ていこう》できない。それでも、恋人《こいびと》がいる、という設定には慣れてくるし、怯《ひる》まなくもなってくるのか。

愛のためなら——偽物《にせもの》、錯覚《さっかく》であっても——障害は乗《の》り越《こ》えようとする。人というものがそもそもそういう生き物なのか。

「ねえねえ、好きな食べ物ってなに？」

「おうちの人とは仲がいいの？　おうちに車って何台ある？」

「ううん、家なんてどうでもいいから、こっち向いて？　顔見せて？」

「ほんっとめちゃくちゃ素敵《すてき》……〝あーん〟してもいい？」

「よくないですー。それは許嫁《いいなずけ》であるあたしの役割ですー」

一部の女子生徒が命《みこと》にベタベタしてくるのを、真子《まこ》がさえぎる。注文したきつねうどんを受け取って戻《もど》ってきたのだ。女子生徒たちはだまり込み、名残惜《なごりお》しそうな視線を命《みこと》に注ぎながら去っていく……はずだった。いままでだったら。

今回はじめて、支配クラスの女子生徒のひとりが反論した。

「減るものじゃないでしょ？」

真子《まこ》がトレイをテーブルに置いた姿勢で固まる。

「えっ」

「他人が〝あーん〟したら壊《こわ》れる絆《きずな》なの？」

「え、は、……そ、そんなことないですよ！　あたしたちの絆《きずな》は鎖《くさり》並みにごんぶとです！　ばっちりつながってるんですから！　決して断《た》ち切《き》れないです！」

「じゃあいいよね？」

「〝あーん〟されて照れてるとこ見たいの！」

「あたしたちだって彼を愛してるんだから！」

「許嫁《いいなずけ》なのにどっしりかまえてられないの？」

「ぐ……、ぐぬぬぬ」

真子《まこ》がうめく。命《みこと》はそれよりもやはり、愛、と口にされて悲しかった。寄りかかられても、原因が自分の力である以上、やめろ、と力任せに振《ふ》り払《はら》うのは気が引けた。

ほんとうにただの力でしかないのに、命《みこと》の魅了《みりよう》の影響《えいきよう》を受けづらい、吸血鬼や魔血体《まけつたい》ではない異性愛者の男子生徒が敵意剝《む》き出《だ》しで睨《にら》んでくるのも居心地《いごこち》がわるい。命《みこと》の周囲の騒動《そうどう》は、食堂で目立ってしまっている。多くの生徒が眺《なが》めてきている。特別クラスも、支配クラスも、中学部の生徒も、高校部の――。

久嶺《くれ》ミライ。

命《みこと》ははっと気づいた。

なんらかの定食が載《の》ったトレイを手にしたミライも、命《みこと》を見ていた。

ミライはたぶん、すこしだけ油断していた。振《ふ》り返《かえ》ると思っていなかったタイミングで命《みこと》が振《ふ》り返《かえ》った。だから一瞬《いつしゆん》見た。ミライが命《みこと》に向ける、怒《いか》りではないまなざし。

なんだろう。切なさとやりきれなさ、それに……ほんのわずかな、期待？　そういうものが入り交じった表情。命《みこと》がこれまでの魅了《みりよう》の結果であまり見た記憶《きおく》のない顔だ。

が、目が合うとミライはその顔をどきりと揺《ゆ》らしたあと、またあの怒《おこ》ったような険しい表情になる。こっちを見ないでって言ったでしょう、と言わんばかりに乱暴に身を翻《ひるがえ》し、どすどすと歩いて去っていく。

命《みこと》は不安になった。

……あんな荒《あら》い動きをして、定食のお味噌汁《みそしる》はこぼれなかっただろうか。

ミライに気を取られているあいだに、女子生徒のひとりが命《みこと》の肩《かた》に手を触《ふ》れた。ちがうひとりが頬《ほお》を撫《な》でてきた。ほかのひとりが髪《かみ》をいじいじついてきた。べつのひとりが命《みこと》の小指にそっと小指を絡《から》ませてきた。真子《まこ》が見とがめた。

「なっ……ちょ、待っ……お触《さわ》り厳禁です！　その小指へし折られたいんですか⁉　あたしが我慢《がまん》できてるうちにやめたほうが身のためですよ⁉」

……いろんな意味で、時間に余裕《よゆう》はない。

その夜。

時刻はすでに午後九時近い。天霧《あまぎり》学園の生徒の門限は超《こ》えている。命《みこと》は私服で裏門からこっそり敷地《しきち》外《がい》に出た。正規の校門、裏門ともに吸血鬼災害課の人員が張っていて、当然ながら命《みこと》は顔パスだ。

学園内に吸血鬼がひそんでいると確信しているのは、課全体ではなく命《みこと》と想子《そうこ》であり、組織として総力をあげている段階ではまだない。それでもむろんそれなりに人員を割《さ》いてくれており、防犯カメラによる監視《かんし》などの協力も敷地《しきち》外《がい》でしてくれている。想子《そうこ》がこれまでに数多《あまた》の功績をあげてきているためでもある。

想子《そうこ》は吸血鬼災害課のエースだ。若くして、吸血鬼災害課史上一位の駆除《くじょ》件数を誇《ほこ》る。階級は警部で、夜の吸血鬼と至近距離《しきんきょり》の一対一で殺し合って勝った経験を持ち、課内の人間には尊敬され他課の人間には畏《おそ》れられ、現在はカフェの店員に注文している。

「いちごあふれる夢いっぱいふわふわハイパーパフェをひとつ」

命《みこと》は想子《そうこ》へ、メニュー表越《ご》しに目を向けた。

「想子《そうこ》さん、それ夜九時に食べるメニューですか？　後先考えずに注文でボケても、食べるのは手伝いませんよ」

「じゃあ命《みこと》はなんのパフェにするんだ？」

「すみません、夜ごはんを食べる時間がなかったので、ボケずにふつうに頼《たの》みます。カマンベールチーズフォンデュとエスカルゴのガーリックバターを」

「……ふつうの注文が洒落《しゃれ》すぎている」

「ふつうです。…………あの？　以上ですけど」

命《みこと》は女性店員を見あげた。二十代前半くらいか。髪《かみ》を編み込んでふたつ結びにした眼鏡の女性で、オーバル型レンズの向こうの瞳《ひとみ》がぽーっとしている。自然と、その手が命《みこと》の頰《ほお》に伸《の》びていた。なにより愛《いと》しいものに触《ふ》れるかのごとく、そうっと撫《な》でてくる。命《みこと》はいたたまれないような気持ちになって、突《つ》き放《はな》す強い言い方をした。

「注文は終わりです。いいですか？」

「あっ、……は、はいっ。ごめんなさいっ、……ありがとうございます。ええっと、わたし、年下の趣味《しゅみ》はなかったんですけど、……運命かも。これが愛なのかも……。お付き合いしてる人いますか？　もしよかったら連絡先《れんらくさき》──」

「これはわたしの若い燕《つばめ》なんだ。手を出さないでくれるか」

想子《そうこ》が怖《こわ》い声で言って、女性店員は慌《あわ》てて謝り、小走りで駆《か》けていった。が、厨房《ちゅうぼう》に入る際にちらちらと未練がましい視線を向けてくる。

想子《そうこ》がグラスの冷水を飲んだ。

「改めて納得《なっとく》するな。そりゃあ久嶺《くれ》ミライも焼《や》き餅《もち》ぷんぷんになるわけだ」

「……焼《や》き餅《もち》じゃないでしょ」

「ならなぜ、学園はじまって以来の女神《めがみ》様だと評判の久嶺《くれ》ミライが、おまえにはそんな剣呑《けんのん》な態度を取るんだ？　……わたしの知らないあいだに手を出したか？」

「なんでですか。……学食で、はじめて彼女のちょっと……素顔《すがお》、みたいな表情を見ました。彼女は単に僕という存在が気に入らないんじゃなくて、なにかに怒《おこ》ってる……のかもしれないと思いました。それがなんなのかはわかりませんけど……」

想子《そうこ》が思案するように目を伏《ふ》せる。

……今回は、命《みこと》の天霧《あまぎり》学園潜入《せんにゅう》以降、候補者四人について二回目の直接報告だった。

天霧《あまぎり》学園から七、八分ほど歩いた、ちょっとした飲食店街になった通り。そこにあるカフェである。夜にはバーのようになる営業形態の店。空いたテーブルをひとつ挟《はさ》んだ席で、カップルがワインを飲んでいた。その彼女のほうが命《みこと》にとろんとした目を向けている。饒舌《じょうぜつ》に喋《しゃべ》り続《つづ》ける彼氏《かれし》は気づいていない。

飲食店を利用したのは失敗だったかもしれない、と命《みこと》は思った。

自分の存在が恋人《こいびと》たちの愛と時間を穢《けが》していると感じる。お願いだから話しかけてこないでほしい。そこで先ほどの女性店員が注文品を運んできた。

想子《そうこ》が顔をあげ、パフェの巨大《きょだい》さにすこし、怯《ひる》んだ。だから言ったのに。苦笑《くしょう》した命《みこと》に、女性店員が耳打ちしてくる。

「連絡先《れんらくさき》教えてくれるなら、彼氏《かれし》と別れますから……」

……やはり、この店を選んだのは失敗だった。

気を取り直した想子《そうこ》が店員をまた追《お》い払《はら》い、カップルの女性も話しかけてはこず、なんとかふたりで食事をはじめられた。想子《そうこ》が言った。

「久嶺《くれ》ミライが吸血鬼で、自分の狩《か》り場《ば》に不審《ふしん》な転入生がやってきたことを不快に感じている……とか？　実際のところ、命《みこと》の感触《かんしょく》として久嶺《くれ》ミライはどうなんだ？」

吸血鬼の候補者として。もしくは、危険な立場の魔血体《まけつたい》の人間として。

命《みこと》はエスカルゴをひとつ、フォークで刺《さ》しながら応える。

「彼女という人間は……僕への態度以外、事前の評判どおりです。すごく人気者で、いろんな生徒から慕《した》われて常に囲まれている感じです。狙《ねら》われる危険って意味なら、寮《りょう》の自室かお手洗いの個室くらいしかないかもしれません。寮《りょう》は防犯カメラの数をかなり増やしてもらいましたしね」

命《みこと》の指示で、防犯カメラを追加で設置している。特に、候補者全員が寝起《ねお》きする女子寮《じょしりょう》を重点的に。むろん、学園側に設置と映像確認《かくにん》の許可はもらっている。

ただし、設置場所は廊下《ろうか》や広間など公《おおやけ》の場のみである。プライバシーを完全に侵害《しんがい》する位置にカメラを仕掛《しか》けるのは、吸血鬼災害課の内規としても選択肢《せんたくし》にない。かつて世界のあちこちで、吸血鬼駆除《くじょ》のため無関係の人間が暴行、殺害される事件が多発した時期があったがゆえに、厳格なラインが国際的に設けられた。

吸血鬼と確定していない人間の人権を侵害《しんがい》してはならない。

でなければ、吸血鬼災害より深刻な被害《ひがい》を人間社会に発生させてしまう。

「彼女に対して不審《ふしん》な行動を取る生徒は……いないわけじゃないですけど、吸血鬼災害との関連はなさそうです。逆に、彼女が人を襲《おそ》う側であった場合は、犯行自体はそう困難なく可能と思います。彼女は注目を浴びる生徒ですが、彼女がひとりになりたいと考えたときは、まとわりついて邪魔《じゃま》する生徒は基本的にいません。彼女に嫌《きら》われたくないと考える生徒がほとんどみたいですから」

命《みこと》は実際に、ミライがひとりになり、人目のない場所で考えごとをしている場面を、ほんの数回だけ見た。直接でも防犯カメラ越《ご》しでも。

ミライがなにを想《おも》うのかは、もちろんわからなかった。だが命《みこと》の勘《かん》が告げていた。久嶺《くれ》ミライという人間には、評判どおりの屈託《くったく》のない聖女なだけではない、命《みこと》に対するつんけんした姿だけでもない、相反するふたつの態度のあいだを埋《う》める、なにかがあるのかもしれないと。命《みこと》はちいさく首を振《ふ》って、続ける。

「と言っても、誤解しないでください、久嶺《くれ》ミライがなんらかの怪《あや》しい言動をしたわけじゃないです……、……いえ、彼女にかぎった話じゃない。いまのところ、候補者四人に吸血鬼だと疑うに足る動きはありません」

「支配血統の吸血鬼の公算が高い、というのを加味してもか？」

「そうです。精神支配を使ったとしたら、その周りの人間が違和感《いわかん》を覚えるでしょうから。そういった様子も校内にはありません。よっぽど強度と練度の高い精神支配ならべつですけど、戸河内《とごうち》マイと比婆《ひば》ユキエを襲《おそ》ったやり口は……発覚して自分が追われることになるかもしれない、という視点が欠けているようにしか見えませんから。杜撰《ずさん》で、転生直後の吸血鬼という仮定に違和感《いわかん》はありません」

　想子《そうこ》がパフェをつついた。

「単に、転生直後でも吸血欲が少ない個体なのかな？　そうであっても、魔血体《まけったい》の人間が複数周りにいていつまでも我慢《がまん》できるとは思えないが……」

「とにかく、僕からはまだなんとも言えないです。久嶺《くれ》ミライにかぎらず、です。……でも吸血鬼災害課としては正直、久嶺《くれ》ミライはあまり疑っていなさそうですよね」

「ちなみに、久嶺《くれ》ミライの好きな食べ物はなんだと思う？」

　いきなり問いかけられ、命《みこと》は一瞬《いっしゅん》固まった。

「え、……あ、ええっと……牛肉じゃないかな。あとロリポップ」

「彼氏《かれし》は？　いそうか？」

「どうしてそんなことを、……よほど巧妙《こうみょう》に隠《かく》していないかぎり、現在はいないと思います。過去にもいないかもしれませんけど、あれだけの美人だし、本人がその気になればたいていの相手はいちころでしょうから、どうかな……」

「胸のサイズは？」

「は⁉　想子《そうこ》さん、そういうのはちょっと……」

「仕事だ。答えろ」

　命《みこと》は頬《ほお》をかいて、照れくささを誤魔化《ごまか》した。

「……EかFと思います」

「命《みこと》……。おまえって奴《やつ》は恥《は》ずかしそうにするくせに、細部までしっかり見ていて女としては怖《こわ》いぞ。まあ、しかしそれだけ入念に観察しているならうちの上層部も安心だろう。……わたしの判断はさておき、命《みこと》の言うとおりだ、課としては久嶺《くれ》ミライが吸血鬼である可能性は低いと考えている。むしろ、久嶺《くれ》ミライの身に危険が及《およ》んだ場合に、久嶺産業《くれさんぎょう》から責められるのを心配しているな。わかっていて防げなかったのか――と」

「久嶺《くれ》ミライの可能性が低いと考えてるのは、彼女が久嶺産業《くれさんぎょう》の娘《むすめ》だからですか？」

「そうだ。むかしから、吸血鬼災害課が使用する魔血武器《まけつぶき》は大半が久嶺産業製《くれさんぎょうせい》だ。かの一族の因習を上層部は知っている。命《みこと》も久嶺《くれ》ミライの資料を読んだのなら、なんとなく想像できているんじゃないか？　久嶺《くれ》ミライはまずまちがいなく、最高級品の魔血武器《まけつぶき》を所持、携帯《けいたい》しているはずだ」

吸血鬼災害課の上層部が久嶺産業《くれさんぎょう》に胡麻《ごま》をすっているだけ、という話ではない。

久嶺産業《くれさんぎょう》の本社は東京の一等地にあり、一族のもともとの出身こそ天霧《あまぎり》市であるが、経営陣《けいえいじん》もいまは多くが東京に住んでいる。

にもかかわらず、久嶺《くれ》ミライは天霧《あまぎり》市内の小学校を卒業している。命《みこと》の公立校とはちがう、私立校だ。久嶺《くれ》ミライは全寮制《ぜんりょうせい》の天霧《あまぎり》学園に入る前から、両親やほかの兄弟とは別れて暮らしていた。その意味はひとつ。

リスク分散だ。

久嶺産業《くれさんぎょう》の経営者一族は、子供たちを手許《てもと》に置かない。一箇所《かしょ》に固めない。

吸血鬼の恨《うら》みを買う企業《きぎょう》であるがゆえに。子供たちには魔血武器《まけつぶき》の扱《あつか》いを習熟させ、支社のある地方でばらばらに育てる伝統がある。

そして、魔血武器《まけつぶき》はその鋼材が上等であるほど——上級吸血鬼の血をふんだんに使った物であるほど、所有者を魔血体《まけったい》にしやすい。

久嶺《くれ》ミライはもともと魔血体《まけったい》となる蓋然性《がいぜんせい》が高いということだ。

「といっても、わたしが優先するのは現場の命《みこと》の判断だ。命《みこと》は自分の思うようにやればいい。上層部から横やりは入れさせない。……ただ、ついでに言うと、課や上層部が現状で最も怪《あや》しんでいるのは玖村《くむら》アサだろうな」

「久嶺《くれ》ミライとは逆に、なにもわかっていないからですか？　資料内容が薄《うす》すぎだったんで、追加の調査を期待してるんですけど」

命《みこと》が抗議《こうぎ》じみた言い方をすると、想子《そうこ》は申し訳なさそうにした。

「……すまない。命《みこと》はこのあいだの報告のあとも、玖村《くむら》アサと話したか？　彼女の目を見る機会はあった？」

「遠目にならば、何回も。間近でということであれば二回です。……魅了《みりょう》の影響《えいきょう》はやっぱり強く窺《うかが》えましたし、それでいてそれに流される様子もなかった。魔血体《まけったい》か吸血鬼なのはまちがいないです。でも、なんというか……」

「気がかりが？」

「――……特に印象に残ってるのは二回目です。先に美調《みつぎ》ヒカリに会いに行ってたので、お昼ごはんがすこし遅《おそ》くなりました。食堂に向かって、ちょうど出てきた玖村《くむら》アサと鉢合《はちあ》わせしたんです。思いがけなかったから、ちょっと驚《おどろ》いちゃいました。……彼女に遭遇《そうぐう》したことじゃなくて、彼女の髪《かみ》の毛《け》に」


アサは、驚《おどろ》いた命《みこと》に対してまた、ぞくぞくっと一度身震《みぶる》いした。それから、いかにもおもしろそうに首を傾《かし》げてくる。

――どうかした？　わたしの顔になにかついていますかー？

――……なにかついてるもなにも。その髪《かみ》、……このあいだの連中？

アサの髪《かみ》が一部、トマトケチャップでべったりと汚《よご》れているのだ。他人からの嫌《いや》がらせでないなら、うっかりさんの次元を超《こ》えている。

アサは命《みこと》の問いかけに微笑《ほほえ》んだだけだった。が、その直後、アサに水をかけたのとおなじ奴《やつ》らがにやにやと嫌《いや》な顔をして通りすぎていったので、回答は必要なかった。そいつらをたしなめようかと迷う。しかし周りの目がありすぎた。

すでに学園内の全員を魅了《みりょう》の力で確認《かくにん》し終《お》えたいま、不要な注目は省いていきたかった。アサは頰《ほお》を赤らめ、命《みこと》がどう対処するのか待っている。命《みこと》はちいさく息を吐《は》き、ハンカチを取り出してアサに近づいた。

髪《かみ》を拭《ぬぐ》うあいだ、アサはされるがままになっていた。

楽しげに言ってくる。

――やっぱり、約束どおりまた助けてくれるんだ？

命《みこと》には、ふつうの女子高生が複数の男子生徒からケチャップをかけられ、ここまでどうとも感じていない態度を取れるとはとても思えなかった。

……吸血鬼で、超越者《ちょうえつしゃ》だから、人間のつまらない悪ふざけなど気にもならないのか？　それともちがう理由？　わからない以上は、人間として扱《あつか》うしかない。

吸血鬼だと確信してはじめて、憎悪《ぞうお》の矛先《ほこさき》を向けられる。それまでは、命《みこと》の家族とおなじく被害者《ひがいしゃ》になるかもしれない羊であり、敬意を払《はら》うべき人だ。

命《みこと》は素直《すなお》な気持ちで忠告した。

――わるいのは完全にいまの連中。君はなにひとつわるくない。あいつらが嫌《いや》な奴《やつ》なだけ。……でも、せっかくの髪《かみ》や服を汚《よご》さずに済むように、多少はあいつらを避《さ》けることを意識したほうが楽なんじゃない？

アサは、ハンカチを持つ命《みこと》の手をそっと摑《つか》む。

──ごめんね？　実を言うと、君に助けてもらえるんならいいかと思って、最近はわざとあの連中の視界に入るようにしてたとこがありました。でも、君の手を煩《わずら》わせちゃうから、やめるね？　ねえ……。

またしても、耳に息がかかるくらい唇《くちびる》を寄せてくる。命《みこと》は耳がすこし弱くて、ぞわりとしてしまった。アサはいたずらっぽく声を弾《はず》ませる。

──今度お礼したげる。特別な君が望むなら、なんでも。

命《みこと》は食事を進めながら、想子《そうこ》へと続けた。

「玖村《くむら》アサの態度はまるで僕が……少なくとも、単なる転入生ではないと認識《にんしき》してるふうに見えます。吸血鬼かどうかの判断材料にはなりませんが……」

「……うちの課が外注した調査で、玖村《くむら》アサという個人のデータ自体は見つかった」

ここで言う、外注、とは主によその県警などに頼《たの》むことだ。

「天霧《あまぎり》学園の名簿《めいぼ》どおり、現在十五歳……今年度に十六になる。通常は高校一年の年齢《ねんれい》でまちがいないな。出身は東北の日本海側、兄弟はおらず、両親は健在。……記録上ではな」

「実際はちがうと？」

「不明、らしい。命《みこと》が玖村《くむら》アサを候補者のひとりにあげたあとに、外注の捜査員《そうさいん》が彼女の地元とされる町に赴《おもむ》いた。だが、記録上では存在するはずの両親が見つからないそうだ。自宅はかなり前から空き家で、職場とされる会社に連絡《れんらく》を取っても、十年近く前に辞《や》めて以降はわからないというだけだ」

命《みこと》はちょっと思考をめぐらせ、問いかける。

「玖村《くむら》アサが通《かよ》ったはずの小中学校はどうでしたか？」

「調査で、元同級生であるはずの何人かに玖村《くむら》アサの写真を見せたそうだ。……一様に、知らない、見覚えがない、との答えだったと」

「天霧《あまぎり》学園に入った経緯《けいい》については？」

「これは天霧《あまぎり》学園の試験担当に聞き取りした。入試の成績はすこぶるよかったと。ただ特待生として認められた経緯《けいい》には不透明《ふとうめい》な部分があった。記録では、玖村《くむら》アサの両親は学園の職員と面接したことになっているが、実際に面接したという職員が見つからない。防犯カメラのデータは残念ながら保存期間をすぎていたので、実際はわからない。……何者かが文書を偽造《ぎぞう》したか、あるいは――」

「支配血統の吸血鬼の固有能力を利用したか」

想子《そうこ》はうなずいた。

「ああ。……しかし、玖村《くむら》アサに関しては時系列に多少ずれもある。玖村《くむら》アサが女子《じょし》寮《りょう》に引《ひ》っ越《こ》してきたのは、戸河内《とごうち》マイが屍人《レブナント》として捕獲《ほかく》されたあとだ。戸河内《とごうち》マイは敷地《しきち》外《がい》に複数回出かけたのが確認《かくにん》されているから、決定打になるわけでもないが。女子寮《じょしりょう》に引《ひ》っ越《こ》す前の玖村《くむら》アサの行動は判然としないしな。天霧《あまぎり》学園を狩《か》り場《ば》とみなして、近くにひそんでいた可能性もある。……一応渡《わた》しておく。スカスカだが」

想子《そうこ》が、鞄《かばん》から取り出したA４封筒《ふうとう》を渡《わた》してくる。追加の資料だ。巨大《きょだい》なパフェが邪魔《じゃま》で受け取りにくかった。アサの物だけではない。四つ。候補者全員分だ。

「久嶺《くれ》ミライの調査も、上層部が久嶺《くれ》産業《さんぎょう》に気を遣《つか》うせいで芳《かんば》しくない部分があったようだ。が、あとのふたりは問題なく詳細《しょうさい》があがってきたぞ。……風嚥《かぜはや》ユメ。芸名はちがったが……彼女が出たドラマはわたしも再放送のときに観《み》た。……人は見かけによらないな。思いもしなかったよ」

彼女が出たドラマ。

命《みこと》も事前資料で風嚥《かぜはや》ユメの顔写真を見たとき、この顔知ってる、と真っ先に感じたものだった。命《みこと》はむかしから、ニュースと天気予報以外のTV番組をほとんど観《み》ないが、それでも、見覚えがあったのだ。

風嚥《かぜはや》ユメは小学校時代に子役をやっていて、ヒットしたTVドラマで主演を務めていた。たしか、命《みこと》が想子《そうこ》と暮らしはじめてからそれほど経《た》っていないころだったはずである。タイトルは〝DESERT〟――捨て子をテーマにしたドラマだったはずだ。

その後、天霧《あまぎり》学園の中学部への入学とともに芸能活動を完全に休止し、首都圏《しゅとけん》から地方のこの中核市《ちゅうかくし》に引《ひ》っ越《こ》してきている。

久嶺《くれ》ミライと並ぶ、校内で最も有名な生徒だ。その評判はミライとは正反対に近いものではあるが……。

命《みこと》は首を傾《かし》げた。

「なにを思いもしなかったんですか？」

「命《みこと》もその追加資料を読めばわかる。……わたしはそれを読んだとき、正直言って風雌《かぜはや》ユメが吸血鬼であれば気が楽だと思った。風雌《かぜはや》ユメが、人権の尊重されるべきただの人間なら……本来、わたしたちのような部外者が無遠慮《ぶえんりょ》に知るべきものじゃなかったから。命《みこと》としては、風雌《かぜはや》ユメはどうだ？」

「直接はまだほとんど喋《しゃべ》れてないんです。……彼女にはなんだか……顔を真っ赤にして逃《に》げられるので……」

「逃《に》げられる？」

「はい。僕の姿を見ると、回れ右をして逃《に》げるんです」

想像したのか、想子《そうこ》は頬《ほお》をかすかにゆるめた。

「珍《めずら》しいパターンだな」

「魅了《みりょう》はあきらかに効いてるので……、……本能的な抵抗《ていこう》として逃《に》げてるんでしょうか。僕に愛を欺《あざむ》かれないように……。一応、さりげなくを装《よそお》って逃《に》げる感じなので、いずれ逃《に》げづらい状況《じょうきょう》を作って、話してみようと考えてます。……あ、代わりにじゃないですけど、美調《みつぎ》ヒカリとは明日また会います」

「約束を取りつけているのか」

「ええ。彼女がいつも練習に使ってる第二音楽室で、ピアノを聴《き》かせてもらいます」

「音楽の……ピアノの特待生として天霧《あまぎり》学園に入ったんだったな」

「ピアノを聴《き》きながら、彼女の話に矛盾《むじゅん》がないかとか吸血衝動《しょうどう》の兆候が見えないかとか探《さぐ》ってきます。……正直に言って、美調《みつぎ》ヒカリに対しては、ほかの三人より強く心が痛む部分があるんですが……」

「魅了《みりょう》で愛を欺《あざむ》くことが？」

「彼女は、……僕と目が合うと泣くんですよ。嫌《いや》がってるわけじゃなさそうだし、彼女のなかでどんな葛藤《かっとう》があるのかはわかりませんけど、やっぱり、人の心を不躾《ぶしつけ》に踏《ふ》みにじってる感が強くて。……むかし妹が教えてくれた……愛を大切に想《おも》う気持ちっていうのが、きっと、僕がいまも人間だっていう唯一《ゆいいつ》の証拠《しょうこ》ですから。でも、やらなきゃいけないのはわかってるから大丈夫《だいじょうぶ》です」

想子《そうこ》がやや複雑なまなざしを向けてきている。命《みこと》は立ちあがる。向こうのテーブルのカップルのうち、彼氏《かれし》のほうがつい先ほどお手洗いに行ったのがわかっていたからだ。彼女のほうがそわそわしはじめている——命《みこと》をちらちらと見て。

経験則でわかる。もしも彼氏《かれし》のお手洗いが長ければ、彼女は命《みこと》に声をかけてくる。目つきからまちがいなかった。自己嫌悪《じこけんお》を覚える。またしても恋人《こいびと》たちが育む愛を穢《けが》してしまうのが嫌《いや》だった。その前に退散したい。

ごちそうさま、と言うと、想子《そうこ》の瞳《ひとみ》に焦《あせ》りの色がにじんだ。

「おい。命《みこと》」

「そろそろ行きます。美調《みつぎ》ヒカリと会った結果は、特筆すべきものがなければ次回の定期報告で」

「ちょっと待ってくれ。命《みこと》、本気で……」

「僕の残りも食べておいてください。どっちも美味《おい》しかったですよ。支払《しはら》いも甘えます。早く戻《もど》らないと。他人の恋路《こいじ》を邪魔《じゃま》したくないですし、監視《かんし》カメラがあるといっても、真子《まこ》をずっとひとりにしておくのも心配なので」

カフェの店員と女性客が送ってくる熱い視線をかわして、身を翻《ひるがえ》す。想子《そうこ》が珍《めずら》しく狼狽《ろうばい》した声を発した。

「待つんだ。ほんとうにこのパフェを手伝ってくれないのか？　ちっとも？　これを頼《たの》んだのは冗談《じょうだん》なんだ。あまつさえさらに食べ物を置いて、……命《みこと》、おい、……その背中、笑ってないか？　おもしろがってないか⁉」

……おもしろがっている。

たまにはこうして楽しまないと、吸血鬼狩《が》りなんてやってられない。

6

支配クラスの生徒にも苦労人はいる。一般論《いっぱんろん》としても当然だし、風嚙《かざはや》ユメの追加の調査資料を読んだ現在はなおさら理解している。

だがやはり、特別クラスの生徒は立場がすこしちがうのだ。特別クラスに苦労人でない生徒は皆無《かいむ》である。第二音楽室。信じがたいが、専門の学校でもないのにスタインウェイが設置された部屋。命《みこと》はその特別なピアノの音を聴《き》きながら改めて考える。

弾《ひ》き手《て》は美調《みつぎ》ヒカリ。

現在は天霧《あまぎり》学園全体で三人しかいない、音楽による特待生。そのなかでもピアノはヒカリひとりだ。それなりに背が高く、ぴんと背筋の伸《の》びた姿勢が様になる。華奢《きゃしゃ》さも相まって、おおきなグランドピアノを弾《ひ》きこなすその姿が、まるで優美な巨獣《きょじゅう》を使役《しえき》する妖精《ようせい》かなにかのように見えた。

彼女の音楽を正しく言い表す語彙《ごい》を、命《みこと》は持っていなかった。

　ヒカリの演奏をちゃんと聴《き》いたのははじめてだ。天霧《あまぎり》学園の特待生になるのは難しい。だから、そこそこすごいはずだとは考えていた。クラシック音楽に造詣《ぞうけい》が深いわけではないので、ヒカリが候補者になったあとで命《みこと》は軽く調べておいた。候補者四人の監視《かんし》の合間を縫《ぬ》い、有名なプロのピアニストの動画も複数観《み》てみた。

　ヒカリが弾《ひ》いているのは、ちょうど動画で観《み》たのとおなじ曲だ。命《みこと》でさえもともと知っていた超《ちょう》有名曲である。

　ショパンの夜想曲の第二番。

　あの動画よりヒカリのこの演奏が劣《おと》っているとは欠片《かけら》も思えない。

　一音目から鳥肌《とりはだ》が立った。命《みこと》がこれまでに直《じか》に聴《き》いた演奏とは、一聴《いっちょう》して別物だった。聴《き》いていると、世界の色が変わった。音の振動《しんどう》に胸の底が揺《ゆ》さぶられた。旋律《せんりつ》に心臓を掴《つか》まれた。比喩《ひゆ》ではなく何度か、呼吸するのを忘れた。……こんな音楽、と命《みこと》は二重の意味で胸が熱くなる。

　こんな音楽が当たり前に存在するこの世界は美しい。たとえ吸血鬼災害をはじめとして、残《ざん》酷《こく》で醜悪《しゅうあく》な事象がありふれていても。吸血鬼を殺す、という役目以外にも、もしかすると生き延びた価値があるのかもしれないと思えてくる。

　同時に、ヒカリのこれまでの努力を想《おも》う。

　ヒカリが才能を持って生まれたことに疑いはない。想子《そうこ》に渡《わた》された追加資料からもはっきり読み取れた。ヒカリがピアノ教室に通い始めたのは、命《みこと》からすれば想像もできないが、二歳のころとなっていた。

当時のピアノ講師の証言も取れていた。

ヒカリの家は決して裕福《ゆうふく》ではない。むしろかなり厳しい経済状況《じょうきょう》だった。両親が音楽をやっていたわけでもない。にもかかわらずそんなに早くからピアノを習いはじめたのは、二歳のヒカリが、おもちゃ屋に見本として展示されたピアノのおもちゃを勝手に弾《ひ》いていたからだという。

適当に、無茶苦茶に、ではなく。

メロディとして。

両親は驚愕《きょうがく》して、ヒカリを近所のピアノ教室に連れて行ったわけだ。しかしヒカリに天賦《てんぷ》があったからといって、それだけでプロになれる世界ではない。天才が血のにじむ努力を果てしなく続けなければならない世界であり、その努力の結果がこの演奏だ。どれだけ弾《ひ》き続ければこんなにも音が生きるのか。千時間の修練を経てなめらかさを百分の一秒向上させるようなその地獄《じごく》は、命《みこと》が知る地獄《じごく》とはまた別種のものだろう——。

いつまでも聴《き》き続《つづ》けていたかった。

煩《わずら》わしいすべてを忘れて、音に酔《よ》っていたかった。

しかしヒカリは曲に区切りがついたところで、演奏の手を止めた。瞬間《しゅんかん》、まるで世界が色あせてさえ感じ、あぁ……と命《みこと》は残念に思った。一瞬《いっしゅん》、吸血鬼探しの目的を忘れた。

ヒカリが戸惑《とまど》う目をした。

「えっと……うん、こんな感じ……だけど」

ヒカリは長い髪《かみ》の大半をサイドテールにして、前は切《き》り揃《そろ》えている。顔立ちの彫《ほ》りは浅く、代わりに目がおおきく、鼻はちょこんとちいさい。全体的にお人形じみた可愛《かわい》らしさがある。ただし西洋人形ではなく日本人形だ。どこか幼いまなざしを受けて、命《みこと》は我に返る。笑顔《えがお》を浮《う》かべる。

「……ごめん。余韻《よいん》に浸《ひた》ってた。想像の何倍かわからないくらいすごい」

素直《すなお》な笑顔《えがお》で、素直《すなお》な賞賛だ。ヒカリの表情が、どきっ、と揺《ゆ》れる。その頬《ほお》がわずかに赤み、細い肩《かた》が震《ふる》える。それからその瞳《ひとみ》にまた、涙《なみだ》がじわっとにじむ。ヒカリは慌《あわ》てた様子で目をそらしたが、命《みこと》のほうもすこし慌《あわ》てた。

「ごめん、なんか……その」

「……ううん。なんでも……ない。ごめんなさい」

前回、廊下《ろうか》で話しかけたときもそうだった。ヒカリと話すとまずお互《たが》いに謝る形になる。謝っている意味はちがうが。ヒカリは涙《なみだ》を拭《ぬぐ》って、気持ちを静めるためか鍵盤《けんばん》を見ながら言ってきた。

「ほんとうに。あなたが……嫌《いや》なわけじゃないの。なのに、なんだろう……そんなはずないのに、なんでこんなにどきどきするんだろう……。……とにかく、ごめん、うれしい。嫌《いや》みがないから……かな？　あなたが褒《ほ》めてくれるのは、弟と妹が褒《ほ》めてくれるのに負けないくらいうれしかったよ」

ヒカリはいくらか砕《くだ》けた口調になっていた。……ヒカリに弟と妹がひとりずついることは、もちろん知っている。おそらくそれが、公然と差別を受けるこの天霧《あまぎり》学園を、それでも選んだ理由のひとつであるのも。

天霧《あまぎり》学園の特待生には、学園からの金銭的な援助《えんじょ》がある。

それゆえに、悪評たっぷりでも天霧《あまぎり》学園の特別クラスには入学希望者が絶えない。天霧《あまぎり》学園は支配クラスから得た潤沢《じゅんたく》な資金を一部、特別クラスに回している。

授業料や寮費《りょうひ》、食費はおろか、卒業後の支援《しえん》まで充足《じゅうそく》に受けられる。吸血鬼災害課に音楽の特待生について調べてもらったところ、在学中のコンクールの参加料や交通費、衣装代《いしょうだい》、外部の音楽教室のレッスン料などもさることながら、ヨーロッパの音楽大学への推薦《すいせん》、留学費用の援助《えんじょ》、さらにその後の活動にまで、生徒に実力がともなっているかぎりは手厚い支援《しえん》が約束されている。

だから、ヒカリが中学から天霧《あまぎり》学園に入り、ヒカリの両親の経済的負担は今後の予定も含《ふく》めてすさまじく軽くなったはずだ。ヒカリの弟と妹もヒカリの入学と同時期にいくつかの習い事をはじめているが、ヒカリが天霧《あまぎり》学園の特別クラスに入っていなければ、とてもできなかったのだろう。本物の才能はある意味で周囲を犠牲《ぎせい》にしちゃいますからね、と真子《まこ》がしたり顔で言っていた。

しかしその社会的な待遇《たいぐう》のよさと学園内の扱《あつか》いのわるさのずれが、この私立天霧《あまぎり》学園の歪《いびつ》さを如実《にょじつ》に表している。

「だけど、……わたしなんてまだまだなの。ピアノに助けられているだけ。慣れない人にはピンとこないかもしれないけど、このピアノはほんとにすごいの。調律師も頻繁にきてくれる……わたしのためだけに。お父さんたちはわたしのためにがんばってくれてたけど、やっぱり音楽面の環境《かんきょう》は……この学校に入ってからすごくちがう」

ここは〝第二〟音楽室だ。

ということは第一音楽室もある。

そちらは支配クラスの生徒専用で、特別クラスの生徒は立ち入れない。基本的には第一のほうがはるかに設備が整っており、また、支配クラスの生徒が第二に入ることに制限はない。だが第一にあるピアノは国内メーカーの品であり、スタインウェイは第二にしかない。スタインウェイはピアノの特待生のために用意されているのに、支配クラスの生徒が弾《ひ》こうとした場合は、特待生は譲《ゆず》らなければならない。

そのちぐはぐさが命《みこと》には理解できなかった。吸血鬼の件とは関係ないのでやらないものの、現在、市長選真っ最中の理事長をはじめ経営陣《けいえいじん》に、どうしてこんなことをやっているのか問《と》い詰《つ》めたくなる。

ヒカリが鍵盤《けんばん》をアルペジオに鳴らした。

サイドテールが揺《ゆ》れ、さわやかな香りが命《みこと》の鼻に届く。シトラス系の匂《にお》い。シャンプーかコンディショナーの匂《にお》いだろうか、ライムの清潔感があり、たとえばミライやアサほどはっきりした強さではない。控《ひか》えめな香りだ。

「わたしは……まだまだ上手《うま》くならなきゃいけないの。応援《おうえん》してくれる人のために結果を出さなきゃいけない……。……そう、あなたみたいに支配クラスの人からしても、せめてそうでないと納得《なっとく》できないだろうし……」

「支配クラスの大半なんて、美調《みつぎ》さんに比べたらエリマキトカゲだよ」

「……。なんでエリマキトカゲ？」

「自分をおおきく見せようと実のない威嚇《いかく》ばっかりしてる」

ヒカリが、くすっ、と笑った。

顔をあげて、再び命《みこと》を見てくる。目が合うとヒカリはまたどきりとしたようだったが、今度は泣かなかった。命《みこと》は尋《たず》ねる。

「美調《みつぎ》さんはこんな学園にいて、つらくない？」

その疑問は本心からのものでもあった。

「大丈夫《だいじょうぶ》。心配してくれてるんだね。ありがとう……。ときどきは嫌《いや》なこともあったけど、わたしには支えがあるから」

鍵盤《けんばん》に触《ふ》れて首を振《ふ》ったヒカリから、血に飢《う》えた気配は感じなかった。戸河内《とごうち》マイと比婆《ひば》ユキエ以降、学園内に吸血被害者《ひがいしゃ》が出ていないのはほぼ確実なのにもかかわらず。また、話していても、魅了《みりょう》の影響《えいきょう》はあるもののそれだけ。受け答えに矛盾《むじゅん》や違和感《いわかん》はない。精神状態が渇《かわ》きで乱れているようには見えない。

命《みこと》は罪悪感をぐっと堪《こら》え、探《さぐ》りを入れてみる。

「入学前、寮《りょう》の下見にきたときに会った支配クラスの女子生徒も、特別クラスの生徒をすごく下に見た発言をしてたから。……なんだっけ、彼女……入学してからは見てないな。たしか……戸河内《とごうち》？　なんとかって、……知ってる？」

反応を見る。

戸河内《とごうち》マイの名をふいに出しても、ヒカリに動揺《どうよう》はなかった。

むしろとつぜん出てきた名前に、きょとん、としているふうにさえ見えた。

「——……戸河内《とごうち》さん？　ええっと……同い年だから知ってるけど。彼女はたしかにあんまり特別クラスにやさしくない部類だけど……」

下手をしたら、戸河内《とごうち》マイが行方《ゆくえ》不明になっている、という話すら知らないのではないか、と感じる態度だった。……ヒカリは命《みこと》が知るかぎりの、転生直後の血に飢《う》えた吸血鬼の典型例からは外れている。ましてや、至近距離《しきんきょり》ではなくても、学園内に複数の魔血体《まけったい》が存在していて、誘惑《ゆうわく》は強いはずなのだ。

それはミライやアサに対しても感じたことだった。吸血衝動《しょうどう》に駆《か》られる吸血鬼らしさを見《み》出《いだ》せない。期間が充分《じゅうぶん》でないだけかもしれない。しかし現状、ヒカリも筆頭候補からは外さざるを得ないかもしれない。

だとすると、あとは間近で観察できていない風雎《かぜはや》ユメこそが——。

同時に声を発しながら、と第二音楽室のドアが開かれた。

「は？　あんたまだいんの——……って、はあ!?」

まさに、いま考えていた風雎《かぜはや》ユメ。

ヒカリへ険しい目を向けながらドアを開けたユメが、すぐに命《みこと》の存在にも気づいた様子で、その頬《ほお》を赤くした。思いもしなかったのか、命《みこと》を前にして怯《ひる》んだ。これまでだったら身を翻《ひるがえ》して逃《に》げ出《だ》すのが常だった——のだが、今回は踏《ふ》みとどまった。ヒカリの、……特別クラスの生徒の目があったから？

命《みこと》が用意しようと考えていた、逃《に》げづらい状況《じょうきょう》が図らずとも成立したのか。舐《な》められるわけにはいかない、と思ったのかもしれなかった。

……風雎《かぜはや》ユメの学園での評判は〝怖《こわ》い〟に尽《つ》きる。

特別クラスの生徒にはひときわ怖《こわ》がられている。強く見くだす態度を隠《かく》さないからだ。だからといって支配クラスに馴染《なじ》んでいるわけでもない。ユメが支配クラスの一般《いっぱん》生徒とちがうのは、おなじ支配クラスの生徒にもとげとげした言動を取ることだ。

結果、支配クラスにも特別クラスにも好かれるミライとは正反対に、支配クラスにも特別クラスにも恐《おそ》れられている。なにかにつけて反抗的《はんこうてき》な態度から、中学二年のときにはおなじ支配クラスの生徒からいじめを受けかけたそうだ。だが首謀者《しゅぼうしゃ》を公衆の面前で罵倒《ばとう》し尽《つ》くして泣かせて、あっという間に収束させた。

小柄《こがら》で、いかにも女子然としたキュートな顔立ちで、TV画面に映っていた子役がそのまま成長した容姿をしているのに、牙《きば》を剝《む》き出《だ》しにしたような雰囲気《ふんいき》の落差が、余計にほかの生徒たちを威圧《いあつ》する——らしい。

らしい、というのは、命《みこと》は実感できていないから。いまもユメは、命《みこと》と目が合った途端《とたん》に震《ふる》えるくらい動揺《どうよう》した。

「な、なんであんたまでいるわけ？」

「なんでって……、美調《みつぎ》さんのピアノを聴《き》きに」

命《みこと》のほうはそれほど驚《おどろ》いてはいなかった。

ぴったりのタイミングは予想外だったが、ユメも趣味《しゅみ》と特技がピアノというのは芸能事務所のプロフィールにも残っているし、学園内の評判でもあった。

ユメはヒカリのような特別クラスの生徒にスタインウェイが与《あた》えられているのに納得《なっとく》いって

いない、ヒカリを追い出してスタインウェイを弾《ひ》くことがある、嫉妬《しっと》から特にヒカリをいじめている、と。

「……。あんたもそいつのピアノがいいって言うわけ？」

ユメの目に敵意の光が灯《とも》った。乱暴な足取りで、命《みこと》とヒカリのほうにずんずんと近づいてきながら言う。

「そんなのあんたが聴《き》いてなんになるって言うの？　そりゃたしかに大した演奏ではあるけどそれだけ、どうせろくでもない親の子に生まれて、おどおどとなんの自信もなくて、中身は空っぽで――……ぅおぅっ⁉」

ユメが悲鳴をあげた。

命《みこと》にはわかった。命《みこと》の目を見た距離《きょり》が近すぎたのだ。そのまなざしから敵意が消し飛び、代わって支配的になるのはどきどきした好奇心《こうきしん》、興奮、戸惑《とまど》い、抵抗感《ていこうかん》、つまり魅了《みりょう》が複雑に効いている証拠《しょうこ》だ。汗《あせ》をだらだら流しながら命《みこと》を見るその顔は真っ赤で、ぷしゅう、と頭から湯気を噴《ふ》くかのようだった。

ユメは身をのけぞらせた姿勢で固まっていた。

トムソン椅子《いす》に座るヒカリが、ちょっと戸惑《とまど》ったふうに声をかけた。

「あ、……えっと、その、……か、風囃《かぜはや》さん？」

「う、ぐ、……うっさいな！」

ユメに睨《にら》みつけられ、ヒカリはびくりとした。しかしユメの顔は真っ赤っかのままで迫力《はくりょく》が足りず、ヒカリも怯《おび》えたというより驚《おどろ》いた様子だった。……ごめん、と命《みこと》は内心で思う。勝手に心を浸食《しんしょく》して。

ユメは恥《は》ずかしさに揺《ゆ》れる顔で奥歯を噛《か》んだ。

「なんっ……だ、これ。なんだこれ、なんだこれなんだこれ、なんでこんなに、くそっ……もう！　あんたなに、このあいだから感じてたけど思った以上に、つまり、なんて言うか、えっと、そ、そその――」

「風囃《かぜはや》さんも、ここのピアノを弾《ひ》きにきたの？」

「そのくそ可愛《かわい》い声とそのくそ可愛《かわい》い顔であたしに質問してくんな！　そ、そんな目であたしを見て、……ピアノを弾《ひ》くためじゃなかったらわざわざ特別クラスの奴《やつ》がいるとこにくるわけないでしょ！　……美調《みつぎ》、あんたもあたしがきたってのにいつまでピアノの椅子《いす》に座ってんのよ！」

矛先《ほこさき》がヒカリに戻《もど》る。ヒカリは慌《あわ》てて腰《こし》を浮《う》かせる。ユメはピアノに向かう前にもう一度、命《みこと》をちらと見た。正面から目が合った。ユメの顔がまたしても、ぼっ、と火を噴《ふ》いた。

怒《おこ》ってくる。

「あんたはいちいちあたしを見んな！」

「……なんか、ごめん」

「べつにいいからしゅんっとしないでしゅんっとしてるのも可愛《かわい》いからふざけんな！　んで、美調《みつぎ》……あんたはあたしにそのまま座れって言うわけ？　特別クラスのあんたがいままでケツつけてた椅子《いす》に？」

ヒカリがあたふたとハンカチを取り出し、椅子《いす》の座面を拭《ふ》く。ユメはそれを見おろして、ある程度経《た》ったところで、ヒカリを無理やり押しのけるようにして腰《こし》をおろす。片手で鍵盤《けんばん》をアルペジオに鳴らしてから、もともと高いのを低くつぶしたような声を発した。

「いつまでいんの？」

「えっ、……あっ」

ヒカリの反応に、ユメは苛立《いらだ》った顔をした。

「前も言ったでしょ？　立場をわきまえて？　特別クラスの分際で。あたしがきたら、一秒でも早く消えて？　あんたがいると不快なの。あたしの演奏を内心で、下っ手くそって馬鹿にされてもむかつくし」

「そ、そんなこと思わ――」

「いいからさっさと」

声に苛立《いらだ》ちが増し、それでヒカリは鞄《かばん》を手に取った。早く逃《に》げ出《だ》したいような、名残惜《なごりお》しんでいるような、……やはり泣きそうであるような、複雑なまなざしを命《みこと》に向けたあと、駆《か》け足《あし》で第二音楽室を出ていった。あとには命《みこと》とユメのふたりが残る。

命《みこと》は考えていた——いまのユメとヒカリの物理的な距離《きょり》。

充分《じゅうぶん》に近かった。

飢《う》えた吸血鬼と魔血体《まけったい》であれば、無反応ではいられないほど。

だが無反応に見えた。

ふたりともちがうのだろうか？　それとも、飢《う》えによる吸血衝動《しょうどう》を堪《こら》えられる個体なのか？　転生直後であまり聞いたことがないが。

……吸血鬼を見つけ出す、より確実な方法は、四人を長時間にわたっておなじ場所、学園内というよりもっとスケールのちいさな空間で接触《せっしょく》させ続《つづ》けることだ。

単に観察しただけでは、四人のうちだれか、という明確な候補が思い当たらない。だから、命《みこと》はあるアイデアを考えはじめた。しかしハードルも多い。吸血鬼災害課からGOサインをもらわなければならない。場所も勘案《かんあん》しなければならない。

なにより、四人それぞれを了承《りょうしょう》させなければならない。無理やりに監禁《かんきん》、軟禁《なんきん》はルール的にできない。……吸血鬼本人が、そんな危険な環境《かんきょう》を受け入れるか？　あるいは吸血鬼本人でなくても、そんな不便を認めるか？　吸血鬼とおなじ空間に押し込められるというリスクを可とするか——？

「——……あんたといっしょに転校してきた子さ」

ユメがピアノの前でぼそりと言った。真子《まこ》の話だ。命《みこと》のほうを見ないようにしていても、耳まで赤くなっているのはわかる。

「あれ、あんたの彼女？　付き合ってるって聞いたけど」

「……そうだね」

命《みこと》が肯定《こうてい》すると、ちっ、と舌打ちが返ってきた。先ほどのヒカリや、……もっと言えばミライとおなじ。自分の気持ちをもてあましている様子だ。アサだけは自分の気持ちを楽しんでいるように見えるので、すこしちがうが。

「あんたさ、彼女いるくせにそんなどきどきさせるような目であたしを見てくるって、なに？　存在自体が歩くわいせつ物じゃん。強烈《きょうれつ》な惚《ほ》れ薬《ぐすり》でも撒《ま》き散《ち》らしてんの？　……まったくもう。あたしのピアノ、聴《き》くの？　聴《き》かないの？」

「聴《き》いてもいいの？」

「……聴《き》いてほしいわけじゃない。でも、あんたが聴《き》きたいって言うなら……一応、がんばって弾《ひ》く。期待はしないで。あの子の演奏を聴《き》いたあとでしょ？　……もうちょっとこっちにきなさいよ」

ユメに言われ、命《みこと》は近くに寄った。意識して嗅《か》いだわけではないが、ユメの匂《にお》いを感じた。なにか……そう、ゼラニウムかなにか、フローラルな匂《にお》いがする。

ユメは赤くなった顔を落ち着かせるように目を閉じ、一音、長く鳴らした。

「ほんとは親がどうとか、生まれがどうとかなんて大した問題じゃない。あの子みたいな才能こそをほんとの意味で〝持ってる〟って言うの。……なんであんな子が。絶対納得《なっとく》いかない。くそっ——」

ユメがピアノを弾《ひ》きはじめる。

……充分《じゅうぶん》に上手ではあった。これも超《ちょう》有名曲だ。エリーゼのために。プロフィールに趣味《しゅみ》、特技として書くだけの価値はある。

ユメの言葉通り、ヒカリの演奏直後でなければ、もっと感銘《かんめい》を受けたはずだった。

命《みこと》がユメのことを考えながら第二音楽室を出たところで、電話がかかってきた。応じるとすぐに真子《まこ》の慌《あわ》てた……なのにどこか芝居《しばい》がかったおおげさな声が響《ひび》いた。

『命《みこと》、一大事です！　また……再びです、またしてもあの不審《ふしん》人物が出現です！』

「……すぐ行く。真子《まこ》の部屋でカメラの映像を見てるんだよね？」

『いえ！　合《あ》い鍵《かぎ》で忍《しの》び込《こ》んで、命《みこと》の部屋でカメラの映像を見てます！　命《みこと》ってパンツの好みまで可愛《かわい》いですね！』

「なんでだよ……」

命《みこと》はやや赤くなりながら、小走りで廊下《ろうか》を進んだ。……対処すべきなのかもしれなかった。いや、真子《まこ》の正妻面《せいさいづら》にではなく。

7

一般的《いっぱんてき》な学校ではありえないだろうが、天霧《あまぎり》学園の校舎には三階の多目的スペースから出られる空中庭園があり、生徒に開放されている。

命《みこと》も実際にやってきたのははじめてだ。オリーブやヤマモモの木々に囲まれた散策路と芝生《しばふ》広場があり、春のおだやかな陽射《ひざ》しの下《もと》、支配クラスの生徒たちが思い思いに昼食をとったり語らったりしている。特別クラスにも開放されているものの、こんな目立つ場所に進んでやってくる特別クラスの生徒はふつういない。

……ふつうでない生徒がひとり、オリーブの木のそばでサンドイッチを食べていた。樹木と転落防止柵《てんらくぼうしさく》の向こうに見える校庭を眺《なが》めている。その生徒、玖村《くむら》アサは命《みこと》のほうを振《ふ》り向きながら言った。

「——はじめてじゃない？　わたしがいじめられているとき以外で、君のほうから話しかけにきてくれたのって。……彼女連れなのも」

命《みこと》は腑《ふ》に落ちない気持ちになる。アサはあきらかに、姿を見る前から命《みこと》の存在を認識《にんしき》していた。命《みこと》たちは声をかけてもいない。アサは命《みこと》の目を見て頬《ほお》を赤らめたあと、ぶるるっと身震《みぶる》いする。自身の鼻を指差した。

「君の匂《にお》いがしてぞくぞくしたから、わかったんだよ」

「……たしかに彼は、ぞくぞくする匂《にお》いの持ち主ですが……。それを捉《とら》えるということは油断できません……。厄介《やっかい》なお邪魔《じゃま》虫《むし》の予感です……。……言っておきますけどあたし彼のパンツの匂《にお》いも嗅《か》いだことあるんですからね！」

真子《まこ》が両腕《りょううで》でより強く、命《みこと》の左腕《ひだりうで》をぎゅううっと抱《だ》きしめる。痛い。真子《まこ》がここにくるまでのあいだ命《みこと》と腕《うで》を組んでいたのは、ぽーっとした目を向けてくる一般生徒《いっぱんせいと》除《よ》けだったが、一《いっ》瞬《しゅん》で目的が変わっていた。

真子《まこ》は、命《みこと》は自分のものだ、と語る目をばちばちとアサへ向ける。

命《みこと》は、いや、これは設定であって、僕はべつに真子《まこ》のものじゃない……と思ったものの口には出せない。もちろん、今回は特別な理由があって真子《まこ》をともなっている。

アサは、にぃーっ、と笑った。

サンドイッチを食べきって、首を傾《かし》げてくる。

「じゃあもうえっちしてる？」

「……へっ⁉」

真子《まこ》がたじろいだ。……命《みこと》も頬《ほお》が熱くなった。真子《まこ》が余計なアピールするから。アサはぞく

ぞくした顔。楽しんでいる。命《みこと》たちの反応も。アサは、真子《まこ》の顔色から答えがNOだとわかった上で、YESと答えられたかのように続けてきた。

「彼のこの匂《にお》いを嗅《か》ぎながら、そのまなざしで瞳《ひとみ》をじっとのぞき込まれながらなんて、体の芯《しん》までとろけそう。実にうらやましいですねぇ？　きっと心の隅々《すみずみ》まで愛のようなもので満たされて、体の隅々《すみずみ》までとろとろに——」

真子《まこ》が期待に満ちた瞳《ひとみ》で命《みこと》を見あげた。

鼻息が荒《あら》い。

「——今晩しましょうか！」

「落ち着いて。すぐに乗せられないで。……玖村《くむら》さん」

「アサ、でいいって。さん付けも慣れないし」

「アサはなにを見てたの？　今日はどうしてここに」

「ええっ？　君が言ったんでしょ？　あの馬鹿な連中を避《さ》けられるんなら避《さ》けたほうがわたしのためだって」

「……言った」

「で、わたしが避《さ》けたらどうなるのかなって観察してるわけですよ」

アサが視線を校庭のほうへと戻《もど》す。真子《まこ》は命《みこと》にしがみついたまま目をぱちぱちさせる。命《みこと》はアサの視線をたどって、気づいた。

校庭の隅《すみ》、部《ぶ》室棟《しつとう》の陰《かげ》あたりに数人の生徒がいる。

遠くて、いまいちはっきり見えない。それでも雰囲気《ふんいき》でなんとなくわかった。ひとりの女子生徒を、複数の男子生徒が取り囲んでいる。男子生徒たちは手にペットボトルを持っていて、笑っている。アサのときとおなじ状況《じょうきょう》。……ちがいは、アサとちがってその女子生徒はうつむいて泣いていることくらい。

確認《かくにん》するまでもない。あの女子生徒は特別クラスの生徒だろう。

男子生徒たちは支配クラス――アサに嫌《いや》がらせをしているのとおなじ面子《メンツ》。

「あの連中のリーダー格、長髪《ちょうはつ》の奴《やつ》は坪野《つぼの》タイヨウって名前なんだって」

アサが説明する。その口調は楽しそうで、ふつう、自身をいじめている相手に向けるものではなかった。敵意も怒《いか》りもまったくない。まるで、動物園の檻《おり》を眺《なが》めておもしろがっているような……。

「わたしとおなじ高校一年。君より一個下になるか。それプラス、君がかなりいいところの子だっていう話だから、このあいだはあっさり引きさがったのかな。……おなじ特別クラスの子が言ってたけど――」

アサはキャンディをひとつ取り出し、口に入れる。

「あの坪野《つぼの》タイヨウって奴《やつ》、父親も祖父も市議かなにかで、偉《えら》そうで、もともといじめっ子気質だったって。だけど、わたしを捕《つか》まえられなかったからってすぐにほかの子を標的にするって、よっぽどだよねぇ。……なにか上手《うま》くいかないことでもあって、苛々《いらいら》してるのかな。憂《う》さ晴《ば》らしなのかな？　君はどう思う？　わたしはね……」

アサが、ばり、とキャンディを嚙《か》み砕《くだ》く音。真子《まこ》が命《みこと》を再び見た。

「あたしにもキャンディを！」

「報《むく》い、っていうのが人生のテーマ。いいことをした人にはいいことがあってほしいし、わるいことをした奴《やつ》にはわるいことがあるって信じたい。坪野《つぼの》タイヨウたちも、わたしはちっとも気にしてないけど、あそこでああやって女の子を泣かせてることに対しては報《むく》いを受けるといいなって思うよ」

真子《まこ》がアサに負けじとキャンディを嚙《か》み砕《くだ》いた。

アサは続ける。

「そういえば、君はあの子を助けないの？　わたしのことは何度も助けてくれたのに、あの子を助けない理由はなあに？　……もしかして、わたしが特別で、好きだからだったりしちゃったりして？」

「……いま、目の前であれが起こってたら助けるよ。でもこの屋上庭園と校庭じゃどうしようもない。それだけだよ」

アサが命《みこと》に向き直った。ぶるっと震《ふる》える。

「そう？　じゃあ話を変えるけど、そこでキャンディかじってる子……君の彼女さんを連れてきたのには特に理由はないの？　……あぁ、まだ四月なのに今日は陽射《ひざ》しが強いからかな、やたらと喉《のど》が渇《かわ》いてきちゃった」

……こいつ――。命《みこと》はほんのすこし、冷《ひ》や汗《あせ》をかきそうな気分だった。アサは言葉とは裏腹に、なんら特別な渇《かわ》きに襲《おそ》われたふうには見えなかった。

昨日、ミライとヒカリもそうだった。授業の合間の小休憩《しょうきゅうけい》ではユメも。命《みこと》が真子《まこ》を同行させてアサに会いにきたのは、それで魔血体《まけつたい》を目前にした反応を見られると考えたからだ。結果は全員おなじだ。なにもない。

……四人のなかにいないのか？　ここにはすでにいない？

それとも、学園の外でこっそりと吸血して欲を満たしている？　ただ全寮制《ぜんりょうせい》であるのが幸いし、少なくとも春休みが明けてからは、四人ともあまり敷地外《しきちがい》に出ていないのがすでに確認《かくにん》できている。多少の外出は吸血鬼災害課の捜査員《そうさいん》で追いきれる。

学園内では相変わらず、吸血被害《ひがい》の訴《うった》えはない。比婆《ひば》ユキエのように、だれだれの人格が変わった、というような噂話《うわさばなし》もない――。

真子《まこ》に腕《うで》を引っ張られ、はっとした。

真子《まこ》でもアサでもない声が背後から聞こえる。

「ちょっといい？」

「なんのお話？　あたしたちも混ぜて？」

「というかあたしと付き合って?」

数人の女子生徒が集まってきていた。命《みこと》は知っている、そのうちひとりは校内に二年付き合っている恋人《こいびと》がいる女子だ。……自分のせいで、また。

ここはいったん引きあげたほうがいい、と判断する。真子《まこ》が女子たちを、しっ、しっ、と追《お》い払《はら》おうとしているあいだに、命《みこと》は一度アサを振《ふ》り返《かえ》った。

アサはにやにやしている。命《みこと》は言う。

「報《むく》いが……いいことに関してもあるといいって言ったよね?」

「うん。言いましたよ」

「前に、お礼になんでもするとも言ってた。だったら、……もしもこの先、僕が頼《たの》みごとをしたら応じてほしいんだ。どうなるかはわからない。無茶なお願いに聞こえるかもしれないし、危険って思うかもしれない、でももしも——」

「いいよ」

アサは命《みこと》の話をぶった切って答えた。相変わらず、命《みこと》を見るその顔は湧《わ》きあがる感情をぞくぞくと楽しんでいるかのようだ。

「たとえばそれが、君とおなじ屋根の下で暮らしてほしいって頼《たの》みとかだったとしても、ぜんぜんかまいませーん」

アサはその視線を、驚《おどろ》く命《みこと》から空へと移した。

「わたしは君に興味があるんだから。……ね、こんなにいい天気なのに、夜から雨になるんだって」

男子寮《だんしりょう》。特別クラスの生徒は四人の相部屋だが、支配クラスの生徒には個室が割り当てられる。シャワーとトイレまでついている。

命《みこと》は自分に割り当てられた個室で、防犯カメラの映像をパソコン画面で複数チェックしながら、デスクにナイフを出していた。任務に入る前にメンテナンスはしたが、一応、確認《かくにん》する。

このあと使う可能性が高いから。

といっても吸血鬼相手にではないし、実際に刺《さ》すこともないが。

魔血武器《まけつぶき》だ。

吸血鬼災害課の捜査員《そうさいん》は、好みの魔血武器《まけつぶき》を支給してもらえる。ただし予算に限度はある。想子《そうこ》は吸血鬼をとにかく殺すための、ククリを彷彿《ほうふつ》とさせる大型ナイフ〝アークトス〟を所持しているが、それは予算オーバー品であり、想子《そうこ》だから許されている。命《みこと》はもっと小型のナイフを好んだ。

現在は三代目で、歴代で最も気に入っている。

製品名を〝コルバス〟という。

刃渡《はわた》り十三センチ、携帯性《けいたいせい》と実用性のバランスがちょうどいい。折りたたみではなくフィックスドナイフである。ブレードの形状が特徴的《とくちょうてき》だ。

内向きに湾曲《わんきょく》し、根元から半分までが波刃《なみば》になっている。命《みこと》はこの形を見る度《たび》、叢雲《むらくも》に下半分を隠《かく》された三日月に似ていると思う。

吸血鬼の攻撃《こうげき》を受け止め、正面から斬《き》り伏《ふ》せるための形ではない。吸血鬼のふいを衝《つ》き、頸部《けいぶ》などを引《ひ》き裂《さ》いて〝血を抜《ぬ》く〟ことを第一に考えて設計されている。すでに二年使っていても刃《は》こぼれひとつない。特殊《とくしゅ》な砥石《といし》で研《と》いでいるのもあるが、そもそも吸血鬼の血を含有《がんゆう》させて魔素《まそ》を帯びさせた鋼材は硬度《こうど》と粘《ねば》りが両立し、錆《さ》びず、切れ味もほとんど落ちない。炭素鋼やステンレスとは比較《ひかく》にならない、地上最高の刃物用《はものよう》鋼材だ。

スマートフォンが鳴った。

命《みこと》はコルバスを専用の鞘《さや》に納め、通話に応じた。

「――想子《そうこ》さん」

『命《みこと》、いま大丈夫《だいじょうぶ》か？』

命《みこと》は時間と映像を確認《かくにん》する。

「大丈夫《だいじょうぶ》です。話してる途中《とちゅう》でいきなり切ったらすみません。新しくわかったことでもあったんですか？」

『比婆《ひば》ユキエが、……まだかなり混乱していて、前後の行きちがいがある部分も多いんだが、すこし記憶《きおく》を取《と》り戻《もど》した。それで役に立ちそうな証言がある。比婆《ひば》ちゃん先生は捜査《そうさ》に協力的だよ』

……よかった。

頭の片隅《かたすみ》に引っかかっていた。心配していた。命《みこと》が目にしたかぎりの印象は、いかにも転生直後の吸血鬼の仕業《しわざ》らしく、強度がある一方、雑な精神支配だった。そういう場合、予期せぬ後遺症《こういしょう》が出る可能性もある。

記憶《きおく》がこの段階で戻《もど》りつつあるなら、そういった心配は少ないはずだ。

「捜査《そうさ》に協力してるということは、自分は吸血鬼になったわけじゃなく、単に被害者《ひがいしゃ》だと納得《なっとく》してくれたんですね」

『それもある。……が、協力的なのにはもっとおおきい理由もある。わたしとの約束だ。というか、でないと拷問《ごうもん》されても協力しないと言われて、仕方なかった。記憶《きおく》を取《と》り戻《もど》してひとつ証言する度《たび》に、命《みこと》の私物をひとつプレゼントする……と』

命《みこと》は固まった。

「え」

『命《みこと》、すまない。比婆《ひば》ユキエはすでに、おまえのハンカチを一枚、肌着《はだぎ》を一枚、箸《はし》を一膳《ぜん》所持している……』

「冗談《じょうだん》ですよね？」

『比婆《ひば》ユキエは張りきっている。自分が吸血鬼ではなく被害者《ひがいしゃ》なら、治療《ちりょう》が終わりさえすれば命《みこと》くんに会いに行ってもいいんですよね、と。おまえのハンカチを抱《だ》きしめ、肌着《はだぎ》を胸に挟《はさ》んで、箸《はし》をくわえながら……目をかがやかせていた』

これは……ほんとうに、よかった……のか？　そんじょそこらの吸血鬼より怖《こわ》い。真子《まこ》やアサが奥ゆかしく思えてしまう。ともあれ、想子《そうこ》は比婆《ひば》ユキエの証言を伝えてきた。

——注意しようとした気がする。

ユキエはそう語ったそうだ。

——ううん、気がする、じゃない。まちがいない。……あれはだれだった？　春休みと言ってももう遅《おそ》いでしょと声をかけて、……それで、……わからない。だから、外だったはず……どこだろ？　公園？　頭が痛い……。

命《みこと》も、何度も経験がある。……頭痛。

ねじ曲げられた記憶《きおく》を元に戻《もど》そうとしているから、と言われる。加えて、支配血統の吸血鬼による精神支配には、現在進行形のニュアンスがある。精神支配を受けた者の脳は、常に負荷《ふか》を受けている。

ある吸血鬼の言では、鎖《くさり》を巻きつけるイメージに近い、とのこと。吸血鬼の存在に影響《えいきょう》を受け続けて記憶《きおく》や人格がほとんど戻《もど》らないケースもあるし、逆に、その吸血鬼が死ぬことで完全に回復したケースもある。

「さすがに相手の顔を思い出す望みは薄《うす》いですか？」

『素直《すなお》に考えれば、それを誤魔化《ごまか》すための精神支配、記憶《きおく》の改竄《かいざん》の可能性が高い。だとしたらいかに転生直後だったとしても、そのあたりを中心に据《す》えてやったはずだ……すぐにという意味だと期待しないほうがいいだろうな』

「公園って言いましたけど、防犯カメラは？」

『どこの公園かもはっきりしない。天霧《あまぎり》学園の正門から駅に向かう何通りかのルートで絞《しぼ》ることはできる。が、ちいさな公園だとカメラは設置されていないとこばかりだった。大通り沿いの店舗《てんぽ》や住宅街の防犯カメラには、天霧《あまぎり》学園の生徒が映っているかもしれないが……。春休みでも寮《りょう》に残った生徒は多いし、そういう生徒は休みを謳歌《おうか》して、普段《ふだん》より数多く映り込んでいるかもしれない。制服の者と私服の者も混在しているだろう。できないことはないが、四人だけを見つけ出すのは骨が折れるな。そもそもすでにある程度の時間が経過して、保存されてないデータも多々ありそうだ』

「四人のうちだれかが判別できたとしても決定打ではまったくない、っていうのも問題ですね。でも、その証言が正しい前提なら、もしも春休みに敷地外《しきちがい》に出て——……あっ」

命《みこと》はノートパソコンの画面を見て思わず声を出した。

『どうした？』

「……きました。久嶺《くれ》ミライの、例の」

過去のパターンから言って、本日あたりが怪《あや》しいと踏《ふ》んでいたのだ。弱い雨が降っていて身を隠《かく》しやすいのも可能性を押しあげていた。

想子《そうこ》はすぐに理解した。

『不審《ふしん》な行動を取る生徒、と言っていた奴《やつ》か？　ストーカー？』

「そうです。以前もちらっと言いましたけど、十中八九、吸血鬼は関係ないと思います。だから、放っておく選択肢《せんたくし》もありました。ただ、数日に一度、久嶺《くれ》ミライに手紙を届けにきたり久《く》嶺《れ》ミライを撮影《さつえい》していたりで、僕たちからしても邪魔《じゃま》なのと――」

命《みこと》は立ちあがる。通話のままスマホの画面を切《き》り替《か》え、真子《まこ》にメッセージを送る。

パソコンの画面の映像のひとつ、女子《じょし》寮《りょう》の出入り口付近に設置された防犯カメラには、黒いレインコート姿の人物が映っている。周囲を窺《うかが》いながら集合ポストに近づいて、手紙を投函《とうかん》する。

「僕は久嶺《くれ》ミライの郵便受けを勝手に開け、そいつからの手紙を三回、盗《ぬす》み見《み》ました。……内容の雲行きがよくないです。特に二回目、三回目の文面には危険な印象がありました。久嶺《くれ》ミライになにかある前に片付けておきます」

『命《みこと》』

想子《そうこ》が真剣《しんけん》そのものの声音《こわね》で言った。

「はい」

『真子《まこ》にも教えていいか？　……比婆《ひば》ユキエがおまえの箸《はし》を使用している、と』

「面倒《めんどう》くさいので、やめてください……。僕の箸《はし》がまた減るじゃないですか」


自分の部屋を出て廊下《ろうか》を駆《か》けながら、真子《まこ》に改めて電話をしておく。いまからストーカーを押さえにいくから、そのあいだ、防犯カメラの確認《かくにん》をよろしく、と。学校外でほかの捜査員《そうさいん》も映像を見てくれてはいるが、手が空いているなら、候補者とおなじ敷地内《しきちない》にいる者が確認《かくにん》しておいて損はない。

真子《まこ》は、了解《りょうかい》です、とスマートフォン越《ご》しに答える。

命《みこと》の頭をふとむかしの記憶《きおく》がかすめた。

「──むかし、真子《まこ》もあったよね。こんなこと」

『なにがですか？』

「男につきまとわれたこと」

『あぁ……。きっついストーカーを、命《みこと》がとっちめてくれましたね。それも、命《みこと》があたしを助けてくれたたくさんの想《おも》い出《で》のひとつです』

通話を終え、夜の小雨《こさめ》のなかを女子寮《じょしりょう》まで駆《か》け抜《ぬ》ける。雨のため屋外に生徒たちの気配はまるでない。……女子寮《じょしりょう》から五十メートルほど離《はな》れた場所で、その不審《ふしん》人物と鉢合《はちあ》わせする。男《だん》子《し》寮《りょう》に戻《もど》ろうとしていたのか。命《みこと》はためらわず、足を止めた不審《ふしん》人物の胸《むな》ぐらを摑《つか》んで引きずり倒《たお》した。

「――へっ……？」

地面に組《く》み伏《ふ》せられる直前、不審《ふしん》人物は間の抜《ぬ》けた声を発した。

命《みこと》はその一瞬《いっしゅん》で、やっぱり吸血鬼じゃないよね、と考える。吸血鬼であればこんなに無警戒《むけいかい》なはずがないし、夜なのにこんなに非力なわけがない。

単なる、危険な精神状態になりつつあるストーカーだ。

命《みこと》に罪悪感はなかった。相手は命《みこと》を性的対象にしない男子かつ、魅了《みりょう》の効き方が劇的で複雑な魔血体《まけったい》でもないようで、魅了《みりょう》が効いている素振《そぶ》りがないからだ。愛を穢《けが》す、という事態が起こっていない。また、命《みこと》ほどではないにせよ、この男子も愛を穢《けが》している。

〝僕は君を愛してる。君の瞳《ひとみ》は万華鏡《まんげきょう》のごとくいろんな夢を見せてくれる。僕も君にいろんな夢を見せてあげたい。君のその美しい顔も、芳《かぐわ》しい匂《にお》いも、ほしくてたまらない。この気持ちを愛と呼ぶんだ〟

この男子がミライの郵便受けに投函《とうかん》し続《つづ》けている手紙。

命《みこと》はすこし前、ミライと比較的《ひかくてき》仲のいい女子生徒数人に訊《き》いてみた。ミライはストーカー被《ひ》害《がい》に遭《あ》っていることを特にだれにも言ってはいないようだ。意図はわからない。が、二月の頭ごろに郵便受けを見たミライが顔を強《こわ》ばらせたのを、憶《おぼ》えている女子がいた。少なくともその時期には発生していたと思われる。

〝君に笑いかけられてから君を愛してる。ずっと前から、君こそが僕にふさわしいとは思っていた。でもあの笑顔《えがお》でわかった、これは愛だと。なのに君は返事を寄越《よこ》さない。見落としたのかな？　僕は君からも返事がほしいと書いたんだ。この郵便受けに、外から取れるよう挟《はさ》んでくれたら大丈夫《だいじょうぶ》〟

〝僕は怒《おこ》っている。とてもとても怒《おこ》っている。君が挟《はさ》んだ手紙にだ。迷惑《めいわく》だからやめるように、と君は書いた。だれかに書かされたのか？　だとしても許せない。君は僕の愛を踏《ふ》みにじった。だれよりも君を想《おも》っているのに。どれだけ罪深いことかわかっているのか？　許せない。君は罪人だ。反省しないなら、僕にも考えがある〟

偽物《にせもの》の愛を本物だと誤魔化《ごまか》すことこそがほんとうの罪だ。

むかし妹が語った愛は決して、こんな性欲と支配欲が名を変えたものではない。ちなみに、真子《まこ》は命《みこと》がスマートフォンで撮影《さつえい》した手紙の文面を見て、ぎゃああ！　と悲鳴をあげていた。全身に鳥肌《とりはだ》を立て、女子にとってどれだけ気色わるいかわかってない、許せませぇん、と転げ回っていた。

「──動いたら刺《さ》す」

命《みこと》はその男子の背中に乗り、体重をかけて動きを抑《おさ》えた上で、鞘《さや》から抜《ぬ》いていたコルバスの切っ先を右目の数センチ前に持ってきた。命《みこと》は自分の体の下で、男子が怯《おび》えてびくりと震《ふる》えるのを感じる。そうだった。思い出した。

以前にも、ストーカーに対処したときのこと。

そいつは、彼女が嫌《いや》がっているからやめてほしい、と説得しても無駄《むだ》だった。自分の気持ちこそが真実の愛だと思い込み、理解していないのは女のほうだと怒《おこ》った。

あるいは、自分の物にならないと悟《さと》ったからこその混乱と憎悪《ぞうお》だったのだろうか。暴力に発展するまであとわずかに見えた。だから――。

執着《しゅうちゃく》を断《た》ち切《き》り、熱を冷ます精神的打撃《だげき》が必要だった。

「大声をあげても刺《さ》す。今後、彼女に接近しないと誓《ちか》わなくても刺《さ》す。脅《おど》しじゃない。僕はべつにどっちでもかまわない。君が両目の視力より身勝手な愛のほうが大切だと言うなら、敬意をもって刺《さ》すよ」

「そ、の……声。あんたは……あの転入生？　二年の？」

それで命《みこと》は相手を察した。

坪野《つぼの》タイヨウ。アサの頭にペットボトルの水をかけた、あのグループのリーダー格。支配クラスの高校一年。ちょうど今日、ほかの特別クラスの女子生徒を泣かせているのを見かけたばかりだ。アサの言葉が頭をよぎる。――なにか上手《うま》くいかないことでもあって、苛々《いらいら》してるのかな――。

命《みこと》は内心の驚《おどろ》きをおくびにも出さない。

質問にも答えず、話を続ける。

「知ってるよね？　彼女がどれほどの大企業《だいきぎょう》の力を持っているか。もちろん、君がこれから両目の視力を失ったあと、被害《ひがい》を訴《うった》えるのは自由だ。でも僕は決して証拠《しょうこ》を残さないし、僕の雇《やと》い主《ぬし》はいくらでもお金を積み、いくらでも人脈を駆使《くし》できる。両目に釣《つ》り合《あ》うだけのものが手に入るかな？」

「まさかあんたも彼女のことを、……雇《やと》い主《ぬし》？」

「不自然に思わなかった？　この学校に中途《ちゅうと》入学者は珍《めずら》しい。彼女も、彼女の親族も、僕という専門業者を雇《やと》うくらいに君を嫌悪《けんお》して、排除《はいじょ》したがってるってことだよ。そこまで嫌《きら》われるってどんな気分かな？　君は彼女にとても嫌《きら》われてる。薄々《うすうす》わかってなかった？　当然だ。あの気色わるい手紙」

「手紙……俺の手紙も、あんた――」

「以前の分を、彼女の親から読ませてもらったんだ。もう一度言う。君は彼女とその親から反吐《へど》が出るほど嫌《きら》われてるよ。それでもその偽物《にせもの》の愛を貫《つらぬ》くのか。それとも目を失わないことを選ぶのか。早く選んで」

　命《みこと》は鉤爪《かぎつめ》じみたナイフの切っ先を数ミリずつ、ゆっくりと、坪野《つぼの》タイヨウの眼球に近づけていく。そのとき命《みこと》のポケットで、スマートフォンが震《ふる》えはじめた。さすがに、いますぐは取れない。坪野《つぼの》タイヨウが、がたがた震《ふる》えて悲鳴をあげる。

「や、やめ——！」

「余計な台詞《せりふ》はいらない。君が選ぶのは無言のまま眼球を失うか、彼女には金輪際近づかないと誓《ちか》う言葉を口にするか、どっちかだ」

「ちか、……誓《ちか》う。誓《ちか》うから。約束するから」

「ちいさくて聞こえない」

刃《は》の先端《せんたん》はすでに、坪野《つぼの》タイヨウがまばたきすると触《ふ》れそうな位置だ。

坪野《つぼの》タイヨウは泣きながら言った。

「彼女には近づかない。忘れる」

「もっとはっきりと」

坪野《つぼの》タイヨウが叫《さけ》んだ。

「久嶺《くれ》ミライには近づかない……！　迷惑《めいわく》をかけた、わるかった！　よくわかった！　もう二度とやらないから、勘弁《かんべん》してくれ……‼」

その震《ふる》え声《ごえ》には真実の響《ひび》きがあった。命《みこと》は、ふう、とため息をつく。コルバスを引き、念のため、坪野《つぼの》タイヨウのレインコートと制服のポケットを探《さぐ》る。……出てきたのはスマートフォンのほか、隠《かく》し撮《ど》り用の小型カメラ、それから折りたたみナイフだった。

当然、魔血武器《まけつぶき》ではないだろう。ちゃちなナイフだ。しかし人を傷つけ、場合によっては殺すことだってできる。こんな物を用意して、いずれなにをどうする気だったのか。

命《みこと》はそれらを回収し、地べたで泣く坪野《つぼの》タイヨウから離《はな》れた。自分のスマホを取り出す。いましがたの着信は真子《まこ》からだった。かけ直す。

すぐに出た。

『命《みこと》！　大丈夫《だいじょうぶ》ですか？　大変です、久嶺《くれ》ミライが、その……！』

「久嶺《くれ》ミライが？　いったい――」

真子《まこ》の説明は必要なかった。

雨音と暗闇《くらやみ》のせいで気づかなかった。やや離《はな》れた場所に、傘《かさ》も差さずに久嶺《くれ》ミライが立っている。目が合う。それまで呆然《ぼうぜん》としていたミライはその瞳《ひとみ》を、どきっ！　と強く揺《ゆ》らした。それからうつむいて、歩いてくる。

その手にあるのは、封筒《ふうとう》だ。……命《みこと》はスマホをおろし、真子《まこ》がまだ喋《しゃべ》っているのを無視して通話を切る。理解した。ミライは――。

「――……だれにも相談していなかった。でもそれは、どうすればいいかわからなかったからじゃない」

ミライが数メートルの距離《きょり》までできたところで、そんなふうに口を開く。ミライは坪野《つぼの》タイヨウを見たが、ちらりとだけだ。そちらにはもうなんの興味もないようだった。坪野《つぼの》タイヨウのほうも恐怖《きょうふ》でうずくまっていて、ミライの出現にさえ気づかない。

「自分で対処しようと思ったから。そうするんだって教わって育ったから。この程度の火の粉は自分で振《ふ》り払《はら》わなきゃって。だからわたしの……尊敬する人を真似《まね》して、やろうと思った。郵便受けを定期的に確認《かくにん》して、……三十分前に見たときになかったこの手紙が入ってたから、ストーカー行為《こうい》してる奴《やつ》がまだ付近にいるかもって……」

真子《まこ》が慌《あわ》てて電話してきたのは、ミライが郵便受けを確認《かくにん》したあと女子寮《じょしりょう》を飛び出したところを、防犯カメラ越《ご》しに見たからなのだ。

「そしたら、あなたが……ここに。…………………」

……やはり、と命《みこと》は考えた。

ミライの心には〝なにか〟があった。

その正体は命《みこと》にはわからない。ただ、噂《うわさ》で聞く聖女のような彼女と、命《みこと》に対して険しい顔をする彼女。そのあいだにあったなにかをいま、この状況《じょうきょう》が激しく揺《ゆ》さぶった。それは確信できた。いいことなのかわるいことなのかは判断できなかったが。

ミライは葛藤《かっとう》し、逡巡《しゅんじゅん》し、長く沈黙《ちんもく》した。

命《みこと》はミライの様子を窺《うかが》いながら、コルバスを鞘《さや》へとゆっくり納める。最初は焦《あせ》って隠《かく》そうかとも思ったが、どうせ無駄《むだ》だった。ミライは命《みこと》が、ミライのために、坪野《つぼの》タイヨウを脅《おど》してストーカー行為《こうい》をやめさせたのだと確実に理解している。

「…………………わたしは」

ミライがようやく話を再開する。

雨で、ミライの長い髪《かみ》が頬《ほお》から首筋に張りついている。

「あなたと……目を合わせたくなかった。そんなはずないのに、どきどきするのが嫌《いや》だったから。……あなたを見ていると、わたし自身に腹が立った。自分に怒《おこ》っていたの。知っている相手ではないはずなのに、どうしていままでの自分をぶち壊《こわ》すみたいに胸を揺《ゆ》さぶられてるのかって。でも——………」

ミライはまたためらったあと、勇気を奮い起こしたふうに目をあげた。

……その顔にはもうつんけんとした雰囲気《ふんいき》は欠片《かけら》もなかった。小雨《こさめ》の暗闇越《くらやみご》しにもひと目でわかる、ユメの反応に負けないくらい真っ赤っかだ。瞳《ひとみ》はヒカリのように涙《なみだ》ぐんでおり、アサのように、ぶるっ、と震《ふる》えたのはどんな感情なのだろうか。間近で目を合わせたミライの激しい鼓動《こどう》が、熱い血の流れが、心の底で渦《うず》巻く強烈《きようれつ》な炎《ほのお》が、不完全な精神支配を通じて命《みこと》にも逆流するようだった。

「……わたしを……助けてくれたんだよね。いま。わたしのスーパーヒーローみたいに。信じられない。嘘《うそ》みたい。……幸せな夢、みたい——」

命《みこと》も心臓が激しく脈打っているのを、ふいに自覚する。

自覚したことではっとした。動揺《どうよう》してしまう。駄目《だめ》だ。なにを考えているんだ、どうしてミライに対してこんなに熱い気持ちになっているんだ。駄目《だめ》だ駄目《だめ》だ。忘れるな。任務中だし、彼女は可能性がいちばん低そうとはいえ吸血鬼〝かもしれない〟相手だし、なにより、なによ

りも――。

ミライのこのまなざしは。

この言葉は。この決壊《けっかい》してあふれるような心は。

愛ではなく、命《みこと》の血が持つ魅了《みりょう》の力の結果にすぎないはずなのだ。

8

命《みこと》は坪野《つぼの》タイヨウから押収《おうしゅう》したカメラのデータを確認《かくにん》した。ミライばかり――それもあきらかに盗撮《とうさつ》と推察できる写真と動画ばかり。坪野《つぼの》タイヨウがミライな一方的に好意を抱《いだ》き、執《しゅう》着《ちゃく》していたのは疑いなかった。

坪野《つぼの》タイヨウをのちほど尋問《じんもん》したところ、はじめての彼女と昨年度に別れ、寂《さび》しかったときにミライに笑顔《えがお》を向けられ、自分はこのために彼女と別れたのだと閃《ひらめ》いたそうだ。だが真正面から気持ちを伝えて、断られてしまうのを恐《おそ》れた。手紙を書き続けるうちに、だんだんとこの気持ちは届いているに決まっている、これだけの気持ちに応えない彼女はおかしい、と感じていったと。

そのあたりの心理はどうでもよかった。が、坪野《つぼの》タイヨウの存在がひとつ役に立った。カメラのデータを見て、もしかして、とは感じていた。坪野《つぼの》タイヨウに訊《き》いて、そのとおりだとはっきりした。

久嶺《くれ》ミライは春休み中、一度も敷地外《しきちがい》に出ていない。

天霧《あまぎり》学園の敷地内《しきちない》ですごしている。天霧学園《あまぎり》はそれで不都合がないほど、設備が充実《じゅうじつ》した学校である。親元にも帰っていない。

比婆《ひば》ユキエの〝公園で襲《おそ》われた〟という証言が事実ならば、久嶺《くれ》ミライはかなりの確度で吸血鬼候補から外れるだろう。命《みこと》の魅了《みりょう》に強い親和性と強い抵抗《ていこう》を同時に見せたのは、彼女が強力な魔血武器《まけつぶき》を長年所持して魔血体《まけつたい》になっているからという結論になる。

命《みこと》の感触《かんしょく》としては、ユキエの証言が記憶改竄《きおくかいざん》で作られたものとは思えない。もしそうなら、途中《とちゅう》で曖昧《あいまい》に思い出すのではなく、もっと早い段階で語っていただろう。治療《ちりょう》対象者として厳重に管理されているなか、犯人の吸血鬼がわざわざ追加の精神支配をかけにいったとも考えられない。

命《みこと》は坪野《つぼの》タイヨウに改めて、ストーカー行為《こうい》をやめる、ミライへの気持ちも捨てる、と約束させた。坪野《つぼの》タイヨウは命《みこと》には怯《おび》えた顔を見せ、意気消沈《いきしょうちん》していた。命《みこと》は彼の件については区切りがついたと判断した。

坪野《つぼの》タイヨウという生徒と関わるのはこれで終わり、と思った。……彼がこのあと、吸血鬼駆除《くじょ》の件に大いに関わるなど露《つゆ》ほども考えていなかった。

なんにせよ、ミライが候補から外れたとしても、ほかの三人に対して強い判断材料があるわけではなかった。

全員、吸血衝動《しょうどう》を見せていない。かといってほかの候補も見つからない。

そうしているあいだに時間はすぎていく。タイムリミットは着実に近づいてくる。屍人《レブナント》を除いた吸血鬼は、個体にもよるが、転生して一ヶ月半から二ヶ月半ほど経《た》つとふいの吸血衝《しょう》動《どう》を抑制《よくせい》できるようになってくる。尻尾《しっぽ》を捕《つか》まえるのが困難になる。日本のみならず世界的に、捕獲《ほかく》および駆除《くじょ》される吸血鬼の八割以上が転生して二ヶ月半以内の個体だ。その時期を境にあきらかな隔絶《かくぜつ》がある。

命《みこと》は一歩踏《ふ》み込《こ》む覚悟《かくご》を決めた。

それは魔血体《まけつたい》の人間を囮《おとり》にして吸血鬼を見つけ出す、ゲーム――チキンレースのようなものである。

以前にも思案したとおり、候補者の四人を命《みこと》が説得して、一定期間軟禁《なんきん》状態に置くのは容易ではない。魅了《みりょう》の効果があっても、候補者は命《みこと》に従うだけではないからこそ、候補者になっているのだ。ただし、想子《そうこ》からの――吸血鬼災害課からの許可は取れた。吸血鬼災害課内では意見が割れたそうだが、想子《そうこ》が賛成してくれれば話はだいたい通る。

空中庭園でアサが最後に匂《にお》わせた趣意《しゅい》もある。

――君とおなじ屋根の下で暮らしてほしいって頼《たの》みとかだったとしても。

命《みこと》の考えと実行に向けた障害を見透《みす》かしたとしか思えない言葉だった。その上で、それを実際に提案してくれたら乗るのに、といった挑発《ちょうはつ》じみた物言いでもあった。少なくともアサは、命《みこと》がその話を持っていっても拒否《きょひ》しないのではないか。

加えて、ミライの存在。

こちらはかなりおおきい。坪野《つぼの》タイヨウのデータと証言は、想子《そうこ》にも報告した。たったひとりとはいえ嫌疑《けんぎ》の程度に濃淡《のうたん》がついたわけだ。注力の仕方を効率的にできるし、……ミライの性格や能力、命《みこと》への感情を元に、これまで採れなかった方法を採れる。

……命《みこと》の気持ちにためらいがあっても。ミライの助力を得るのは、偽物《にせもの》の愛を利用しているということでは？　と。

しかし、当のミライは大いに張りきった。

「――あっ、えっ、……ど、どうしたの急に⁉」

命《みこと》が夜に、人目につかないよう勝手口から女子寮《じょしりょう》に入って、ミライの部屋のドアをノックすると、チェーンをかけたまま顔をのぞかせたミライは驚《おどろ》き顔《がお》になった。が、その目はそわそわと期待にかがやいている。予期せぬ来訪に好奇心《こうきしん》とうれしさがこぼれていた。

命《みこと》は安堵《あんど》感《かん》と罪悪感を同時に持つ。

「とにかく、人に見られたらよくないから、……それだけだから！　変な意味じゃないから！　へ、へ、部屋に……わたしの部屋に！　入って！」

ミライは懸命《けんめい》に言って、命《みこと》を招き入れてくれた。

そのあとで、あっとちいさな声をあげる。

多少散らかった室内に慌《あわ》て、頬《ほお》を赤くする。

「ごめん、ちょっと片付けるから……目、目を閉じてて！」

目を閉じて待っていると、室内の匂《にお》い――ミライの匂《にお》いを鮮明《せんめい》に感じた。キャラメルっぽい甘い香りに、命《みこと》はふしぎと安心できるような感覚に囚《とら》われる。片付けが終わったあとで、命《みこと》はミライに話をストレートに切り出した。

自分がほんとうは公安の吸血鬼災害課の人間であること。

戸河内《とごうち》マイと比婆《ひば》ユキエが吸血鬼災害の被《ひ》害《がい》に遭《あ》っていること。

転生直後と想定される、その吸血鬼を駆除《くじょ》するためにやってきたこと。

ミライも候補者のひとりだったが、ちがうと判断して、協力を頼《たの》みにきたこと。協力してほしいのは、これから行いたい試みに関して、ほかの候補者の……特に、承諾《しょうだく》を得られる見込みが現状あまりないユメとヒカリの説得であること。

それらの話を聞いて、魅了《みりょう》の効果もあると思うが、ミライは驚《おどろ》きよりも納得《なっとく》の顔になった。

吸血鬼、という有名ではあるが身近ではない脅威《きょうい》を、過剰《かじょう》な恐怖《きょうふ》を見せるわけでもなく、そんなのありえないと否定するのでもなく、自然と受け入れているあたり、さすがは久嶺産業《くれさんぎょう》の娘《むすめ》だった。

男である可能性が高いストーカーを自分で直接処理しようとしていたことも含《ふく》め、身体面のみならず精神面もほんとうに鍛《きた》えられているのかもしれない。ミライは自信と喜びに満ちた声を発した。

「そういうことならわたしに任せて！　たしかにユメは難しいところのある子だけど、わたしにはそれなりに敬意を払《はら》ってくれてるから、本人に疚《やま》しいところがないならちゃんと説得できると思う」

「疚《やま》しいところがあったら？」

「わたしがどれだけ説得しても協力しないなら、それはそれで……ユメが吸血鬼である可能性が高くなるって話じゃないかな。ヒカリちゃんはそんなに知ってるわけじゃないけど、何度かお話しした感じ、いい子そうだった。ユメとおなじで、吸血鬼でないならうなずいてくれるはず。……でも」

ミライはこのやり取りではじめて、表情を曇《くも》らせた。

「もちろん、ふたりとも吸血鬼じゃないといいけど……」

「……それはわからない。僕もこういうとき、いつも、吸血鬼がだれか確定するまでは、早く吸血鬼を探し出して吸血鬼災害を止めたい気持ちと、この人たちが吸血鬼でなければいいのにって気持ちが混ざって複雑になる。玖村《くむら》アサもそう。……吸血鬼なら人としては死んでいるってことだし、その本人にも、周りにも、絶望しか残さない。そんなことは……起こらないのがいちばんだよ」

話す命《みこと》を、ミライは熱っぽいまなざしで見ていた。

「あなたは……わたしはちがう、と判断してくれたけど、もともとはわたしも候補に入れてたんだよね？　それってどうして？　気づかないうちに検査されたとはあんまり思えない」

「……僕にはわかるんだ。吸血鬼と魔血体《まけったい》。その区別はつけられないけど、そのどちらかであることはわかる。そして状況的《じょうきょうてき》に、少なくとも春休み中のこの学園界隈《かいわい》に、転生して間もない吸血鬼がいたとは考えられる」

どうして命《みこと》にわかるのかは濁《にご》した。愛を穢《けが》す力で、とは言えなかった。協力を得られなくなるのを懸念《けねん》したのもあるが、それ以上に……ミライに、汚《けが》らわしいと思われたくない気持ちが働いた。どうしてだろう？

ミライが、魅了《みりょう》の結果とは思えないほど純粋《じゅんすい》で、懸命《けんめい》で、それでいてさまざまな感情の交錯《こうさく》するまなざしを向けてくるせいだろうか。ミライは興味深そうに、ふうん、と言った。

「ふしぎ……。オカルトレベルでは吸血鬼か否《いな》かを見分けられる人間の話をたまに聞くけど。あなたが自分でそう言っているだけじゃなく、実際に吸血鬼災害課が採用しているならそうなんだろうね。……あの、……あのね、偽名《ぎめい》だって言ったよね？　あなたのほんとうの名前はなに？」

「――汐瀬《しおせ》命《みこと》」

＊

命《みこと》がミライと話した翌日。

……ひとりの女子生徒が、それを見つけた。

四月の下旬《げじゅん》である。日中はおだやかな気候の時期だが、早朝の空気は身が縮こまりそうにつめたい。女子生徒は部活の朝練のために早起きして、部室棟《ぶしつとう》にやってきていた。今朝は特別寒い、と思ったら、吐《は》いた息が白く砕《くだ》けた。

女子生徒は高校二年、支配クラスだ。

戸河内《とごうち》マイとおなじクラスだった。

それなりに仲がよかったものの、急に彼女のことを思い出したのは、最近になって聞いた噂《うわさ》のせいだ。その失踪《しっそう》について。

最初のころは男女関係での家出だという噂《うわさ》ばかりだった。たしかに彼女は多少、異性関連でゆるかったように思う。そこに関してはどうかと感じる部分もあった。が、それでも理性や品のない劣等《れっとう》な人間——特別クラスの生徒のようなひどさではない。支配クラスとしてまあ許容される範囲《はんい》だ。

特別クラスの連中ときたら、男は分不相応にも支配クラスの自分たちに懸想《けそう》し、女はだれかれかまわず股《また》を開いているにちがいないのだ。なぜなら特別クラスだから。そうに決まっている。全員、例外などない。疑念の余地もない。特別クラスとはそういうものだ。なぜなら特別クラスなのだから。

戸河内《とごうち》マイはそこまでではない。女子生徒が知っているかぎり、寝《ね》た男は十人ちょっとでしかない。真っ当な家庭で生まれ、人格者として育てられたのだから当然だ。戸河内《とごうち》マイはまともな人間だった。なぜなら支配クラスだから。女子生徒とおなじだ。特別クラスのクズどもとはちがう。

ほんとうに男と逃《に》げるか？　いきなり？　友人たちになんの自慢話《じまんばなし》もせず？　という疑念はずっとあった。そんな折に新しい噂話《うわさばなし》が流れてきた。

——戸河内《とごうち》マイは吸血鬼に喰《く》われた。

馬鹿らしい、と女子生徒は思う。特別クラスの差別主義者のゴミどもが、支配クラスという崇高《すうこう》な人間を逆恨《さかうら》みして海に突《つ》き落《お》としたのだ、という噂《うわさ》のほうがまだ信憑性《しんぴょうせい》がある。吸血鬼の実在は知っている。だが同時に、それがほとんど遭遇《そうぐう》などしないレアな脅威《きょうい》であるのもわかっている。

〝吸血鬼に喰《く》われた〟という怪談話《かいだんばなし》は、幼いころから何度も耳にしたものだ。

要するに常套句《じょうとうく》なのだ。どうせ、……そう、そうだ、あの男子生徒。転入してきた……顔が可愛《かわい》くて、たまらない匂《にお》いがして、見つめられると全身がとろけてしまう彼。おまけに支配クラスのなかでもとびきりいい家の生まれらしい。

ほんとうに素敵《すてき》な人。あの彼の気を惹《ひ》きたくて、彼と話す話題がほしくて、特別クラスの馬鹿女が適当に考えたにちがいないのだ。

ありえない。いくらなんでも。吸血鬼なんて。

駆《か》け落《お》ちよりずっと現実味が――。

……カラスの群れ。

複数のカラスが集まって、なにかをついばんでいた。部室棟《ぶしっとう》の横の木陰《こかげ》だ。ひんやりとした風のなかから鉄錆《てつさび》の匂《にお》いを嗅《か》いだ気がした。十羽《わ》近いカラスのなかで、一羽《わ》の個体が女子生徒の目を惹《ひ》いた。

巨大《きょだい》だ。怖《こわ》く感じるほどにおおきい。crowではなくravenというようなサイズ。加えて、左の翼《つばさ》の大半と右の翼《つばさ》の先が白かった。アルビノ？　その個体が顔をあげ、女子生徒を見た。目が黒い。アルビノではなく白変種か。

女子生徒は、そのカラスがくわえたものがいったいなんなのか理解するのに、たっぷり十数秒は必要とした。

折れ曲がった棒状のもの。

土気色だが根元が赤黒く汚《よご》れている。なんだ？　なんのゴミ？　カラスはそのなにかをぽいっと捨てて、自分が乗ったこんもりした物体をつつきはじめた。女子生徒は、地面に落ちた棒状のものに爪《つめ》がついているのに気づいた。人の指。カラスが群れているのは人の体。ばらばらにちぎれて積み重なっているため、理解するのに時間がかかった。想像の埒外《らちがい》だったからでもある。

強い風が吹《ふ》いて、今度は明確に血の臭《にお》いが漂《ただよ》ってきた。

その臭《にお》いが、人形かもしれない、という期待を打《う》ち砕《くだ》く。気持ちわるくて視界が揺《ゆ》れた。べつのカラスがぴょんぴょん跳《は》ねて動いて、思わず目で追ってしまった。

そうして目が合った。

カラスと、ではなく。

転がった頭部の、すでに眼球がない眼窩《がんか》の闇《やみ》と。

女子生徒は人生最悪の悲鳴をあげた。

＊

高校一年生、支配クラス。

坪野《つぼの》タイヨウ。

命《みこと》が想子《そうこ》から聞いたところによると、警察による司法解剖《しほうかいぼう》でも直接の死因はよくわからなかったそうだ。なにせ全身がめちゃくちゃに引きちぎられていた。その上で、カラスに食われた部位もある。

眼球は硝子体《しょうしたい》の一部が遺体発見現場に落ちていたことから、カラスについばまれたと推測される。頸部《けいぶ》切断、右腕《みぎうで》切断、左手首切断、右脚《みぎあし》切断。手の指はすべて第一関節か第二関節のどちらかでちぎれており、うち三本は発見されず。

死後一日も経《た》っておらず、おそらくは深夜に殺害されている。

おぞましいのは、少なくとも右腕《みぎうで》の切断面の近くに多量の皮下出血が見られたことだ。生活反応。つまり右腕《みぎうで》は生きたまま切断されている。なんらかの強い力でだ。

傷口はシャープにはほど遠く、無理やりに引きちぎられた様相を呈《てい》している。巨大《きょだい》な羆《ひぐま》であっても、爪《つめ》や牙《きば》を使わずに筋力だけで、人体をさながらパンのように容易に引きちぎれるものだろうか。ただ、命《みこと》たちは市街地に存在し得る、羆《ひぐま》をしのぐ筋力を持つバケモノの存在をよく知っている。

　夜の吸血鬼。

　それも、魔素《まそ》による筋線維《きんせんい》の強化が著《いちじる》しい上位の吸血鬼による犯行というのが、警察が出した結論だ。防犯カメラのデータに残っていた、死亡推定時刻直前の坪野《つぼの》タイヨウの行動から、支配血統の吸血鬼による精神支配の力が使われた可能性も高い。

　坪野《つぼの》タイヨウが吸血されたかどうかは、損壊《そんかい》状態がひどく、殺害現場と発見現場がちがうことから不明である。


　その吸血鬼災害の発生が、学園全体の雰囲気《ふんいき》をがらりと変えた。あたりまえだ。

　生徒たちは怯《おび》え、一時的に退寮《たいりょう》しての避難《ひなん》を求める生徒と保護者が続出した。春の大型連休を前にして授業は中断され、市長選に当選したばかりの天霧《あまぎり》学園理事長は、対応にてんやわんやになったらしい。

　命《みこと》も、吸血鬼災害課としても、魔血体《まけつたい》の人間が複数いる環境《かんきょう》で、なんの予兆もないまま、ほかの人間が脈絡《みゃくらく》なく殺害されるなどと想定していなかった。通常の、転生直後の吸血鬼の常識では滅多《めった》にない。

　……いや、脈絡《みゃくらく》なかったのか？　命《みこと》がミライのストーカー問題を解決してすぐに、その相手が殺される？　ミライに再び疑いを持ったわけではない。解決したあとで殺す動機などない。やるならストーカー被害《ひがい》に困っていた時期にやるだろう。ミライのストーカーの件を知っていた者が、ミライ本人以外にもいたのか？

それともほんとうに……ただの偶然《ぐうぜん》なのか？

犠牲者《ぎせいしゃ》がたとえ、アサをはじめ特別クラスの生徒に嫌《いや》がらせを繰《く》り返《かえ》し……ミライ個人には多大な迷惑《めいわく》をかけ、なんのつもりか折りたたみナイフまで用意していた奴《やつ》だとしても。命《みこと》は無力感と自己嫌悪《じこけんお》、もっとちがう道、彼を救う道があったのではないかという後悔《こうかい》に苛《さいな》まれながら、準備を進める。

真子《まこ》は命《みこと》に気遣《きづか》いの表情を向けていた。

「……命《みこと》のせいじゃないです。この状況下《じょうきょうか》で非魔血体《ひまけったい》の人間が、いきなり狙《ねら》われるなんて外れ値みたいなものです。対策に織り込んでたら切りがないですし、……それにこんなことを言うのは気が引けますが。とてもやさしくてとても善良な人間を犠牲《ぎせい》にするよりはマシじゃないですか？」

真子《まこ》は懸命《けんめい》だった。

「坪野《つぼの》タイヨウの部屋を調べたとき、女の人の裸《はだか》の写真に久嶺《くれ》ミライの顔を貼《は》りつけたやつが出てきて、全身おもっくそ鳥肌《とりはだ》が立ちましたし！　正直すこしだけ万死《ばんし》に値《あたい》するとか思っちゃいましたし、ああいう人間のほうが命《みこと》の気持ちもまだ、……いえ、言葉がすぎました。すみません……」

「うん。……僕たちは彼の、褒《ほ》められたものじゃない行動しか知らない。けど、どんな人間であれ一面がすべてじゃないよ。彼が亡《な》くなって悲しんでる人もいるんだ。彼の家族の気持ちを想《おも》えば……マシだったなんて僕は言えない」

「ぐうの音も出ないです」

「僕をなんとか慰《なぐさ》めようとしてくれたんだよね。でも大丈夫《だいじょうぶ》だから。ありがとう。……後悔《こうかい》はする。けど、落ち込んでる場合じゃない。……久嶺《くれ》ミライが連絡《れんらく》をくれた。返答を渋《しぶ》ってた風囃《かぜはや》ユメが、今回の件を受けて、僕の案に条件つきでOKを出したって。美調《みつぎ》ヒカリもそう。玖村《くむら》アサには僕が改めて話をする」

「例の案ですよね？　もちろんあたしも協力します！　詳細《しょうさい》についてあたしもいっぱいアイデア出していきますよ！」

「ありがとう」

　短期間で必ず吸血鬼を特定する。そのために一時的に罪悪感を無視する。心を無視する。そして、だれが吸血鬼であっても確定すれば容赦《ようしゃ》はしない。本物の愛を穢《けが》し、人を餌扱《えさあつか》いして尊厳を踏《ふ》みにじる獣《けもの》を、許さない。

9

愛とはなんだろう?

実在しているものなのだろうか?

ちいさな少女の頭のなかでは、疑念がずっと渦巻《うずま》いていた。

TV画面から流れるドラマやニュースを、ほかにやることもないのでだらだら観《み》ていると、どうやらこの世には愛というものがあるとされているようだ。夫婦《ふうふ》。恋人《こいびと》。友人。そしてなにより親子。

愛という絆《きずな》でつながり、それはほかのどんなものより優先され、ありとあらゆるものより尊いそうだ。母親は子供を慈《いつく》しみ、自分自身よりずっと大切にするという。……ならば、いったいなぜ——。

自分の体はこんなに青痣《あおあざ》だらけなのだろう。

少女は脱衣《だつい》所兼洗面《じょけん》所で、子供用踏《ふ》み台《だい》の上に立ち、洗面台のおおきな鏡でお風呂《ふろ》あがりの自分の体を見ていた。胸、お腹《なか》、二《に》の腕《うで》、ふともも。自分では見られないが、背中にもいくつもあるはずだ。母親に殴《なぐ》られた痕《あと》。顔や手足の先など、他人に見つかりやすい箇所《かしょ》にはつけない程度の理性はあるのだ。残念ながら。

記憶《きおく》のあるかぎりずっとこうだった。

これがあたりまえだ。少女自身、傷を他人に隠すのがずいぶん上手《うま》くなった。

母親の男は数ヶ月に一度は替《か》わったが、少女を傷つけてきたのは男たちではない。なかには母親といっしょに殴《なぐ》ってくる男もいたし、多少やさしいと感じる男もいた。だが関係ない。男の態度と無関係に、母親の態度は一貫《いっかん》していた。

おまえをどうして産んだんだろう。

おまえさえいなければあたしはもっと自由なのに。

あたしはもっと華《はな》やかな人生を送れたのに。

よくは知らなかったが、母親は十代のころ芸能活動をしており、妊娠《にんしん》したことで事務所を解《かい》雇《こ》された過去があるらしい。どうせ、それだけが原因なわけがない。人気もなかったし普段《ふだん》の素行もわるかったにちがいない。それでも母親は現在にいたる原因がすべて少女にあるとみなした。

少女にとっては、母親が出勤する夕方から深夜にかけてこそが、安らぎの時間だった。だって怒《おこ》られない。殴《なぐ》られない。

ぼろぼろで、サイズもすでに合っていない服を着て、夕食になりそうなものを探す。玉子の数に余裕《よゆう》があったので、目玉焼きを作って、あとはパン。

パンは賞味期限前のものと期限切れのものがあって、カビが生えてはいなかったので、期限切れのものを選ぶ。そうでないと、母親が万が一憶《おぼ》えていたら、これを理由にして殴《なぐ》られる回数が増える。

ひとりきりの食卓《しょくたく》で、視線をふと窓の外に向ける。夕陽《ゆうひ》は鮮烈《せんれつ》で、赤く染まった街のどこかから子供の——少女と同い年くらいの子供の声が、お母さぁん、と聞こえた。

楽しそうな、幸せそうな声だった。

………この世界。

少女は眉《まゆ》をひそめて、思った。

この世界にがんばって生きる価値があるのだろうか————。

*

ユメは眉《まゆ》をひそめて、言った。

「ほんとうにここまでしてやる価値があるんでしょうね」

私立天霧《あまぎり》学園の敷地内《しきちない》にある貴賓館《きひんかん》。

命《みこと》たちと四人が荷物を持って移動してきた日。玄関《げんかん》ホールを、業者が搬入《はんにゅう》するピアノが通過していく。第二音楽室のスタインウェイだ。

このあとで調律師も一度やってくる予定だった。一定期間の隔離《かくり》生活に応じるヒカリの条件が、普段《ふだん》どおりにピアノを弾《ひ》けるようにすること、だったから。

ヒカリはユメの言葉に、しゅん、とした。

「ごめんなさい……わたしなんかに、そんな価値は……」

「はあ？　特別クラスの連中のそういう卑屈《ひくつ》なとこ、マジで大嫌《だいきら》い。あんたの話してないし。あたしが言った〝やる〟は、そもそもこの隔離《かくり》生活の話よ。ええっと、あんた偽名《ぎめい》だったんだっけ。名前なに、……そうだ、命《みこと》だ」

ユメが命《みこと》に話の矛先《ほこさき》を向けてくる。だが命《みこと》より先に、ホールから二階へと続く階段に腰《こし》かけているアサが口を開いた。

「いい名前じゃーん。偽名《ぎめい》よりずっといいと思うでしょ？」

アサはユメに問いかけながらも命《みこと》をじぃっと見ている。ついこのあいだまでかけていた眼鏡が、いまはない。膝《ひざ》を支点に頬杖《ほおづえ》をつき、命《みこと》の視線を真正面から受け止めて、相変わらずぞくぞくっと震《ふる》える。

ユメは再び、はあ？　と剣呑《けんのん》な声を出した。

「なにあんた。なんでそんなににやにやしてんの。気持ちわるいんだけど。吸血鬼かもっていきなり疑われて、最長で二週間とかこの館から出ないで暮らしてほしいって言われて――この館がなんかけっこういい建物なのは知ってるけど、それでもこんなの、ふざけんなって思わないわけ？」

「思わないなぁ。わたし、ここにくるのに条件も出してないもん。むしろ命《みこと》くんといっしょにいられるって、おもしろそうじゃない」

「…………変な奴《やつ》。これだから特別クラスは」

ユメは気味わるそうにアサから目を離《はな》し、首を振《ふ》った。

「とにかく、命《みこと》、あたしからの条件もちゃんと聞いてくれてるんでしょうね。でなきゃ、いますぐにでもあたし帰るから。特にお風呂《ふろ》とかお手洗いとか、よく知らないおっさんにのぞかれるなんて言うまでもなくありえない」

この隔離《かくり》生活をいちばん渋《しぶ》り、いちばん条件を出してきたのはユメだったが、その条件のなかで最も強調されたのが〝プライバシーを侵害《しんがい》しないこと〟だった。当然だ。命《みこと》もその条件には異論ない。端《はな》からそのつもりだった。

命《みこと》はうなずく。

「大丈夫《だいじょうぶ》。……というより、そもそもプライバシーを強く侵害《しんがい》する場所には監視《かんし》カメラを仕《し》掛《か》けられないんだ。吸血鬼駆除《くじょ》では、過度なくらい人権に配慮《はいりょ》しなきゃいけない。個人の部屋とかにもカメラはないよ。誓《ちか》う。それこそ、もしも見つけたらこのゲームからおりてもらってかまわない」

「食事のリクエストを聞けって条件は？」

「事前に言ってくれれば、外で待機してる仲間に伝える」

「かろうじてプライバシーは守ってくれるけど、絶対に逃《に》げ出《だ》せないよう、この館の周りは捜《そう》査員《さいん》だらけってわけね。ったく、可愛《かわい》い顔してスパイ行為《こうい》してた、あたしたちを探《さぐ》ってたとか信じらんない。でも、あたしはちがうから。どこにも吸血鬼が見つからなかったら、こそこそ監視《かんし》するのやめるってのも忘れてない？」

「それもちゃんと守る。……ただ、久嶺《くれ》さんから聞いたと思うけど、お風呂場《ふろば》やお手洗いを特別クラスとわけろって話は受け入れられない。単純に一箇所《かしょ》ずつしかないし、この学園特有のそういう差別は理解できない。食事などでできるだけ顔を合わせないようにしろっていうのも、明日からのゲームの性質上、できかねるよ」

「はっ。吸血鬼災害課の天才捜査員《そうさいん》さまのことだから、そりゃ素人《しろうと》には想像もつかない大層な手段を用意してるんでしょうけど――」

命《みこと》は居心地《いごこち》わるい気分になる。

内容はある程度なんでもよかったので、真子《まこ》の案を採用したのだ。準備も多少、真子《まこ》に任せた。その内容を確認《かくにん》したのは昨夜のこと。時間もないし、実務面で問題があるわけでもないので、そのまま行うが――。

「……大層というか」

「そもそもその、魔血体《まけつたい》？　っていうの、少ないけど珍《めずら》しいってほどでもないんでしょ？　いくら吸血鬼を暴《あば》こうとしても、この場にいなかったらどうしようもない。あたしが吸血鬼だったら、公安に目をつけられたって時点でぐずぐずしない。学園生活なんてさっさと捨てて、逃《に》げ出《だ》してる。だから――」

「そうは言っても、坪野《つぼの》タイヨウくんの件があるんだから。早く解決しなきゃいけないのはユメだって納得《なっとく》したでしょう」

言ったのは階段からおりてきたミライだ。

荷物の整理で部屋に行っていた。それが終わったのだろう。ミライはもちろんいちばん協力的で、下着類などを除いた荷物は、命《みこと》にもチェックさせてくれている。

坪野《つぼの》タイヨウの殺害が発覚した直後は、さすがに少なからずショックを受けていたようだったが。

いまはその様子を微塵《みじん》も見せていない。精神的に揺《ゆ》るぎなく、評判どおり――それ以上に凛《りん》として、それでいて友好的な笑《え》みを絶やさない久嶺《くれ》ミライだ。命《みこと》が本名を告げてから、ミライの雰囲気《ふんいき》はさらにまた変わった気がする。こんな状況《じようきよう》にもかかわらず、活力が……生命力が、希望が満ちあふれて見える。坪野《つぼの》タイヨウの件があっても、命《みこと》を疑う素振《そぶ》りはないし、逆に命《みこと》たちがミライを怪《あや》しむに足る挙動もいっさいない。

ミライは諭《さと》す口調で続ける。

「疚《やま》しいことがないなら、さっさと疑いを晴らしたほうが得なことも。おかしな真似《まね》をしなければ、危険の少ないよう公安の吸血鬼災害課が取り計らってくれることも。それに、みこ……と、くんが言ってたよ。たぶん二週間もかからないって。魔血体《まけつたい》と触《ふ》れ合《あ》い続《つづ》ける生活っていうのは、転生間もない吸血鬼にとっては抵抗《ていこう》できないくらい――」

「……あんた化粧《けしょう》してない？」

ユメの指摘《してき》に、ミライはぎくりとした。

みんながミライの顔を見る。命《みこと》も。……たしかに。ミライはもともとはっきりした顔立ちである。その華《はな》やかさが、アイラインやマスカラ、控《ひか》えめな口紅でより強調されている。命《みこと》が改めてどきりとしてしまい、自分なんぞがどきりとしたことに罪の意識を感じるくらいには、可《か》愛《わい》い。

命《みこと》を一瞬《いっしゅん》見たミライの頬《ほお》がかあっと赤くなる。

ユメに向き直って声を荒《あら》らげた。

「け、化粧《けしょう》したからってなに!?　今日からしばらく授業受けないんだし先生とかにも会わないんだからべつにいいでしょう！　他意はないから！」

「他意ないわけないでしょ！　そんな発情顔して！　この隔離《かくり》生活に応じろって説得にきたときも命《みこと》くん、命《みこと》くん命《みこと》くん命《みこと》くんって、バグったみたいに繰《く》り返《かえ》して！　あたし、支配クラスの馬鹿どものなかでもあんたはマシって思ってたのに、勘《かん》ちがいだった。マンモス級のどでかい馬鹿だった」

「はああっ⁉　ちょっと待ってよ、そう言うならわたしのほうこそあなたに言いたいんだけど⁉　あなたここに入るとき、命《みこと》くんと目が合ったとき、すんごい真っ赤っかっかっかになっていたよね⁉」

「かが多くない？」

「どうでもいい！　とにかく、ユメ、人が亡《な》くなっているこんな状況《じょうきょう》でいきなり脈絡《みゃくらく》なく色目使っているのはどちら様ですかー⁉」

「あんたでしょ！」

「わたしは脈絡《みゃくらく》なくない！」

ふたりがヒートアップしてきて、命《みこと》は「ふたりとも――！」と慌《あわ》てる。しかし耳に入らない様子だ。アサはにやにやして、ヒカリはおろおろしている。

ユメが背伸《せの》びして、ミライの額に額を、ごん、と当てた。

「脈絡《みゃくらく》ないでしょ！　なんであんたがこいつらの味方面《みかたづら》してんのかと目が点になったわ！　まんまスパイ野郎《やろう》がちょっと、けっこう、かなり、……すっごく可愛《かわい》い顔してるからって！　まんまと色仕掛《いろじか》けに引っかかって犬になって頭すかすかなわけ⁉」

ミライのほうも額を額でぐりぐりと押し返す。

「ユメだっていま言いながら命《みこと》くんの評価どんどん上方修正したじゃない！　ユメこそ命《みこと》くん

にまいっているんでしょう！　いいから吸血鬼じゃないならぶーぶー言わず命《みこと》くんの指示に従っておきなさいよそれがいちばん安全だから！　くれぐれも、こんな奴《やつ》らといっしょにはいられない、とか言って個人行動はじめないように！」

「はん、あんたはホラー映画のヒロイン気取りなわけ？　あたしは条件つきで従っただけ、それ以上に言いなりになってやる義理はないでしょ！　そっちこそ変に張りきって混乱させないでよ、あたしはこんな茶番さっさと終わらせたいだけなんだから！　もっと大切なことなんていくらでもあるんだから！」

「だ、か、ら……！　言ってるでしょう、だったらつべこべ言わず大人しくしてなさい！　あなたが吸血鬼はさっさと逃げ出《に》《だ》してるって思ってるならそれでいいじゃない！　あと他人に発情うんぬん言うならくれぐれも命《みこと》くんに変な真似《まね》を——」

「みなさぁん！　命《みこと》を見てください！」

真子《まこ》の声とともに、命《みこと》は頭になにかをぐいっと押しつけられるのを感じた。なんだ？　ピアノの搬入《はんにゅう》作業を先導していた真子《まこ》が、いつの間にかそばに戻《もど》ってきている。命《みこと》は横の真子《まこ》を見て、自分の頭を触《さわ》って、ミライたち四人に視線を戻《もど》した。

全員が命《みこと》を見て、固まっていた。

……全員が沈黙《ちんもく》している。

ミライは唇《くちびる》を引き結び、涙《なみだ》ぐんで、こぶしを強く固めている。ユメは反対に口をあんぐり開けている。その頬《ほお》が次第《しだい》に赤くなっていく。ヒカリも最初は呆然《ぼうぜん》としていたが、やがて瞳《ひとみ》にじわっと涙《なみだ》を溜《た》める。アサは微笑《ほほえ》んで、ぶるるっと肩《かた》を震《ふる》わせた。

命《みこと》は自分の頭につけられたなにかのカチューシャを手で探《さぐ》る。

すぐに理解した。

真子《まこ》が命《みこと》の頭につけたのは猫耳《ねこみみ》のカチューシャだ。

命《みこと》には、四人の顔に大書きされた感情が読めてしまった。

かわいい

真子《まこ》が命《みこと》の横で、ふっと笑う。

「命《みこと》の可愛《かわい》さは世の争いを鎮《しず》めるのです……」

「……いや。なんでこんな物を」

真子《まこ》は得意げだった。

「場を和《なご》ませるのに役立つかと思い、お姉ちゃんに差し入れをお願いしてたんです。実際、役に立ちました……。みんなこれでいっさいの諍《いさか》いなく――」

「……ほらミライあんたまた発情顔してた」

「ユメあなたいったいどの顔で言ってるの？」

「は？」

「ええ？」

「――諍《いさか》いなく、心おだやかにすごせるのです」

「むかしから、メンタル強いよね……」

命《みこと》は猫耳《ねこみみ》カチューシャを外しながらつぶやく。ミライが命《みこと》のほうを見てきた。ピアノの搬《はん》入《にゅう》業者が再びホールに顔を見せたので、真子《まこ》はそちらへ駆《か》けていく。アサがにんまりしたまま言った。

「猫耳《ねこみみ》、ずっとつけておけばいいのに」

「……勘弁《かんべん》してよ。アサ」

こういう雰囲気《ふんいき》は照れくさいし、恥《は》ずかしいし、胸が痛いのだ。ヒカリが目許《めもと》をごしごし拭《ぬぐ》って、ふと呼びかけてきた。

「汐瀬《しおせ》くん……」

「命《みこと》でいいですよー！」

ホールと隣《とな》り合《あ》うリビングから真子《まこ》の声だけが飛んでくる。地獄耳《じごくみみ》だ。命《みこと》は苦笑《くしょう》する。ヒカリはおっかなびっくり言い直した。

「じゃあ、命《みこと》くん。……わたし、男の子を下の名前で呼ぶのって、小学校にあがって以降だとはじめてかも……」

「んなことはどうでもいいでしょ。なんなのよ特別クラス」

ユメがとげとげしく言う。ヒカリは慌《あわ》てた。

「ご、ごめん……なさい。……やっぱり、なんでも——」

ミライがやさしくもきっぱりした口調で告げた。

「ここで支配クラスも特別クラスもないでしょう。いえ、もともとほんとうに馬鹿馬鹿しいルールだと思うけど。遠慮《えんりょ》して、話すのをやめることない。続けて？」

ヒカリはユメを見る。ユメは不機嫌《ふきげん》そうな表情をしたが、すぐにため息をついて、身をくるりと翻《ひるがえ》した。ヒカリはそれで覚悟《かくご》を決めたふうに続けた。

「命《みこと》くん、……あの、久嶺《くれ》さんから……聞いた」

「なにを」

「戸河内《とごうち》マイさんのこと」

ヒカリが目を向けてくる。目が合う。ヒカリは揺《ゆ》さぶられた顔になる。が、それをぐっと堪《こら》え、今度は涙《なみだ》を流さなかった。かすかに頬《ほお》を染めただけだった。

「戸河内《とごうち》さんが、吸血鬼にされたって……」

「……うん。事実だよ。それが今回の騒動《そうどう》の発端《ほったん》だった。彼女は屍人《レブナント》——最下級で、血統ごとの固有能力を持たず、人間社会に適応できないレベルの理性低下がある吸血鬼なのが確認《かくにん》された」

命《みこと》は話しながらヒカリの顔を観察していた。

青ざめている。怯《おび》えている。命《みこと》が口にするひと言ひと言に、改めて衝撃《しょうげき》を受けている。戸《と》河内《ごうち》マイの件を事前に知っていた顔には見えなかった。痛ましくて、命《みこと》のほうがつらい気持ちになってくるくらいだ。真実か？　演技か？　後者だとしたら役者なんて目ではない。

……もしも、知らなかったのであれば——。

当然、戸《と》河内《ごうち》マイを襲《おそ》った吸血鬼はヒカリではない。

「そう……なんだ。命《みこと》くん、戸《と》河内《ごうち》さんは元通りには……？」

「ならない。……残念なことだけど。吸血鬼になるっていうのは病気とはちがう。不可逆で、実質的に死んでいる。法的にも死亡したとみなされる。戸《と》河内《ごうち》マイも国に管理され、理性の低下があんまりひどいようだと……処分もありえる」

「そんなの周りの人間が納得《なっとく》できんの？」

ユメが口を挟《はさ》んだ。命《みこと》は思い出す。

自分自身のことを。吸血鬼に奪《うば》われた妹のこと。

「納得《なっとく》できなくてもどうしようもないよ。……受け入れて、できることをやるしかない。だってそれは、ごくごく単純に事実だから」

「あんたたちは仕事で吸血鬼災害をいくつも見てきてるんだろうから、麻痺《まひ》してるんでしょうね。吸血鬼になっても人格は残ってるんでしょ？　その屍人《レブナント》かなんかだって、少なくとも見た目はそのまま残ってる。はいもう死んでるから駆除《くじょ》しますね、はいわかりました、なんてだれがなるわけ？」

「国際常識ですからねぇ」

思わぬところから回答があった。

アサが座ったまま話す。

「人格の名残《なごり》があっても、遅《おそ》かれ早《はや》かれ邪悪《じゃあく》にゆがんでいっちゃうんだよ。すでにその血は取り返しのつかない罪に穢《けが》れてる。周りが悲しんでも、本人が否定しても、真実なんだから。吸血鬼が人の血を吸わなきゃ狂乱《きょうらん》するのは厳然たる事実だし、吸血の際は吸いすぎて殺すリスクが常にある。血統固有の力も、人間社会に存在するには危険すぎるものばっか」

「詳《くわ》しいんだ？　調べるきっかけでもあったのかしら？」

ミライが尋《たず》ねる。アサは動じないどころか、ミライの疑いの目すらおもしろがっている様子だった。

「いまのもただの常識でーす。——でも、ヒカリちゃんってやさしいね。戸河内《とごうち》マイって人、わたしは知らないけど、支配クラスの生徒で同い年だったわけでしょ？　特別クラスのヒカリちゃんはいじめられてたんじゃない？」

「いじめ……というか、嫌《いや》なこと言われたりされたりはあった……けど」

ヒカリは目を伏《ふ》せる。

いまにも泣き出しそうな声で言った。

「悲しい人も……つらい思いをする人も、少ないほうがいいよ……」

ユメが、ちっ、と舌打ちする。

「馬っ鹿じゃないの？　綺麗事《きれいごと》で飾《かざ》ったって意味ない。しょせん他人は他人で、あたしには支配クラスの馬鹿なぼんぼんも特別クラスの弱虫もどうでもいい。戸河内《とごうち》マイもどうでもいい。あたしはあたしの大切なものだけでいいし、それ以外ならどう破滅《はめつ》したってぜんぜんかまわない。……夕食のときにやるってゲームまでは、自由時間でしょ？　あたしは自分の部屋で時間つぶしとくから」

ユメは軽く片手を振《ふ》って、階段をのぼっていった。ヒカリはうつむき、ミライがその肩《かた》をやさしくぽんっとたたく。わたしヒカリちゃんの演奏ちゃんと聴《き》いたことない、聴《き》くの楽しみ、と笑いかけている。真子《まこ》が搬入《はんにゅう》業者となにか喋《しゃべ》る声。

「ね、命《みこと》くん」

アサが最後に尋《たず》ねてくる。

「さっきさ、ユメちゃんに大層な手段って言われたとき、なんとも言えない顔をしなかった？　吸血鬼を暴《あば》くためのどんなゲームを考えてるのか教えてほしーな？」

「……………………王様ゲーム」

「へっ？」

命《みこと》が気恥《きは》ずかしさを覚えながら返した答えに、目をぱちくりさせたのはミライだった。

10

大前提として、飢《う》えた吸血鬼が魔血体《まけつたい》の存在にずっと耐《た》え続《つづ》けられるとは考えられない。大《おお》雑把《ざっぱ》に言えば、吸血鬼がそういう生物だからだ。

人間の三大欲求に近い強烈《きょうれつ》な衝動《しょうどう》だ。

そして誘惑《ゆうわく》に関して、単純接触《せっしょく》の寄与《きよ》はおおきい。距離《きょり》が近ければ近いほど、回数が多ければ多いほど衝動《しょうどう》に襲《おそ》われる確率、それを露呈《ろてい》させる確率、抑制《よくせい》できない確率は掛《か》け合《あ》わさっていく。転生直後ならなおさらだ。命《みこと》が知るかぎり、飢餓《きが》状態で、密度の高い環境《かんきょう》下で魔血《まけつ》体《たい》の人間と接触《せっしょく》させ続《つづ》けて、違和感《いわかん》すらのぞかせない吸血鬼がいるはずがなかった。

ここで問題となるのは、どうやって候補者たちを深く接触《せっしょく》させるか。べつになんでもいい。たとえばお互《たが》いの肩《かた》を摑《つか》んで、一定時間をすごさせるといったものでも不足はない。だがなんらかの変化があるほうが、本人たちも飽《あ》きにくいし、吸血鬼もふいに油断する可能性があがるかもしれない。

その話をしたとき、真子《まこ》は名案を思いついた顔をした。

——でしたら！　王様ゲームはどうでしょう⁉

——王様ゲーム？

命《みこと》は説明されるまで、王様ゲームというものをよく知らなかった。

真子《まこ》は自信満々、うれしそうにうなずいた。

——はい。命《みこと》のハーレム力……ちがう、その呪《のろ》われた力も利用して、自然に、効率的に、盛りあがりつつみんなをひっつき虫にさせる遊びです！　でも、命《みこと》は自分の力を嫌《きら》っててあれこれ命令するのには抵抗《ていこう》と照れがあるはずですから、ちょっと変則的にして、お題はわたしが準備したくじを引くことにしましょう！

真子《まこ》がずいぶんと楽しんでいるのは、置いておくとして——。

命《みこと》はいままでの経験を元に考える。

もしも、このまま進めて何事も起きなければ。

ここに、血に飢《う》えた吸血鬼はいないと見なすほかない。


夕食時。吸血鬼災害課が調達したやや豪華《ごうか》なお弁当が並ぶテーブル。その端《はし》っこに置かれた抽籤箱《ちゅうせんばこ》に、真子《まこ》が支配者面《しはいしゃづら》で手を突《つ》っ込《こ》んでいる。引《ひ》き抜《ぬ》く。

「久嶺《くれ》ミライさんと玖村《くむら》アサさんが……」

真子《まこ》が変にもったいぶって間を作る。ヒカリはそわそわした様子で座っている。ユメは、付き合っていられないとばかりに割《わ》り箸《ばし》を割っている。

真子《まこ》は直前まで四つ折りにされていた紙をかかげた。

「同時に、命《みこと》のほっぺたにちゅーする！」

「………はえっ⁉」

ミライが変な声をあげる。が、命《みこと》も内心で、はっ⁉　と驚《おどろ》いていた。いや、事前に確認《かくにん》したときには、さすがにそこまでの命令は書かれていなかったはずだ。真子《まこ》が視線を一瞬《いっしゅん》向けてきて、ふふんっと笑う。続いてミライも目を向けてきて、目が合ってしまった。ミライは真っ赤になってうつむく。

命《みこと》の頬《ほお》もやや熱くなった。……真子《まこ》、事前に見ていたら僕が嫌《いや》がると考えて、こっそり追加しやがったな――。

魅了《みりょう》の結果キスさせるなんて、愛への冒瀆《ぼうとく》以外の何物でもない。

「待って。それは、……ふたりとも、僕はそこまでしなくてもいいと――」

「わたしは平気だけど？」

アサが気づけば椅子《いす》から立ちあがっている。ミライははっと顔をあげる。アサは命《みこと》と目が合うと肩《かた》をぞわわっと震《ふる》えさせ、微笑《ほほえ》んで、歩み寄ってくる。

「しょせん頬《ほお》でしょ？　だいたい、吸血鬼に襲《おそ》われる可能性を考慮《こうりょ》した上でここにいるのに、命《みこと》くんにちゅーするくらいなんでもないでしょ。あ、でも、ミライちゃんはちがうかな？　吸血鬼より命《みこと》くんのちゅーのほうが一大事？　それなら、わたしが命《みこと》くんにちゅーするのをただ見てればいいんじゃないでしょーか」

ミライは奥歯をぎりっと噛《か》んだ。

それから勇気を奮い起こし、腰《こし》を浮《う》かせる。

命《みこと》はすこしどきどきしながら言う。

「久嶺《くれ》さん」

「わたしだって大丈夫《だいじょうぶ》だから、問題ないから、このくらい一大事じゃないから。……それと命《みこと》くん。玖村《くむら》さんのこと、アサって呼んでいたよね。わたしのことも下の名前で、ミライって呼んでほしい」

ミライが命《みこと》を挟《はさ》み、アサと向かい合って立つ。アサはにんまりとする。ミライはアサの笑《え》みを受け止め、おおきく深呼吸して、気持ちを整えていた。ユメは不機嫌《ふきげん》そうにお弁当を食べはじめている。

ミライが目を細め、アサへと告げた。

「三、二、一、でいい？」

「どーぞ」

「じゃ、三、二、一──」

ちゅっ、と。

両頬《りようほお》にやわらかな感触《かんしよく》。ミライとアサの匂《にお》いを感じる。……ミライは真っ赤っかだが命《みこと》のほうも充分《じゆうぶん》に恥《は》ずかしい。そんななかでも命《みこと》はちゃんと確認《かくにん》はしている。

命《みこと》の顔越《かおご》しなだけの近距離《きんきより》で、かつ少なくともミライのほうは──もともと疑いをほぼ持っていないとはいえ──思いきり動揺《どうよう》していたにもかかわらず、ふたりとも、吸血衝動《しようどう》を刺激《しげき》された素振《そぶ》りはなかった。


最初に命《みこと》が相手だったのがたぶんわるかった。

──美調《みつぎ》ヒカリさんが……全員に〝あーん〟！　最初は命《みこと》からです！

それが真子《まこ》の引いた命令だった。

ヒカリはトマトクリームパスタをまず、命《みこと》に〝あーん〟した。真正面から目を見つめ合い、ヒカリはその頬《ほお》を赤らめ、ぷるぷると震《ふる》え、やがて小声で、うぅぅぅ……と声を漏《も》らしながら泣きはじめた。その手がかたかたと揺《ゆ》れ、トマトクリームが命《みこと》の頬《ほお》にべちゃっとついた。ヒカリは泣きながら慌《あわ》てた。

──ご、ごめんなさい……！

と。

「ごめんなさい……！　ごご、ごめん、わたしはその……！」

「……あんたね」

うめくのは頬《ほお》にべっとりとトマトクリームをつけられたユメである。こめかみをぴくつかせるその姿に、ヒカリはあわあわと狼狽《ろうばい》している。ユメは頬《ほお》を拭《ぬぐ》って、隣《となり》の席のアサを指差す。もう次に行け、という意味だろう。ヒカリはユメのフォークを置き、今度はアサのところへと向かった。

立て続けの失敗で、アサのフォークを持ったヒカリの手はすでに震《ふる》えている。アサはいたずらっぽい目をして、口をちいさく開けた。

そんなアサの左の鼻の穴に、トマトクリームパスタが押しつけられる。

「これは……怪《あや》しいですね」

真子《まこ》が命《みこと》に耳打ちしてくる。ふふ、と軍師の顔だ。

「魔血体《まけつたい》をわんさか前にして、激しい吸血衝動《しょうどう》に駆《か》られ、いまにも襲《おそ》いかかりたくて震《ふる》えているにちがいないです……」

「……いまにも逃《に》げ出《だ》したそうに見えるけど」

命《みこと》が返しているあいだに、最後のミライがやさしく言う。

「大丈夫《だいじょうぶ》。ヒカリちゃん、落ち着いて？　失敗してもわたしは――」

「ああっ！　ご、ごごごご、ごめんなさいぃ……！」

「——……怒《おこ》らないから」

ミライは髪《かみ》にフォークを刺《さ》されたまま微笑《ほほえ》んだ。パスタが一本、ミライの頬《ほお》に垂れている。

ヒカリは涙目《なみだめ》でごめんなさいごめんなさいと謝る。


アサがふいに訊《き》いてきた。

「この貴賓館《きひんかん》にきてから、わたしが眼鏡を外してることには気づいてる？」

「え。……もちろん気づいてたけど、もともと度が入ってないレンズだっただろ。だから、べつになんとも」

「……よく見てる。この仕事向いてそう。それでも、なんで？」

「うん？　なにが？」

昼食のあとだ。

テーブルの端《はし》っこでは、ミライとユメがうめき声をあげている。

「う、ぐぅううう！」

「ぐぎぎぎぎ……！」

——久嶺《くれ》ミライさんと風嚙《かぜはや》ユメさんが腕相撲《うでずもう》！

真子《まこ》のそのお題に沿って。

単なる腕相撲《うでずもう》だが、気づけばふたりとも全力で鎬《しのぎ》を削《けず》っている。腕相撲《うでずもう》なのでもちろんしっかりと手を握《にぎ》り合《あ》って。……命《みこと》の見立てでは、本来、ミライのほうが強いはずだ。ミライはある程度以上鍛《きた》えていて、女子にしては筋力があるだろう。背も高い。一方でユメは小柄《こがら》で、線も細い。

なのに勝負になっているのは、負けたくないという精神力の強さか。

……あるいは、魔素《まそ》の力か？　いや、昼間であれば吸血鬼も、人間に毛が生えた程度の筋力しか持っていない場合は多い。上級になるほどちがうが――。

「命《みこと》くんのお仕事の話ですよ。命《みこと》くんって、年齢《ねんれい》には偽《いつわ》りはないように見えるけど？」

命《みこと》は素直《すなお》に答えた。隠《かく》す理由もそれほどはない。

「うん。そのまま。ストレートなら高校二年の年齢《ねんれい》だよ」

「そんな言い方だし、高校行きながら吸血鬼災害課で働くなんて現実的じゃないし、学校は通ってないんでしょ？　でも、それって変じゃない？　ふつうはそんな環境《かんきょう》に身を置かないでしょ。どうして？」

「……小学校のころ、吸血鬼に両親を殺されて、妹はその体を奪《うば》われたから。そのときの精神支配の影響《えいきょう》で、妹の顔と名前は、僕の頭のなかで黒塗《くろぬ》りされたみたいになってる。僕にはこれ以外の選択肢《せんたくし》がなかっただけ――」

「……っしゃあ！」

会心の叫《さけ》び。

命《みこと》が目をやると、ユメがぐっとこぶしを振《ふ》りあげていた。ユメが勝ったらしい。負けたミライは、腕相撲《うでずもう》のことなど完全に消し飛んだ表情で命《みこと》を見ていた。

……なにかで集中力が切れたせいで負けたのか。あれだけムキになっていたのに、いまは負けた悔《くや》しさなど微塵《みじん》もなかった。

ミライの瞳《ひとみ》には、いまにも泣き出しそうな光があった。けれどただ絶望的な悲しみだけではない、希望じみた想《おも》いもにじんでいた。ミライは切なく、悲しそうで、でもうれしそうな……複雑な笑《え》みをほんのすこし浮《う》かべる。

まるでなんらかの決心をつけたかのように見えた。


隔離《かくり》生活がはじまってから四日が経過。

貴賓館《きひんかん》の裏口を出てすぐのところで、命《みこと》は想子《そうこ》と会った。

「それらしい兆候はないままか」

「……そうですね。僕から見て、これは吸血衝動《しょうどう》だな、と思えるものはありません。だから、想子《そうこ》さんに追加調査をお願いしました」

「ああ。資料は弁当といっしょに保温バッグに入れてある。わたしは内容には触《ふ》れない。読んでどう判断するか、……命《みこと》の言っていた可能性がリアルに存在するかは、実際に彼女らと触《ふ》れ合《あ》っている命《みこと》のほうが正確に測れるだろう」

想子《そうこ》がそこで一度言葉を止め、貴賓館《きひんかん》に目を向けた。

防音の造りではなく、ピアノの音が聞こえてきたからだろう。想子《そうこ》は、もちろんヒカリのピアノを聴《き》くのははじめてだ。命《みこと》とちがって、想子《そうこ》はそれなりにクラシック音楽を知っているはずだった。やや驚《おどろ》いた顔をした。

「上手《うま》いな。……とんでもなく」

「ですよね。僕でも思います」

「これはたしかに、プロを目指す価値のあるレベルに思えるな。ショパン、……ピアノソナタ第2番。第3楽章。いわゆる〝葬送《そうそう》〟か」

「真子《まこ》もこのあいだ聴《き》いて、感心してましたよ」

――やっぱりすごいですよね……美調《みつぎ》ヒカリのピアノ。

真子《まこ》の口調には、掛《か》け値《ね》ない賞賛の響《ひび》きがあった。

――いくら才能があっても、ここまでの域に達するのにいったいどれだけの努力と月日が必要だったか……想像しただけで震《ふる》えます。

想子《そうこ》が唇《くちびる》の端《はし》をつりあげた。

「あの子でも芸術に感じ入ることがあるんだな」

「怒《おこ》られますよ。真子《まこ》が花より団子タイプなのはそのとおりと思いますけど。……あの、想子《そうこ》さん。真子《まこ》は怖《こわ》がる様子もなくよくやってくれてます」

命《みこと》は真子《まこ》の話題を続けた。

食事の配達に、調査資料の件もあったとはいえ、想子《そうこ》自らがわざわざやってきた。部下や同《どう》僚《りょう》がいては訊《き》きづらいことを訊《き》きたかったにちがいないと感じたのだ。想子《そうこ》も命《みこと》の意図を汲《く》んで、うなずいた。

「そうか」

「むしろ呑気《のんき》そうすぎるくらいです」

「まあ、真子《まこ》だからな……。昨日わたしも電話で話して、そう思ったよ。命《みこと》の足を引っ張っていないのはけっこうだが、あの子がこんなに深く、吸血鬼駆除《くじょ》に関わるのははじめての経験だからな」

「それに関しては僕もびっくりしました。想子《そうこ》さんが真子《まこ》に対して、そんな提案をするとは思ってなかったから」

「……そうだな。心配でないと言えば嘘《うそ》になる。でも、むかしからあの子は命《みこと》のことがいつも気になって仕方なかったんだ。だから、そうしたのはあの子のためでもあった。あの子はむかしからがんばり屋だったしな……」

想子《そうこ》はため息をつく。

「わたしは結局、あの子に甘いんだ。……あの子が生まれたときから。よく憶《おぼ》えている。新生児のあの……冗談《じょうだん》みたいにちいさな手。あの子は、わたしが差し出した手……じゃない、指を手のひら全体でぎゅっと握《にぎ》ってきた。わたしはあのときはじめて、愛《いと》しい、という感情を知った。この子のためになんでもしてやりたいと思った。両親が吸血鬼のゴミ野郎《やろう》に殺されてからは、あの子こそがわたしの生きがいになった。……命《みこと》。すまないな。おまえひとりに負担をかける形だが」

「大丈夫《だいじょうぶ》です。そのほうがやりやすいです」

貴賓館内《きひんかんない》にほかの捜査員《そうさいん》をできるかぎり入れるべきではない。相手がたとえば戦争血統の吸血鬼などでは話がちがうが、今回は支配血統だ。命《みこと》の与り知《あずかし》らぬところで、際限なく精神支配をかけられでもしたら目も当てられない。

想子《そうこ》が頭をさげてくる。

「真子《まこ》をよろしく頼《たの》む。いま、あの子にも久嶺《くれ》ミライたちとおなじ……吸血鬼のそばにいる魔《ま》血体《けったい》としての危険があるはずだ」

「わかってます。僕にとっても真子《まこ》は大切です。いまの僕があるのは真子《まこ》のおかげですから。真子《まこ》がかけてきてくれた言葉が、あの明るい笑顔《えがお》が――」

ヒカリのショパンは続いている。

……その後も、だれも。

魔血体《まけつたい》と接触《せっしょく》させられ続《つづ》けた吸血鬼らしい挙動を、取らない。

11

夜。

命《みこと》は貴賓館《きひんかん》の二階にある自室で、想子《そうこ》の追加資料を整えてA4封筒《ふうとう》に戻《もど》していた。ちょうどそのとき、デスクに広げたノートパソコンの画面の右上に、ユメが映った。

防犯カメラの映像のひとつ。

一階にある貴賓館《きひんかん》のお手洗いは、複数の個室が並んだ、公衆トイレのような造りである。プライバシー問題のために個室のほうには向けていないものの、共有部、つまり出入り口から洗面台のあたりを見おろす高い位置に、カメラが設置されている。

ユメはそのカメラの位置を把握《はあく》しているようだった。命《みこと》に向かって、あっかんべー、をしてきた。

それからいったん映像から消え、今度は一階の廊下《ろうか》のカメラに映って歩いていく。命《みこと》はくすりとしてしまった。……こんなことを考えるのは、フラットな視点でいるべき捜査員《そうさいん》としてはまちがっている。しかし命《みこと》が最も吸血鬼であってほしくないと願っているのがミライで、次はユメだった。

なぜなら、想子《そうこ》に以前もらった資料でユメの生《お》い立《た》ちを知っている。率直《そっちょく》に言って、尊敬できると思った。

命《みこと》には、自分のように愛する家族を理不尽《りふじん》に奪《うば》われた過去と、ユメのように愛すべき家族が端《はな》からいなかった過去、どちらが苦しいのかはわからない。ただ、そんななかで彼女が生き方を自ら決めて歩いているのは事実で、それをすごいことだと感じた。

心の芯《しん》で愛し合える相手を見つけるどころか、呪《のろ》われた血の力で、愛を穢《けが》してばかりの自分などよりずっと……。

いや。考えても仕方ない。

「――ごめん。お待たせ、久嶺《くれ》さん」

命《みこと》はA4封筒《ふうとう》を置き、一応、画面が視界の端《はし》には入る角度にノートパソコンの位置を変え、後ろを振《ふ》り返《かえ》った。もともと、久嶺《くれ》ミライが来訪してきたことでどきどきはしていた。命《みこと》はミライを前にする度《たび》に動揺《どうよう》する。これもフラットではない。わかっていても、ミライの目を見ると心の深い箇所《かしょ》がどきりとする。

……いまは、さらにそうだった。

ミライの瞳《ひとみ》に、思いがけないほどの涙《なみだ》が溜《た》まっていたから。

そして、その涙《なみだ》の膜《まく》の向こうにこれまで以上の〝熱〟があったから。命《みこと》がたじろぐほどの力強さ、渦巻《うずま》く炎《ほのお》にも似た激しさだ。

なのにあたたかで、命《みこと》への気遣《きづか》いにも満ちていて、嫌《いや》な感じはちっともない。なんだろう……ミライのまなざしが見せる色合い、その名前を命《みこと》は知っている気がした。決して、魅了《みりょう》の結果ではない。これはまさか、もしかして――。

命《みこと》は胸のざわめきを抑《おさ》え、軽い笑顔《えがお》を作って続ける。

「僕に大切な話があるって言ってたけど、なんの――」

「――みこちゃん」

命《みこと》をさえぎったミライの声が。

その呼び方が。

――みこちゃん、わたしね、おまえには原罪があるんだって言われたんだ――。

――みこちゃんの妹、[redacted]ちゃんなら笑い飛ばすかな――。

――……みこちゃんと出会えたこと、奇跡《きせき》と思う。これまでこんな気持ちになった経験はないし、これからもきっとそう。わたしはみこちゃんのこと――。


とつぜん、命《みこと》の意識をひび割れさせた。

まるで強烈《きょうれつ》な魔血武器《まけつぶき》で一突《ひとつ》きされたかのよう。

頭が、ずきんっ！　と強く痛んだ。命《みこと》は、うっ、と声を漏《も》らした。反射的に額を押さえた。顔をゆがめる。ミライがはっとして、心配そうに駆《か》け寄《よ》ってくる。ミライに触《ふ》れられて、ばちっ、と火花が散った感覚があった。

……頭のなかに。

「みこちゃん、大丈夫《だいじょうぶ》？　わたしのこと、憶《おぼ》えていない？」

命《みこと》くん、ではなく、みこちゃん。

命《みこと》がそんなふうに呼ばれていたのは想子《そうこ》に救われる前――始祖との邂逅《かいこう》以前だけだ。両親は命《みこと》をそう呼んでいた。当時の……友人たちも？　憶《おぼ》えていない。靄《もや》のかかった記憶《きおく》がいくつか脳で弾《はじ》ける。憶《おぼ》えて……いる？

命《みこと》は悲鳴をあげ、椅子《いす》から落ちてうずくまる。

「みこちゃん！」

過去の精神支配によって欠損した記憶《きおく》をふいに思い出すときも、頭痛を感じる場合が多い。

しかし今回はとびきりだった。全身から汗《あせ》が噴《ふ》き出《だ》す。ミライが懸命《けんめい》に握《にぎ》ってきた手を握《にぎ》り返《かえ》したいが、いまは体の抑制《よくせい》が利《き》かず、おまけに夜だ。

万が一にも握《にぎ》りつぶすわけにはいかない。奥歯を噛《か》んで、耐《た》える。ミライが焦《あせ》った様子で言いつのってくる。

「みこちゃん？　みこちゃんなんだよね？　わたし、入学始業式で見かけたときから、あれ？　もしかしたら？　って思っていた。だけれど、そんなわけないとも思った。だって、だって……みこちゃんたちの家族は一家揃《そろ》って失踪《しっそう》したって聞いていたから。みこちゃんは生きていないって……でも」

命《みこと》の心を幾重《いくえ》にも縛《しば》るどす黒い鎖《くさり》。

その鎖《くさり》に、ぴっ、と亀裂《きれつ》が走るイメージ。

「わたしの心が、すごくどきどきした。みこちゃん以外にどきどきするわけないって思っていたの。だから呼び出して話をして……名前も、経歴も、好きな食べ物も、誕生日も、好きな本も、なにもかもちがってた。食べ物や本は好みが変わるかもしれないけど、あのときみこちゃんは妹がいないって……姉だけだって言ったから」

偽《いつわ》りの経歴。たしかにミライの言ったとおり、食べ物の好みは多少変わっている。しかし、妹がいないと答えたのはあのときの決定打になっていたのか。

なぜなら、ミライは知っているはずだから。

命《みこと》が妹をどれだけ大切にしていたか。どれだけ仲がよかったか。

「わたしの願望にすぎなかった……わたしの人生はもう陰《かげ》っていて、ずっとなにも変わらず、いちばんの願いは……みこちゃんといっしょにいたい、会いたいって願いは叶《かな》わない。そう考えてた。みこちゃんじゃないなら、みこちゃんに対するみたいにどきどきしている自分に腹が立って仕方なかった。……ごめん、ごめんね、わたし最初、態度がわるかったと思う。ほんとうに嫌《いや》だったの。みこちゃんじゃなく──」

頭で火花が散る度《たび》に、イメージのなかの鎖《くさり》がどんどん破断されていく。命《みこと》は頭のなかで、その鎖《くさり》に手を伸《の》ばした。怒《いか》りと憎《にく》しみをもって摑《つか》む。

……命《みこと》のあらゆるものを奪《うば》った吸血鬼の力の残滓《ざんし》。

「自分自身が。みこちゃんをずっと想《おも》っているのに、そうじゃない相手にときめいた自分が……。でも、あのとき──亡《な》くなった人だからあまりわるく言えないけど、わたしが最近迷惑《めいわく》していたストーカーを……やっつけてくれたのを見たとき。記憶《きおく》が弾《はじ》けた。やっぱり、本物のみこちゃんなんじゃないかって気持ちが芽生えた。胸が熱くなってたまらなかった。なぜって、憶《おぼ》えている？」

ミライが自身のポケットを探《さぐ》っている。

なにかを取り出しながら言う。

「むかしにも似たことがあったから。それと完全に重なった。わたしが小学六年になったばっかりのとき、中学生の男の子がわたしを好きだってしつこくて、すごく危ない感じになってきて、みこちゃんが止めてくれた。みこちゃんは小柄《こがら》なのに、やるときはやるぞって覚悟《かくご》があって、なにより人の隙《すき》をふと衝《つ》くのがすごく上手で、なんでもできて……。そいつを怖《こわ》がらせて、もう近づかないって約束させた。……みこちゃんはひとつ年下だけど、わたしのヒーローだったんだ。何度も助けてくれた。いつもわたしを……物理的にも、精神的にも、救ってくれていた……」

そうだ。命《みこと》にとってもミライは特別な女の子だったのだ。

命《みこと》たちと小学校はちがった。が、それなりに近くに住んでいて、たまたま公園で知り合い、気づけば仲よくなっていた。

ほかの女子が命《みこと》に近づくのには嫌《いや》な顔をする妹でさえ、ミライのことは慕《した》っていた。このひとならいっか、と認めていた。妹はそんな言説を当のミライにも平然と振《ふ》るうので、当時の命《みこと》は気恥《きは》ずかしかったが。

……そんな特別な女の子の記憶《きおく》を失っていた。

この声も。触《ふ》れてくる手から伝わる体温の高さも。

匂《にお》いも。長い睫毛《まつげ》も。やや癖《くせ》はあってもとてもきれいな髪《かみ》も。なにも変わっていないのに。

背は伸《の》び、体型は大人らしくなり、凹凸《おうとつ》のはっきりしたその顔もより美しくなっているが、あきらかに面影《おもかげ》がある。そうか、と納得《なっとく》する。だからこの学園にきて、ミライに会うと鼓動《こどう》が速まっていたのか。

最も幸せだったころを想起するから。

人を愛する資格を失った……人の愛を穢《けが》すことしかできない命《みこと》が、そうなる前まで、明確に好きだった女の子だから。

ミライがポケットから取り出したのは、ロケットペンダントだった。

ミライがチャームを開けると、写真がある。公園のジャングルジムの上で撮《と》ったもの。写っているのははにかんだ顔をする命《みこと》と、満面の笑顔《えがお》のミライと、顔の中心部が虫喰《むしく》いになっただれか。……実際に写真が黒塗《くろぬ》りされているわけがない。

この虫喰《むしく》いは命《みこと》の脳のなかで起こっていることで、要するにこれは妹だ。命《みこと》はそれが妹だとわかる状況《じょうきょう》では、顔も名前もまともに認識《にんしき》すらできない。

「ねえ、みこちゃん……。わたしはみこちゃんと遊んだあのころが、これまでの人生でいちばん楽しかった。幸せだった。嫌《いや》なことがあっても耐《た》えられた。罪、よりもずっと強く、愛、を信じられたから……」

命《みこと》はイメージのなかの鎖《くさり》を、頭で繰《く》り返《かえ》される火花に合わせて引きちぎった。

鎖《くさり》の一部が壊《こわ》れる音が聞こえたふうにすら感じた。靄《もや》の一部が、さっと晴れた。頭痛が嘘《うそ》のように引いた。視界までもがクリアになったかのようだった。命《みこと》はミライを見る。ミライは涙《なみだ》ぐんだ目で命《みこと》を見ている……。

命《みこと》はちいさくささやいた。

「美来《みらい》ちゃん」

そのひと言が、魅了《みりよう》の効果よりずっと強く、美来《みらい》の世界の彩《いろど》りを変えた。

間近で見ていてそれがわかった。美来《みらい》の表情が、涙《なみだ》で濡《ぬ》れたまま、かがやいた。あらんかぎりの喜びや幸せ、希望といった美しい感情があふれ、美来《みらい》の愛らしさをひときわ際立《きわだ》たせた。

命《みこと》は先ほど感じたことをもっと強く感じた。自分の血液が激しく流れる音が、ほんの耳許《みみもと》で聞こえた。

美来《みらい》がまっすぐに向けてくる想《おも》い。

魅了《みりよう》の効果が入っていないわけではないだろう。魅了《みりよう》はまちがいなく作用していて、美来《みらい》の心をさらに強くざわめかせているにちがいない。だがあくまで、さらに強く、だ。もともとあったものを強調させただけ。

それは魅了《みりよう》の前から確実にあった……命《みこと》の力で穢《けが》される前から存在していたのだ。

命《みこと》は、美来《みらい》の姿がぐにゃりとゆがむのを見た。

え？　と戸惑《とまど》ったあとで気づく。美来《みらい》がゆがんだわけではない。命《みこと》の目にも涙《なみだ》が浮《う》かんでいるのだ。美来《みらい》は命《みこと》の目の涙《なみだ》を見て、ふと、胸を締《し》めつけられる顔をした。それから、みこちゃあん、と泣き声を漏《も》らして、命《みこと》をぎゅうっと抱《だ》きしめてきた。

美来《みらい》の体が小刻みに震《ふる》えているのがよく伝わった。

美来《みらい》の涙《なみだ》と震《ふる》えの正体が魅了《みりよう》ではないのは明白だった。

……そして、これが魅了《みりょう》でないのなら。

愛。

あるいは、その萌芽《ほうが》のようなものなのではないか？

命《みこと》が永遠に手に入れられなくなったと思っていた、まさにそのもの——。

「——……ごめん。美来《みらい》ちゃん」

命《みこと》は美来《みらい》を軽く抱《だ》き返《かえ》す。強くそうするにはまだ抵抗《ていこう》があった。すでに呪《のろ》われた存在が。半分、愛を穢《けが》す化け物になってしまった自分が。それでも勇気を奮い、この五年半ではじめて、他人に対して心からそうできた。

どのくらいの時間、美来《みらい》は命《みこと》を抱《だ》きしめて泣いていただろうか。やがて美来《みらい》が、名残惜《なごりお》しそうな様子を見せながらも命《みこと》から体を離《はな》す。震《ふる》えは止まっている。間近で目が合うと、涙《なみだ》の残るその美貌《びぼう》がどきっと揺《ゆ》れた。美来《みらい》はやや赤くなり、えへへ、と笑う。

「みこちゃん、成長してますます色っぽくなったんじゃない？」

「……美来《みらい》ちゃんこそ。もともと美人だったけど、もっと美人になった」

「ありがとう。とっても、とってもとってもとーってもうれしい。何回でも言って？　……みこちゃん、どうして謝ったの？」

ふたつのことで。そのうちひとつは美来《みらい》に対しても、ほかの数多くの相手に対しても、愛を穢《けが》す力を抑制《よくせい》できずに実際に穢《けが》して生きてきたこと。言うべきか迷った。

美来《みらい》なら怒《おこ》らないことも、命《みこと》を軽蔑《けいべつ》しないこともわかっていた。不可抗力《ふかこうりょく》だよ、と慰《なぐさ》めてくれるにちがいなかった。とはいえ、命《みこと》の心の準備ができていなかった。どう切り出すべきかわからず、結局、もうひとつのことだけ口にした。

「美来《みらい》ちゃんを思い出せなかったから」

「だって、不可抗力《ふかこうりょく》だよ。このあいだ言っていたでしょう。精神支配の話。わたしはそれで意識がそっちに行って、ユメに腕相撲《うでずもう》で負けちゃった。でもすごく腑《ふ》に落ちた。きっとその影《えい》響《きょう》でわたしのことも思い出せないんだって。それで、こうして話をしにくるのを決断したんだ。……えへへ。ごめん」

今度は命《みこと》が訊《き》く番だった。

「美来《みらい》ちゃんはどうして謝るの？」

「……みこちゃんに抱《だ》きついて、みこちゃんの匂《にお》いを嗅《か》いじゃった。みこちゃんの体温はなにも変わってない。みこちゃんは[redacted]ちゃんのこともあって大変なのに、わたしだけが……いま幸せを感じてしまったから、謝ったの。……ねえ、みこちゃん。わたしは許せない。絶対絶対許せない」

美来《みらい》はロケットペンダントを大切そうに仕舞《しま》う。

涙《なみだ》を拭《ぬぐ》った美来《みらい》の目つきは、ナイフのごとく鋭《するど》かった。

「みこちゃんを……こんなに傷つけたその吸血鬼を。わたしはみこちゃんみたいに強くなりたかったし、みこちゃんが守ってくれたみたいに、みこちゃんを守りたかった。わたしはみこちゃんに恩返ししたい——………」

がちゃっ、と。

部屋のドアが開けられた。……命《みこと》もいまはパソコン画面から目を離《はな》していた。ノックもなになくドアを開けてくる相手など、敵対的な吸血鬼でないなら、ひとりしかいない。美来《みらい》はその音にびっくりして振《ふ》り返《かえ》った。

真子《まこ》はドアノブを掴《つか》んだまま、命《みこと》と美来《みらい》を見て目を白黒させていた。

ぼそりと言ってくる。

「…………………浮気《うわき》」

「……は⁉」

命《みこと》はやや狼狽《ろうばい》して声をあげる。

真子《まこ》は恨《うら》めしげな目をしてぷるぷる震《ふる》えた。

「これは浮気《うわき》にちがいないです……。なんか久嶺《くれ》さんの雰囲気《ふんいき》もおかしい……。あたしがいちばん命《みこと》と強い絆《きずな》を育んできたのに……。お姉ちゃんに言いつけなきゃ……」

「いやっ……ふたりで話をしてただけだよ！」

「あたしにはわかります……。ふたりはたったいままで、濃厚《のうこう》なれろちゅーをしまくって気持ちも盛りあがっておっぱいとか揉《も》みまくっていたのです……。そんな距離感《きょりかん》……」

「なんにもわかってない！」

真子《まこ》が美来《みらい》に目を向ける。

「だまされちゃ駄目《だめ》ですよ！　命《みこと》は女たらしで、歩く惚《ほ》れ薬《ぐすり》で、そりゃもうあっちこっちで女の子引っかけて任務を果たしてきたんですから！」

命《みこと》が抗弁《こうべん》するのと美来《みらい》が戸惑《とまど》った声を発するのが、同時に近かった。

「真子《まこ》！　誤解を生むこと言わないでよ……！」

「えっ……」


あるとき、命《みこと》は階段に腰《こし》かけるアサに目を留めた。

貴賓館内《きひんかんない》にはピアノの音が流れている。……しかし——。

「わたし、まともにピアノなんて聴《き》いたことなかった」

命《みこと》が階段をおりて近づくと、アサは振《ふ》り向《む》かずに言った。

「だけど、やっぱりまったくちがうもんなんだねぇ……。本物と、ちょっとだけ上手《うま》い子のピアノ」

そう。命《みこと》も、仮に監視《かんし》カメラの映像で確認《かくにん》していなくてもわかっただろう。

曲目はショパンのピアノソナタ第2番。第3楽章。先日、ヒカリが弾《ひ》いていたのとおなじ

〝葬送《そうそう》〟だ。

その中間部だけを繰《く》り返《かえ》し弾《ひ》いているようだ。このあいだ想子《そうこ》と話した際、言っていた。ショパンのピアノソナタはそもそも弾《ひ》きこなすのが難しいらしい。だから、その中間部しか弾《ひ》けないのかもしれない。弾《ひ》いているのはユメだ。

ヒカリが弾《ひ》いたのとおなじ曲でも、なめらかさも、伸《の》びも、感情の多彩《たさい》さも、なにもかもちがう。

ただ、それでも……命《みこと》の耳にはヒカリが弾《ひ》いたのに似て、どこかもの悲しく聴《き》こえた。

リビングのほうからヒカリが歩いてくる。ユメに追い出されたのか。ヒカリは階段をのぼってくる。命《みこと》とアサのそばを通りすぎる際、命《みこと》とは目を合わせないようにしながらも、ぺこ、とちいさく会釈《えしゃく》してきた。

……美来《みらい》が命《みこと》の部屋を訪《おとず》れた次の日の夜だ。

遅《おそ》めの時刻。命《みこと》は階段とホールを通って、リビングへと足を向けた。ドアが開けっぱなしにされたリビングに入る前からもう、コーヒーの匂《にお》いがしていた。

ソファに座るユメが、命《みこと》にちらりと目を向けてきた。が、目が正面から合う前にさっと視線を戻《もど》される。ユメはコーヒーカップを見つめた。命《みこと》は話しかけた。

「風雌《かぜはや》さん、コーヒーを飲んでたんだね」

「それ、わざとらしいんじゃない？　どうせ監視《かんし》カメラで見てたんでしょ。見られて困るもんでもないからいいけど。……あんたにも淹《い》れてあげようか」

　その申し出は予想外だった。

「いいの？　じゃあ」

「ついでだから。ペーパーフィルターにコーヒー豆残したままにしてんの。風味は落ちるだろうけど、それに豆を足して淹《い》れたげる。……ほんとうはぜんぜんいいところの子女じゃなかったあんたには充分《じゅうぶん》でしょ？」

口調の最後にはいたずらっぽい響《ひび》きがあった。命《みこと》はほんのすこし唇《くちびる》の端《はし》をつりあげる。本来ならもっとくすりとしただろうが、いまはそんな気分にはなれなかった。

「うん。充分《じゅうぶん》だよ。貧乏舌《びんぼうじた》みたいなものだから」

「なら、あたしといっしょじゃん。座って待ってて」

　ユメが立ちあがり、電気ケトルのある棚《たな》のほうへと歩いていく。ユメがもともと座っていた位置の向かい側に、命《みこと》は座った。ユメはすぐに新しいコーヒーを淹《い》れて戻《もど》ってくる。スティックシュガーとコーヒーフレッシュを添《そ》えて、命《みこと》の目の前に置いてくれる。継《つ》ぎ足《た》しでも、味は特に気にならなかった。

　ユメは座り直して、自身のコーヒーの残りを飲んだ。

そのまましばらく沈黙《ちんもく》がある。いまはヒカリのピアノも聞こえない。やがて、ユメのほうからぽつりと口を開いた。

「………。ごめん」

命《みこと》はなにを謝られたのかわからず、目をぱちぱちさせた。

「え」

「……あんたも吸血鬼災害の被害者《ひがいしゃ》だって知らずに、あたし、ひどいこと言った。あんたは仕事でやってるから、どうせ被害者《ひがいしゃ》への共感なんて麻痺《まひ》してるでしょみたいなこと」

「あぁ……」

命《みこと》の家族も吸血鬼災害の被害者《ひがいしゃ》、と言ったとき、ユメはたしか美来《みらい》相手の腕相撲《うでずもう》で勝《か》ち鬨《どき》をあげていたか。命《みこと》の話どころではないように見えたが、それでもちゃんと聞いていたか？　それとも――。命《みこと》は微笑《ほほえ》む。

「大丈夫《だいじょうぶ》。気にしてないよ。……むしろ、風囃《かぜはや》さんの指摘《してき》のとおり、僕も実際に麻痺《まひ》してる部分はあるんだ。よくないと思ってる。……吸血鬼の駆除《くじょ》は重要事項《じこう》だけど、それよりもっと大切なのは……人の愛であって、本物の愛を穢《けが》させないことだよ。だから、指摘《してき》してくれるほうがありがたいよ」

ユメは命《みこと》の微笑《ほほえ》みをしばし眺《なが》めてから、頬《ほお》をぽっと染め、視線をまた落とした。悔《くや》しげな、悩《なや》ましげな表情を浮《う》かべている。

「あんたって、やっぱけっこうやさしいね」

ユメから素直《すなお》に褒《ほ》められると思っていなかったので、命《みこと》は多少照れくさくなる。冗談《じょうだん》めかして言ってみた。

「吸血鬼を捜《さが》し出《だ》すためにキャラを作ってるのかもしれない」

「はあ？　舐《な》めないで。これだけ面と向かってあれこれ喋《しゃべ》ってきたら、演技か本物かくらいわかる。演技でキャラ作ってる奴《やつ》はふつう、そんな奴《やつ》いねぇだろってくらいわざとらしいから。よっぽど芝居《しばい》の天才じゃないかぎり。あんたはいい奴《やつ》。愛、って平然と言えるのは気取ってるけどさ」

命《みこと》は心の底から、返した。

「いい奴《やつ》なのは風噺《かぜはや》さんもだよ」

「…………は？」

ユメは心外そうに眉根《まゆね》を寄せ、怒《おこ》った気配をのぞかせ、けれどもため息をついて目を伏《ふ》せていった。その頬《ほお》がますます赤い。ユメは小声をこぼした。

「お世辞はやめて」

「お世辞じゃない。本心。僕は風噺《かぜはや》さんをすごいと思う」

「あたしがこの学園でどれだけ嫌《きら》われてきたか知らないの？　あたしは特別クラスで卑屈《ひくつ》に生きてる連中を見下してるし、支配クラスだなんだって言われてその気になってる奴《やつ》らを馬鹿だと思ってる。友達はゼロ。なのにあたしを、……あんたもしかして、あたしの経歴を調べた？あんたっていうか公安が」

頭の回転が鈍《にぶ》ければ、子役として活躍《かつやく》できないだろう。

命《みこと》はうなずいた。

「ごめん。僕はそれを読んだ。僕みたいな他人があれこれ言うことじゃないから、中身については触《ふ》れない。でも、僕は……風嘩《かぜはや》さんに敬意を感じたんだ」

ユメとほかの——美来《みらい》も含《ふく》む支配クラスの生徒には決定的なちがいがある。

なにかと言うと、ユメはこの私立天霧《あまぎり》学園の莫大《ばくだい》な学費や寮費《りょうひ》などをすべて自分で払《はら》った、という事実だ。

裕福《ゆうふく》な家庭の生まれではない。逆だ。支配クラスは当然ながら、特別クラスを引っくるめても、いちばん劣悪《れつあく》な環境《かんきょう》で生まれ育ったのがユメだ。

美来《みらい》ですらかじっている親のすねをユメだけはまったくかじらず、自分が子役時代に稼《かせ》いだお金と知名度をもってして支配クラスにいる。おそらく、この学園史上でたったひとりの生徒なのではないだろうか。

自分でなにかを成《な》し遂《と》げていまの位置にいるすごさが、やらなければならないことをほとんど成《な》し遂《と》げられていない命《みこと》にはよくわかる。ユメは命《みこと》のまっすぐなまなざしにたじろいで、また目をそらした。

「……そう。ま、……ありがと」

命《みこと》はユメが淹《い》れてくれたコーヒーを飲む。

コーヒー豆自体は貴賓館《きひんかん》の備品で、そこそこいい豆のはずだ。父を思い出す。命《みこと》の父はコーヒー好きで、その影響《えいきょう》で命《みこと》は子供時代も、たまにだがコーヒーを飲んでいた。家では命《みこと》と父がコーヒー派で、妹と母が紅茶派だったのだ。

柱時計の秒針の音が、夜のしずけさを際立《きわだ》たせている。

ユメがコーヒーカップを両手で包み込むように持って、言った。

「坪野《つぼの》タイヨウとか、戸河内《とごうち》マイとか。あいつらが吸血鬼災害の被害者《ひがいしゃ》っていうのは、納得《なっとく》するよ。でもさ、ふと思ったんだけど、……あんた、あたしたちには秘密の方法で、魔血体《まけったい》か吸血鬼のどっちかの奴《やつ》を探《さぐ》って、あたしたち四人が候補になったって言ったよね？　そのなかに転生間もない吸血鬼がいるはずだって」

「うん。いまもそう考えてる」

「転生直後じゃない、もともといた吸血鬼が、転生直後の吸血鬼を装《よそお》っている場合はありえないの？」

「…………え？」

予想外なことを言われた。

ユメの表情からその心はひとつも読めない。

「理性のある吸血鬼が、理性のないふりをしたって可能性よ」

「……なんのために？」

命《みこと》が訊《き》き返《かえ》すと、ユメは沈黙《ちんもく》した。

少なくとも命《みこと》はいま、すぐには、その仮定を成立させる動機が思《おも》い浮《う》かばない。コーヒーカップをソーサーに置くと、かちゃ、と硬《かた》い音がする。命《みこと》は考えつつ話す。

「正確に答えると、可能性は低いけど、ないと断言はできない、ってことになると思う。たしかに吸血鬼は時折、突拍子《とっぴょうし》もない行動を取る。吸血鬼は永く生きると精神性がゆがんでくるから。だとしても、すべてこの学園関連で起こったことだから、この学園関係者であると考えるのがふつうだ。その上で生徒も、教職員も、いまこの学園に日常的に出入りする人はみんな確認《かくにん》して、候補にあがったのがいまの面子《メンツ》だから……」

「外部の……この学園と関係ない吸血鬼が、この学園内の人間に罪をかぶせようとしている可能性は？」

「それもおなじ。絶対にないとは言えない。でも、転生直後で、吸血衝動《しょうどう》の抑制《よくせい》がまだできない吸血鬼がいるって素直《すなお》に考えたほうが、しっくりはくる。……ただ、そういった可能性も選択肢《せんたくし》から完全に除外しているわけじゃない。坪野《つぼの》タイヨウに関しては、吸血が目的だったのかもわかってないし」

ユメはさらになにか言いたげな顔をした。が、逡巡《しゅんじゅん》ののちにやめたようだった。ごくちいさく首を振《ふ》って、おそらく当初言おうとしたのとはちがう内容を訊《き》いてくる。

「たとえば、こいつが吸血鬼だってあんたが目星をつけたとして。確定させる方法はないんじゃないの？　あるんだったら、それを使って捜《さが》してない？」

「いや。ほとんど決まりとなったら、事後的に確定させる方法はいくらでもあるんだ。たとえばだけど、わかりやすいのは軟禁《なんきん》じゃなくて完全な監禁《かんきん》と監視《かんし》。一定以上の期間、吸血できなかった吸血鬼は、いくつかの典型的なパターンで錯乱《さくらん》しはじめる。でも、そういう方法も……ほかのいちばん確実で身もふたもない方法も、人の可能性が一定以上ある相手には行えることじゃない」

「日光に弱いっていうのはおとぎ話よね？」

「そうだね。吸血鬼は昼になるとすべての能力が弱体化するから、そこからきた話だと思う。にんにくや十字架《じゅうじか》、流水を嫌《きら》う吸血鬼も見たことないよ。……個人の味覚としてにんにくが嫌《きら》いな個体はいるだろうけど」

「じゃ、結局のところはあんたがやろうとしてる……ってか、いまやってる、魔血体《まけつたい》を餌《えさ》にして吸血衝動《しょうどう》を刺激《しげき》してあぶり出すのが、今回の件では無難なやり方ってわけ？　……だけど、吸血衝動《しょうどう》に襲《おそ》われてる奴《やつ》はいないない」

「……それも、そうだね」

「あんたの口ぶりだと、転生して間もない吸血鬼がいるなら、ずっと吸血衝動《しょうどう》を堪《こら》えるなんてありえないんでしょ？　ましてや魔血体《まけったい》が近くにいたなら。ならやっぱ、考えられるのは……いないって結論になるんじゃない？」

命《みこと》は、喉元《のどもと》にナイフを突《つ》きつける言葉を返した。

「もうひとつ、考えられるよ。吸血鬼と吸血される人間が共謀《きょうぼう》してる可能性だ」

世界から音が消えた。

そんな錯覚《さっかく》があったのは、ユメの顔から一瞬《いっしゅん》、表情が消えたからか。時間が止まったかのように感じた。命《みこと》はユメと目を合わせた。にもかかわらず、このときのユメはどきりと揺《ゆ》れた様子を見せなかった。

命《みこと》の魅了《みりょう》が効いていないわけではない。もっとおおきな衝撃《しょうげき》があったのだ。命《みこと》は手応えを感じる。

「吸血される側が、吸われすぎるリスクを承知で吸血鬼に積極的に協力していたら……あるいは、もともとの力関係から無理やりにでも協力させられていたら……吸血衝動《しょうどう》に苦しむ者がいなくても不自然じゃない。だって吸血できてるんだから。それも魔血体《まけったい》の血を」

ユメが一度震《ふる》えて、うつむく。

ユメはコーヒーカップを、ソーサーの上ではなくテーブルに直接置いた。

命《みこと》は続ける。

「学園内も貴賓館《きひんかん》もカメラはたくさんあるけど、吸血されるのが被害者《ひがいしゃ》じゃなくて協力者ならある程度はなんとでもなると思うんだ。たとえばお手洗い。校舎もここも、個室の下部には隙《すき》間《ま》がある造りだよね？　通気性と安全面から。確認《かくにん》してみたけど、細い腕《うで》や足先を隣《となり》の個室に差し出すだけなら、ぎりぎりできる」

ユメは顔をあげない。

「ほかにも、カメラの死角はどうしてもあるから、逃《に》げたり抵抗《ていこう》したりする人を襲《おそ》うのは無理でも、合意と協力の下《もと》で血を吸うのが可能な場所は複数あるんじゃないかな。精神支配じゃなくて人としての付き合いの結果なら、当然、僕をはじめ他人が見て感じ取れる異変や異常は出にくい。風嘷《かぜはや》さん」

ユメはちいさくつぶやく。

「……あたしには言うことを聞くような友達はいない」

「さっき、風嘷《かぜはや》さんが言ったろ。風嘷《かぜはや》さんの経歴を調べたんだ。たしかに風嘷《かぜはや》さんはこの学園で孤立《こりつ》した。ほかの生徒の証言でもはっきりしてる。みんなに怖《こわ》がられて、距離《きより》を置かれた。君はとびきり有名人だったたし、他人と正面からぶつかっても負けない強さも、陰口《かげぐち》を無視する強さも持っていた。この学園に入ってからできた友達はいないし、小学校でいっしょだった相手もいない。……そこまでは初期の調査でわかってた」

ユメは顔をあげない。

「けど、気にかかることがあったんだ。決定打は、吸血鬼はいる可能性が高い、吸血衝動《しょうどう》の兆候をだれも見せない、そのふたつを両立させるのはすでに血を吸い続けているという仮定……って消去法だよ。でも、それとはべつに……君のピアノを聴《き》いて、上手すぎると思った。もちろん美調《みつぎ》さんとは比べられない。かといって適当に学校のピアノをいじって、独学で簡単にたどり着ける領域じゃない」

ユメは顔をあげない。

「君の場合、子供時代にピアノ教室に通っていたのも考えられない。記録も見つからなかったし、それ以上に、……ごめん、君のお母さんがそんな習い事をさせるとはとても思えない。子役をやっていた時期には時間もなかっただろうし、そもそも入所オーディションの資料を手に入れたけど、そこにはすでに趣味としてピアノと書かれてた。それに、これは単に僕の主観だけど、似てたんだ。君のピアノと美調《みつぎ》さんのピアノ」

ユメがはじめて、びくっ、とした。

命《みこと》は息苦しさを覚える。自分の話がユメをじりじりと追《お》い詰めているのを実感したからだ。命《みこと》はユメに吸血鬼であってほしくないと思っているし、人かもしれない相手の心を傷つけることはできるだけやりたくない。

しかし必要な会話だ。躊躇《ちゅうちょ》を心の奥に押しやる。

「それで改めて、上司に頼《たの》んで重点的に調査してもらった。子役として活躍《かつやく》をはじめる前、君は母親の都合——というか行き当たりばったりで、関東圏《かんとうけん》で引《ひ》っ越《こ》しを繰《く》り返《かえ》してたね。で、小学二年の夏から三年の秋まで、君が住んでたアパートと美調《みつぎ》さんの家は比較的《ひかくてき》近かった。……住所的には自治体がちがって、もちろん小学校はちがった。それで簡易調査では見逃《みのが》されてた……いや、そうじゃなくても、家が多少近いときがあったってだけで、つながりと判断するのは難しかったかもしれない。……ただ」

……きっと自白行為《こうい》につながるから。

「君が住んでたアパートから小学校へ向かう途中《とちゅう》……正式な通学路ではないけど、すこし回り道をしたときに通るあたりに美調《みつぎ》さんが通ってたピアノ教室があった」

命《みこと》はそのとき、貴賓館《きひんかんない》内を走る足音を聞いた気がした。

が、ひとまずはユメへの話をやめない。

「ここからは僕の勝手な想像だ。……君はそのころ、小学校の帰り道に美調《みつぎ》さんと出会ったんじゃないか？　そしてどんな経緯《けいい》だったのか、美調《みつぎ》さんにピアノを教わった。ピアノも美調《みつぎ》さんの家のものを使わせてもらったのかな。君の母親に発覚するのを嫌《いや》がったのか、君は内緒《ないしょ》にしたがった。調査では、美調《みつぎ》さんの母親は知らなそうとの結果だったけど、弟さんは、きれいな子がお姉ちゃんといっしょにピアノを弾《ひ》いてたのを見た気がする、と言ったそうだ。……それが君なのかの確証は、むかしすぎて得られない」

足音が近づいてくる。

「とにかく、君はそのときの一年ちょっとで……たぶん、それとこの学園に入ってからの日々で、美調《みつぎ》さんからピアノを習ったんだと思う。……ほかに人がくることはほとんどない、あの完全防音の第二音楽室で。そうすると、君は美調《みつぎ》さんを自分の獲物《えもの》だと言わんばかりにいじめてたって証言があったのも、ちがう意味合いが出て――」

命《みこと》は言葉を止めた。

足音が向かってきているのがこのリビングだと、明確にわかったからだ。慌《あわ》てた息遣《いきづか》いまで聞こえるようだった。血相を変えた真子《まこ》がリビングに飛び込んできた。命《みこと》は嫌《いや》な予感を覚える。

真子《まこ》は激しくうろたえた顔をしていた。

「真子《まこ》?」

「大変です！　いますぐお風呂場《ふろば》にきてください、命《みこと》！　久嶺美来《くれみらい》さんが……!!」

迷う暇《ひま》はなかった。

命《みこと》はユメをその場に残し、真子《まこ》の脇《わき》を走《はし》り抜《ぬ》け、リビングを飛び出す。その際、ばきっ、と不穏《ふおん》な音が聞こえて一度だけ振《ふ》り返《かえ》る。

命《みこと》が見たのは、自ら砕《くだ》かんばかりに奥歯を噛《か》み締《し》めるユメの姿だった。うつむくユメは、決して絶望したり打ちひしがれたりしていなかった。その瞳《ひとみ》に灯《とも》る炎《ほのお》はさながら世界を焼《や》き尽《つ》くさんとするばかりだった。ユメはなにもあきらめていない。心が折れてなどいない。そんな横顔だったが――。

いまはそれ以上、かまっていられなかった。

12

すでにあたりは真っ暗になってしまった。

しかし美来《みらい》は、世話係と暮らすマンションの一室に戻《もど》るつもりはなかった。少なくとも姉が反省し、謝罪を口にするまでは――……いや、本心ではそんなこと起こりえないとわかっている。兄と姉は美来《みらい》を嫌《きら》っている。

美来《みらい》を慕《した》ってくれている異母妹たちとはちがう。

父に指示され、久しぶりに美来《みらい》に会いにきた姉は、食事の席であれこれ悪態をつき続けた。おまけに最後には、おまえには原罪があるのを忘れるな、と言い放たれた。

幼稚《ようち》だ、と思う。姉は相変わらず。

美来《みらい》がいま小学六年生だから、六歳も年上の姉は現在高校三年生だ。それがあんなことを言うか？　父親に言われたからとはいえ、久々に顔を見にきた妹にかける言葉か？　美来《みらい》は廃工場《はいこうじょう》の敷地内《しきちない》の一角でうずくまっていた。

……抗議《こうぎ》で家出をした自分も、幼稚《ようち》だった。

どうせ姉に心配などされないのはわかっているのに。世話係だけが慌《あわ》てて、あちこちに連絡《れんらく》しているにちがいない。……あるいは、みこちゃんの家にも連絡《れんらく》が行っているかもしれない。だとしたら申し訳なかった。

ほんとうなら、冷静に言い返せばよかった。そんなことない。姉さまの心の弱さをわたしのせいにされても困る。悪口を言いにきただけなら帰って。お父さまにはわたしから伝えておくから。そう言ってやればよかった。

落ち着きさえすれば姉に口喧嘩《くちげんか》では負けない。万が一、取っ組み合いになったとしても、もう負けない自信がある。美来《みらい》には才能があり、素直《すなお》さもあった。教えられることをぐんぐん吸収して、勉強でも、格闘術《かくとうじゅつ》でも、魔血武器《まけつぶき》の扱《あつか》いでも、すでに姉ごときには後《おく》れは取らないだろう。なのに。

——お母さまを殺したのはあなたなんだから。

そう言われた途端《とたん》、心がぐちゃぐちゃになった。……美来《みらい》を出産したときに亡《な》くなった母。姉のそんなつまらないひと言であんなにわけがわからなくなったのは、たぶん、美来《みらい》自身が心のどこかでおなじことを思っているからだ。原罪。

その意識を拭《ぬぐ》う方法などあるのだろうか？

それともこの罪を抱《かか》え、うつむいて生きていくしかないのだろうか？

ずっと考えていた。考えるうちに夜はどんどん更《ふ》けていって、ふと、自分はどうしてこんなところにいるのだろうと我に返った。こみあげるものがある。泣くのは悔《くや》しい。そう意識してしまうと、視界がぐにゃりとゆがんだ。急に心細くなった。吸血鬼は怖《こわ》い。でも、夜の闇《やみ》はもっとおそろしい。人の想像力を無限にかき立てる。

闇《やみ》を見るのは、美来《みらい》自身の心の普段《ふだん》見ないところをのぞき込むかのようだったから。

「――帰ろう」

とつぜん命《みこと》の声がしたときは、夢か幻《まぼろし》だと思った。

美来《みらい》が見あげた先で、命《みこと》がその可愛《かわい》い顔でやさしく微笑《ほほえ》んでいた。命《みこと》のまなざしにはどこにも、こうして美来《みらい》に手を差《さ》し伸《の》べていることを特別だと感じている様子はなかった。命《みこと》にとってこれはあたりまえのことなのだ。命《みこと》はこんなことはきっと何度もやっているのだ。これからも何度もやっていくのだ。それがわかると胸の底が熱くなった。わたしもこうありたい、と感じた。

同時に、見つけた、と思ったのだ。

原罪があったとしても、胸を張って生きる方法。

原罪よりもっと優先度の高い、この世のなにより尊い愛を――。

美来《みらい》は奇跡《きせき》のように再会できた命《みこと》の力になりたかった。

美来《みらい》にはひとつ引っかかる事柄《ことがら》があった。[redacted]のことだ。

しかし、[redacted]のはありえるのだろうか？　自分の考えが[redacted]に信じがたい部分も[redacted]。候補者四人のうち[redacted]？

ただ、不用意な発言はできない。吸血鬼災害は人の生き死にだけではなく、夢や愛、人間関係や社会的な地位などあらゆるものを破壊《はかい》しかねない。だれかを吸血鬼だと断ずるのは死刑《しけい》宣告に近い。

確証がいる。

それゆえに命《みこと》たち吸血鬼災害課だって、候補者を四人に絞《しぼ》ってなお、こんなに慎重《しんちょう》なやり方をしているのではないか。美来《みらい》の推測が当たっている可能性がどの程度かも判断できない。けれど[redacted]だった場合、かなり[redacted]だ。

[redacted]が[redacted]されている[redacted]なる。

美来《みらい》が思いついたのはお風呂場《ふろば》の脱衣所《だついじょ》だった。

そこなら[redacted]の可能性がある[redacted]と一対一で、だれの目もなくやり取りできるのではないか。貴賓館《きひんかん》のお風呂場《ふろば》は男女分かれてはいないが、だからこそ、命《みこと》も気楽には足を踏《ふ》み入《い》れないだろう。基本的には、女子が自由に使っていいような形になっている。それでいて、もしものときの安全も確保しやすい。脱衣所《だついじょ》には監視《かんし》カメラはない。けれど廊下《ろうか》のカメラが、脱衣所《だついじょ》の入り口を見おろしている。

　脱衣所《だついじょ》に入ってすぐの位置で話をすれば、万が一のときには一歩飛びさがるだけでカメラの画角に入れる。

　そうすると命《みこと》か、そうでなくても吸血鬼災害課のだれかが即座《そくざ》に気づくだろう。

　相手が支配血統の吸血鬼であるなら、精神支配は警戒《けいかい》[redacted]ならないが、その点も美来《みらい》はまったくの無防備ではない。久嶺《くれ》一族のたしなみとして、精神支配に抵抗《ていこう》するための訓練も受けている。上位の吸血鬼相手だと気休めだろうが、吸血鬼に対する常識として、一歩逃《に》げることもできずに精神支配を受けはしない。

　昼にするか、夜にするかは迷った。

　相手が吸血鬼の可能性を[redacted]昼のほうが[redacted]だが、夜のほうが一対一の状況《じょうきょう》を作りやすい。それに命《みこと》のことを想《おも》えば、一刻も早く[redacted]。

　美来《みらい》は自分が[redacted]が[redacted]であってほしいと考えているのはわから[redacted]った。命《みこと》の[redacted]になりたい一方で、そんな[redacted]は[redacted]ほしくないとも衷心《ちゅうしん》から[redacted]いた。だって命《みこと》が[redacted]のは[redacted]。

　美来《みらい》は迷いを振《ふ》り払《はら》い、相応の準備を整えて脱衣所《だついじょ》へ向かった。これで[redacted]待てば[redacted]と[redacted]で[redacted]せるはずだった。[redacted]は[redacted]で[redacted]しているはずで、[redacted]が[redacted]戻《もど》っ[redacted]ば、[redacted]しに[redacted]を得ないはずだし、[redacted]がおなじな[redacted]だから、[redacted]は[redacted]

[redacted]。
[redacted]、[redacted]。[redacted]、[redacted]、[redacted]
[redacted]——————。

*

深夜になったが、想子《そうこ》に電話する。

数コールも待たずに出た。個室でも小声なのは時間が遅《おそ》いからだろう。

『はい。——どうしている、命《みこと》？』

「いまは美来《みらい》ちゃんの部屋で捜《さが》し物《もの》です。美来《みらい》ちゃんに無許可で申し訳ない気持ちもありますが……。美来《みらい》ちゃんの様子はどうですか？」

本来なら、吸血鬼駆除《くじょ》のために無許可で家宅捜索《そうさく》はできない。現在、貴賓館内《きひんかんない》のこの個室は美来《みらい》の住居とみなされるだろう。けれど、美来《みらい》がこの状況《じょうきょう》でNOと言うはずがなかった。事後《じご》承諾《しょうだく》でもいいだろう。

美来《みらい》は命《みこと》に協力しようとしてひとりで動いた結果、襲《おそ》われたくらいなのだから。

『ついさっきまた意識を失った……といっても今回は、眠《ねむ》った、という感じだ。わたしの肌感《はだかん》覚《かく》にすぎないが、おそらく大丈夫《だいじょうぶ》ではないかな。受け答えもはっきりしていて、簡易テストにもなにも引っかからない。命《みこと》も、念のため〝上書き〟したんだろう？　おおきな声では言えないが。とはいえ、久嶺《くれ》美来《みらい》をそちらに戻《もど》すことはさまざまな意味で難しいが……それでいいんだな？』

「はい。美来《みらい》ちゃんは吸血鬼じゃないと思います」

『信じよう。……久嶺《くれ》美来《みらい》を襲《おそ》った吸血鬼も、真子《まこ》が近づいてきたから慌《あわ》てたのか、もともとそのつもりだったのか……、精神支配の影響《えいきょう》があるのはそのときの……襲《おそ》われた前後の記憶《きおく》だけのようだ』

真子《まこ》に呼ばれた命《みこと》が駆《か》けつけると、美来《みらい》が脱衣《だつい》所《じょ》で倒《たお》れていたのだ。

外傷はなく、けれど意識は混濁《こんだく》していて、命《みこと》はすぐに直感した。美来《みらい》はここで支配血統の吸血鬼と遭遇《そうぐう》し、ハンマーで殴《なぐ》りつけるのに似た荒《あら》い精神支配を受けた、と。

命《みこと》が助け起こして名前を呼ぶと、美来《みらい》は焦点《しょうてん》の合わない目で命《みこと》を見あげた。

——……みこちゃん……。

美来《みらい》は夢見ている表情だった。

譫言《うわごと》のような話をした。

——みこちゃんはわたしを……何度も救ってくれる。困っているとすぐに気づいてくれて、魔《ま》法《ほう》みたいに助けてくれるよね。わたしのヒーロー——……。

命《みこと》はその瞬間《しゅんかん》に、切なさで首を絞《し》めあげられる感覚を抱《いだ》いた。

………やはり自分はヒーローになどなれない。

みんなを救いたいのに、できない………。

ともあれ、もうこのまま美来《みらい》を貴賓館《きひんかん》に留《とど》めておくべきではなかった。美来《みらい》が見えないダメージを負っている可能性がある。命《みこと》はただちに想子《そうこ》に連絡《れんらく》し、美来《みらい》を吸血鬼災害専門の科がある病院に搬送《はんそう》する手はずを整えた。

想子《そうこ》たちはいつでも動けるよう近くに待機しているので、すぐにやってくるはずだ。脱衣所《だついじょ》にいったん顔を出した真子《まこ》に、想子《そうこ》たちがきたら脱衣所《だついじょ》まで連れてくるよう指示して、待つあいだに美来《みらい》から話を聞いた。

美来《みらい》は朦朧《もうろう》としているなかでも、ごめんなさい、と謝った。

——結局、みこちゃんに迷惑《めいわく》をかけちゃった……。

なにかを思いついたこと。

そのなにかを確認《かくにん》しようとしたこと。

美来《みらい》はそれを話してくれたものの、いったいなにを思いついたのか、どんなふうに確認《かくにん》しようと考えたのか、肝心《かんじん》な記憶《きおく》は消し飛ばされているようだった。

美来《みらい》は苦しそうに、悔《くや》しそうに唇《くちびる》を噛《か》んだ。

向日葵《ひまわり》を宿したような瞳《ひとみ》には涙《なみだ》がいっぱい溜《た》まっていた。

——ごめん、ごめんなさい、ごめんなさい、ごめんなさい——。

命《みこと》は美来《みらい》を一度抱《だ》きしめた。強く、強く。抵抗感《ていこうかん》など吹《ふ》き飛《と》んでいた。その瞬間《しゅんかん》は、大切なものを二度なくさずに済んだ幸運に感謝するしかなかった。たとえこれから、大切なものを新たになくすとしても。

——美来《みらい》ちゃん、謝らないで。

命《みこと》は美来《みらい》の耳許《みみもと》でささやいた。

——美来《みらい》ちゃんが僕を憶《おぼ》えてくれていて、想《おも》ってくれていて、……僕がこんな呪《のろ》われた生き物になる前から好いてくれていたことがどれだけ、僕にとって救いだったか。ありがとう。美《み》来《らい》ちゃん。

——……みこちゃん、こんな生き物……って……？

命《みこと》は答えず、美来《みらい》の瞳《ひとみ》を見つめた。

力を解放した。ごく至近距離《しきんきょり》であれば、魅了《みりょう》以外の能動的な力もごく一部だが使える。抑《よく》制《せい》や制御《せいぎょ》は苦手でも、ただ力を使うことは多少できるのだ——始祖の吸血鬼の一柱〝支配の君〟の精神支配の力を。

美来《みらい》の瞳《ひとみ》が驚《おどろ》いたふうに揺《ゆ》れた。

——みこちゃん、その目の色は…………。

そのまま美来《みらい》は目を閉じ、やがて、ちいさな寝息《ねいき》を立てはじめた。そうして、真子《まこ》に連れられてきた想子《そうこ》たちに預けたのだ。アサはなにごとかと見にきた。ヒカリも不安そうな面持《おもも》ちで

一階におりてきた。

ユメは自室に引っ込んで、出てこなかった。

その後、命《みこと》がまずしたのは脱衣所《だついじょ》の異状の確認《かくにん》で、次いでやったのは監視《かんし》カメラの記録の確《かく》認《にん》だ。

脱衣所《だついじょ》前のカメラ。

外部で待機する吸血鬼災害課の人間に尋《たず》ねてもよかったが、漏《も》れがないよう自分で確認《かくにん》したかった。

美来《みらい》の話には出なかった。が、美来《みらい》が脱衣所《だついじょ》に向かう二十分ほど前に、ひとりの人物がお風《ふ》呂場《ろば》に向かっていた。手に持ったトートバッグにバスタオルらしき物がのぞいていたので、おそらくはシンプルに入浴目的で行ったのだろう。

その後に美来《みらい》が映る。鞄《かばん》などは持っていない。……命《みこと》はその様子を眺《なが》めながら考えた。美来《みらい》はなぜ命《みこと》に相談しなかったのか？　ひとりで解決して命《みこと》を驚《おどろ》かせたい、美来《みらい》がそんな幼稚《ようち》な欲求を優先するだろうか？　理由があるとしたら、それはやはり——。

美来《みらい》が脱衣所《だついじょ》に入ってしばらくして、最初の人物が出てくる。その人物はそのまま自室へ帰って行った。監視《かんし》カメラの映像を見ていた真子《まこ》が、様子を見に脱衣所《だついじょ》に向かったのは、カメラのないところで候補者ふたりが邂逅《かいこう》したからだろう。その後、脱衣所《だついじょ》に入った真子《まこ》が血相を変えて飛び出してくる。

命《みこと》が一連の映像を何度か再生して気になったのは、美来《みらい》の手だった。

美来《みらい》は右手——利《き》き手《て》をずっとポケットに突《つ》っ込《こ》んでいた。

久嶺《くれ》美来《みらい》の人間性と合わない。少なくとも命《みこと》は小学校時代でも、美来《みらい》がポケットに手を入れて歩いているところを見たことがない。同時に思う。美来《みらい》が吸血鬼に遭遇《そうぐう》するかもしれないと考えて行動したなら、なんの対策も取らないなんてありえるか？　久嶺《くれ》一族の子供は吸血鬼のおそろしさを学ぶはずだ。

美来《みらい》の部屋を、一応は肌着《はだぎ》類《るい》などプライバシー感の強い物は見ないようにしつつ漁《あさ》る命《みこと》に、電話越《でんわご》しの想子《そうこ》が訊《き》いてくる。

『久嶺《くれ》美来《みらい》の部屋でなにを捜《さが》しているんだ？』

「魔血武器《まけつぶき》です。貴賓館《きひんかん》にきたとき、美来《みらい》ちゃんが簡易的な荷物検査に応じてくれたから、僕はこの目で見てます。美来《みらい》ちゃんは魔血武器《まけつぶき》を持っていた。久嶺《くれ》産業製《さんぎょうせい》のハイエンドモデル、フォールディングナイフの〝グリフィスⅡ〟です」

『グリフィス？　……さすが、とんでもない物を持っているな』

久嶺《くれ》産業製《さんぎょうせい》のナイフで最も高価、上級吸血鬼の血液をふんだんに使用した粉末鋼で造られた製品が、グリフィスシリーズである。魔血武器《まけつぶき》には銃器《じゅうき》もあるにもかかわらず、対吸血鬼の殺傷能力としては世界最強とまで言われている。対物としても、厚さ十センチの鋼鉄の板を円形にくり貫《ぬ》けるという評判を聞いている。

　フィックスドナイフのグリフィスⅠとフォールディングナイフのグリフィスⅡ。どちらも大型の自家用車が新車で複数台買えるような価格であり、吸血鬼災害課に所属する命《みこと》も実物ははじめて見た。

「美来《みらい》ちゃんは、あのグリフィスⅡをいつでも取り出せる状態で携帯《けいたい》していたんじゃないかと思うんです。でも、入院時のチェックでも美来《みらい》ちゃんは持っていなかったでしょ？　脱衣所《だついじょ》にも落ちていなかった。いま……部屋中を捜《さが》してみても、ありません」

　想子《そうこ》は命《みこと》の言いたい意味を察した。

『久嶺美来《くれみらい》を襲《おそ》った吸血鬼が奪《うば》ったと？』

「はい。その理由はなんだと思いますか？　僕にはひとつしか思いつきません。……刃《やいば》に自分の血がついたからじゃないでしょうか。脱衣所《だついじょ》に血痕《けっこん》はありませんでしたが。血液をＤＮＡ検査される、魔素《まそ》のパターンを解析《かいせき》される、などを嫌《いや》がった。要するに、美来《みらい》ちゃんは襲《おそ》ってきた吸血鬼を咄嗟《とっさ》に斬《き》ったのでは？」

『……相手がたとえ上級吸血鬼でも――』

「グリフィスほどの魔血武器《まけつぶき》で斬《き》られたなら、しばらくは傷痕《きずあと》が残るはずです。傷は美来《みらい》ちゃんを襲《おそ》った吸血鬼の証拠《しょうこ》になります。……それから想子《そうこ》さん」

『どうした』

「……ひとつ、用意してもらいたい物があります。明日の朝までに」

それも証拠《しょうこ》のひとつになるはずだ。

——夜が更《ふ》ける。
月のない深い夜の闇《やみ》に、うっすらと花の匂《にお》いが混じっている。吸血鬼《ヴァンパイア》は強ければ強いほど、邪悪《じゃあく》であれば邪悪《じゃあく》であるほど、皮肉にも、麗《うるわ》しく清らかな香りがする。

夜が明ける——。

13

美来《みらい》ははっと目覚めた。
視界に入るのは病室の白い天井《てんじょう》だ。……そうだ、と考える。自分は病院に運ばれたのだ。命《みこと》のいる貴賓館《きひんかん》に戻《もど》りたいと話しても、命《みこと》の保護者だという想子《そうこ》は許可してくれなかった。

昨日は起きているときも半分夢のなかで、意識が明瞭《めいりょう》としなかったが、いまは思考がすっきり冴《さ》えわたっていた。

だからひとつ、大切なことも夢ではなく現実だったと思い出した。自分が脱衣所《だついじょ》でなにをしようとしたか、ではない。

自分を眠《ねむ》らせた命《みこと》の、あの瞳《ひとみ》のこと……。

「──みこちゃんは」

美来《みらい》は天井《てんじょう》を見たまま口を開いた。そばに人が──あの女性、想子《そうこ》が座っているのは気配でわかった。

「赤い瞳《ひとみ》になっていました……」

「……命《みこと》があえて見せたのなら、君なら大丈夫《だいじょうぶ》と踏《ふ》んだのか、それとも逆かな、君を突《つ》き放《はな》そうとしたのかもしれないな」

美来《みらい》は上半身を起こして想子《そうこ》に目をやった。……もしかして想子《そうこ》はずっと起きていたのだろうか？　昨日は、鋭利《えいり》な刃物《はもの》じみた雰囲気《ふんいき》の人と感じた記憶《きおく》があるのに、いまはずいぶん疲《つか》れきっていた。憔悴《しょうすい》している。思わず尋《たず》ねた。

「大丈夫《だいじょうぶ》ですか？」

想子《そうこ》は苦笑《くしょう》した。

「本来はこちらが君にかけるべき言葉だな。すまない」

「みこちゃんがわたしを突《つ》き放《はな》そうとしたって、なぜそう思うんですか？」

「あの子は半分、吸血鬼だ」

「……どういう意味ですか」

「あの子がどうしてわたしたちと仕事をしているのかは聞いたんだろう？　誤魔化《ごまか》すべきかもしれないが、君は賢《かしこ》そうだし、赤い目を見たなら隠《かく》しようがないな。君が聞いたとおり、あの子の家族が吸血鬼に襲《おそ》われ、あの子はその吸血鬼を刃物《はもの》で刺《さ》して……その吸血鬼の戯《たわむ》れで、傷口に血を落とされた」

その結果は滅多《めった》に起こらない現象であり、美来《みらい》ですら想子《そうこ》が言わんとすることを察するのに数秒必要だった。命《みこと》の目が赤くかがやくのを見た上で、あの子は半分吸血鬼だ、という言葉を聞いてもなお。

「………まさか」

「さすが久嶺産業《くれさんぎょう》の娘《むすめ》だな。比喩《ひゆ》ではなく、あの子は半吸血鬼だ。……あの子がむかし……追跡《ついせき》させないためだろうか、妹の名と顔を奪《うば》う精神支配をかけられたとき、それに付随《ふずい》してほかのさまざまなことも忘れてしまったのは、そのせいもある。半吸血鬼にされたせいで、精神支配をかけた個体とつながりが深いんだ」

「わたしはみこちゃんに眠《ねむ》らされた気がしました……みこちゃんを半吸血鬼にした支配血統の吸血鬼の力を、みこちゃんもすこし受け継いでいるということですか」

想子《そうこ》はまた驚《おどろ》いた様子を見せた。

「そうだ。久嶺《くれ》産業《さんぎょう》の娘《むすめ》はほんとうにいろいろな意味で鍛《きた》えられているんだな。ひとりで吸血鬼と相対しようとするだけのことはある」

「みこちゃんはわたしのことも最初、思い出せませんでした。みこちゃんが妹のことを思い出す方法はあるんでしょうか」

「わからない。吸血鬼の力はいまに至っても未解明の部分が多い。まして相手は始祖の吸血鬼……〝支配の君〟と目される個体だ。ただ、わたしの感覚としては……その相手を殺す、そうでなくても相応の深手を負わせれば、精神支配の鎖《くさり》が一部ゆるんでそうなる可能性はあると考えている」

＊

──みこちゃん。

「命《みこと》、大丈夫《だいじょうぶ》ですか？　お疲《つか》れのようですが……」

夢で聞いた美来《みらい》の声か、それともいま現実に投げかけられた真子《まこ》の心配げな声か。自分がどちらで目を覚ましたのか、命《みこと》にはよくわからなかった。

昨晩、あのままずっと起きていてもよかった。が、わずかな時間であっても睡眠《すいみん》を取ったほうがいいと判断したのだ。どのみち吸血鬼を暴《あば》くのに、選ぶ猶予があるなら夜より昼のほうがいい。比婆《ひば》ユキエのときとはちがう。

今回は百%、絶対に吸血鬼と相対する形になる。

命《みこと》はデスクから上半身を起こし、真子《まこ》を見た。

「……真子《まこ》、すんごい寝癖《ねぐせ》ついてる」

「えっ、あれ、……あはは、お恥《は》ずかしいです。実はあたしもいまさっき起きたばっかりで、……命《みこと》？」

真子《まこ》がふと眉根《まゆね》を寄せた。

手を伸《の》ばしてくる。真子《まこ》に目許《めもと》を拭《ぬぐ》われた。

「涙《なみだ》が……」

「え、……あぁ――」

気づいていなかった。たしかに頬《ほお》に濡《ぬ》れた感触《かんしょく》がある。……嫌《いや》な夢でも見たのだろうか。たとえば失った家族のこと。あるいは、これから起こる可能性が高いこと。真子《まこ》は心配そうな顔をして、スマートフォンを取り出して、いきなりかしゃっと写真を撮《と》った。

命《みこと》の泣き顔を。

「――……なんで？」

「あっ……すみません」

真子《まこ》は、しゅん、しゅん、とした。

しゅんとしながら、スマホで再び、かしゃっ、と撮影《さつえい》してくる。

「命《みこと》の頬《ほお》を涙《なみだ》が伝っている様が……なんか……きゅんきゅんきて……。久嶺《くれ》美来《みらい》さんが大変だった昨日の今日に……すみません」

かしゃっ。

ほかの候補者三人に伝言するよう真子《まこ》に頼《たの》んだ。美来《みらい》が襲《おそ》われたことにより、これからの方針を変えたいから話をしたい、朝食には必ず顔を出すように、と。

……ほんとうはちがう。

命《みこと》は今日、朝食の場で、吸血鬼の正体を暴《あば》くつもりだった。

美来《みらい》の件があってうやむやな終わり方になってしまったが、昨日、リビングでの会話で種は蒔《ま》いた。……むろん、ひとつのおおきな気がかりはある。が、それの対策も想子《そうこ》たちに伝えてあった。

そうしてダイニングで待っていると、まずはヒカリがやってきた。うつむき、怯《おび》えた表情をしている。次いで真子《まこ》。命《みこと》の勇姿を見届けますからね、とばかりに気合いの入った顔だ。アサはあくびを噛《か》み殺《ころ》しながらやってきて、命《みこと》と目が合うと、やはり魅了《みりょう》の効果を楽しむふうにぶるっと震《ふる》えた。

　ユメはまだ姿を見せない。

　そのあいだにヒカリが言った。


「久嶺《くれ》さんは……大丈夫《だいじょうぶ》なんでしょうか……？」

　その表情と口調には本気で心配している気配があって、嘘《うそ》や演技にはとても見えなかった。

　命《みこと》は答える。

「吸血鬼と遭遇《そうぐう》したのはまちがいないし、どれだけ尾《お》を引くかは様子を見てみないとわからない部分はあるけど、たぶん大丈夫《だいじょうぶ》と思う」

「そう……ですか」

　ヒカリはほっとした様子を見せる。アサが訊《き》いた。

「ねえねえ、それってほんとに久嶺《くれ》さんを心配してますかー？　もしかして、ちゃんと記憶《きおく》が消えてるかを心配してるんだったりして？」

「え、……そ、そんな。そんなことないです……！」

「命《みこと》くん、わたし思うんだけどさ、久嶺《くれ》さんとおなじタイミングでお風呂場《ふろば》に行った人間がいれば単純にそいつが吸血鬼なんじゃない？　久嶺《くれ》さんはだれかを追いかけてお風呂場《ふろば》に向かったわけじゃないのかな?」

「……時間差は多少あったけど、美来《みらい》ちゃんの前にお風呂場《ふろば》に行ったのは美調《みつぎ》さんだった。美《み》来《らい》ちゃんが脱衣所《だついじょ》に入ってすぐに、美調《みつぎ》さんは出てきてた」

命《みこと》の回答に、ヒカリは焦《あせ》る。

「わ、わたしは……! ただお風《ふ》呂《ろ》に入って、服を着てたら久嶺《くれ》さんが入ってきて、カメラのないとこでふたりきりになるのはよくないよねって久嶺《くれ》さんが言ったから、急いで脱衣所《だついじょ》から出て……それだけです。わたしだって、なにがなんだか。こんなの——」

お風呂場《ふろば》で遭遇《そうぐう》したからといって、吸血鬼という決定打にはならない。極端《きょくたん》な話、美来《みらい》が事前に念入りな精神支配を受けていて、自ら脱衣所《だついじょ》に向かってそこで自動的に倒《たお》れるように行動させられたことすらありえる。

支配血統の吸血鬼にはそういう怖《こわ》さがある。

上位の支配血統の吸血鬼を相手にするときは、当然の前提条件すら疑わなければならない場合があるのだ。

ユメは現れない。

アサが提案した。

「風雌《かぜはや》さんをここでじぃーっと待ってあげる必要ある？　昨日あんなことがあって出てこないなんて、いかにも怪《あや》しいでしょ。風雌《かぜはや》さんが吸血鬼で、まさにいま、逃《に》げる算段をしてるのかも？　逆にだれも知らないあいだに吸血鬼に襲《おそ》われ、部屋で倒《たお》れてたりして？」

命《みこと》としては待っても迎《むか》えに行っても、どちらでもよかった。

個人の部屋にはカメラを仕掛《しか》けられないが、廊下《ろうか》にはあるので、部屋に行き、そこでなにか起こったとしても、想子《そうこ》たちに異変を伝えるのは難しくない。

「……わかった。じゃあ、迎《むか》えに行ってみようか」

全員でユメの部屋に行くことになる。その途中《とちゅう》、命《みこと》はヒカリの顔色をそっと窺《うかが》った。ヒカリは青ざめている。それから、ユメの部屋のドアをノックする前に、監視《かんし》カメラをちらりと見あげる。録画中のランプが点灯している。おなじようにカメラを見あげていた真子《まこ》が、目を向けてきてちいさくうなずいた。

命《みこと》はユメの部屋のドアをノックする。

返事はちゃんとあった。だれ？　と声が返ってくる。僕だ、ほかの全員もいる、と命《みこと》は返した。――風嚙《かぜはや》さんが食堂にこないから。

しばしの間ののちに、入って、という言葉とともに、鍵《かぎ》が開けられる音がした。

だがそれだけだ。ドアは開けられない。命《みこと》はドアノブを摑《つか》んで、ゆっくりと押し開いた。なかにユメの姿は見えない。命《みこと》は部屋に足を踏《ふ》み入《い》れる。自然と真子《まこ》、ヒカリが続く。アサが最後だ。

「風嚙《かぜはや》さん？　どこに――」

……命《みこと》が油断していたわけでも、計算していたわけでもない。それだけ、ユメが気配を殺すのが上手《うま》かった。その行動に関しては、見事にしてやられた。ユメは完璧《かんぺき》な演技で〝無〟になりきっていた。

命《みこと》が数歩進んだところで、ぎぃ、とドアが動く音。

はっと振《ふ》り返《かえ》った命《みこと》の視界に入ったのは、ユメがドアの陰《かげ》から飛び出し、いちばん近くにいたアサの腕《うで》を摑《つか》むところだった。

ユメの手には果物ナイフがある。貴賓館《きひんかん》の備品か。魔血武器《まけつぶき》ではないし、戦う、という意味では心許《こころもと》ないサイズだ。しかし人間の首に突《つ》き刺《さ》せば、言うまでもなく容易に致命傷《ちめいしょう》を与《あた》えられる。

ユメはアサを引っ張り、後ろからその喉元《のどもと》に刃《は》を押し当てる。

ヒカリが困惑《こんわく》したふうに叫《さけ》んだ。

「ユメちゃん——!?」

「ったく。あんたがもっと賢《かしこ》かったら、きっとちがってたんだよ」

ユメはヒカリを睨《にら》んで、ぎりぎりと歯嚙《はが》みする。

「あんたなんかしょせん、特別クラス……最下層の人間だ。ほんとに馬鹿で、どうしようもない。何者かもわかんない化け物に、あたしが吸血鬼にされて。でもあんたみたいな奴隷《どれい》が近くにいて、これなら周りの目を誤魔化《ごまか》して、なんとかやりすごせると思ったのに。ほんっと使えない。あたしに血を吸わせる以外くその役にも立ちゃしない。たとえば命《みこと》の寝首《ねくび》をかくとかやりようはあったでしょうに……!」

「ユメちゃん、そんなことやめて——」

ヒカリの言葉を無視して、ユメは命《みこと》へと視線を移した。

目が合う。ユメはやはり、どきっ、とその瞳《ひとみ》を揺《ゆ》らした。が、もっと強い感情でそれを抑《おさ》え込《こ》む。命《みこと》は慎重《しんちょう》に声をかける。命《みこと》も坪野《つぼの》タイヨウにやったが、その際は内心ごく気を遣《つか》った。刃物《はもの》を突《つ》きつける行為《こうい》は、本人のわずかな計算ちがいで取り返しがつかなくなる。

「風嚇《かぜはや》さん。話を聞くから刃物《はもの》はおろして」

「話を聞く? じゃ、あたしをここから逃《に》がして?」

ユメはアサの首筋に刃《は》を触《ふ》れさせる。

ほんのすこしだけ皮膚《ひふ》を裂《さ》き、血の玉がぷくりと浮《う》く。

「もしもあたしの隙《すき》を突《つ》いて飛びかかってきたなら、この子の頸動脈《けいどうみゃく》も道連れだから。さがって。ね、命《みこと》、貴賓館《きひんかん》の周りは吸血鬼災害課の人間で固めてるって言ってたでしょ？」

「……うん。逃《に》げきるのは無理だよ」

「わかってるから言ってんのよ。あんたが協力して？　どうせ捕《つか》まったら生涯監禁《しょうがいかんきん》で実験動物扱《あつか》い、場合によっては殺処分でしょ？」

「逃《に》げようとする吸血鬼は殺してでも止めるしかない。でも素直《すなお》に捕《つか》まれば、人間社会に復帰はできないし監禁《かんきん》は解けないけど、協力的だったら……ある程度の融通《ゆうづう》は利《き》くかもしれない。僕もそう進言する。だから――」

「それじゃ駄目《だめ》。意味ない。あたしにはやらなきゃいけないことがある。一か八かに賭《か》ける。吸血鬼にされたって最悪の不運にうだうだ言ってても仕方ない。あたしがどうこうじゃない、もうこうするしかない状況《じょうきょう》になった。それだけ。……命《みこと》もさ、ほんとはそんな仕事やるべきじゃない」

アサがもぞっと動いた。

ユメが刃《は》をべつの箇所《かしょ》に当て直す。

「動くなっつってんだろ！　……昨日も話したけど、命《みこと》、あんたはいい奴《やつ》だと思う。いまも、あたしとこの子に対する心配と気遣《きづか》いがその目に見えるよ。あんたはあたしとはちがうじゃない。あんたに嫌《いや》な過去があるのも、吸血鬼が憎《にく》いのもわかった。だけどあんたなら、幸せに生きる権利があるでしょ。あたしみたいに自分勝手で、エゴイストで、すっからかんな人間じゃない――」

ユメの目を見ていた命《みこと》にはわかった。

ユメはなにか、ユメ自身の大切なものを思い出している。

＊

はじめは、ただ家に帰りたくなかっただけだ。

国内の大手楽器メーカーが運営する音楽教室の、おおきな建物。

そこに出入りする、自分と同い年くらいの女の子。数回目撃《もくげき》して、その存在を認識《にんしき》したときには、どうせどこかいいところの子供なんだろうと思った。

なんせ、こんな将来なんの足しにもならない習い事に通わせてもらっているくらいだ。自分とはちがって、さぞやお金に余裕《よゆう》のある家に生まれたにちがいない。自分とはちがって、さぞやいい物を食べているにちがいない。

さぞや……愛されているにちがいない。

少女――幼いユメも、ピアノというものに興味がないわけではなかった。だがユメの母親がピアノ教室など許すはずがない。口に出しても返ってくるのは平手打ちだけだ。そもそも母親は、本音では小学校にすら行かせたくないのだ。娘《むすめ》の体についた無数の痣《あざ》を、教師に気づかれたくないから。

ユメが小学校に通えているのは、そうしていないとより強い介入《かいにゅう》を受けることになると、母親が過去の経験から知っているからにすぎない。

そんなユメからすれば、自分が帰宅する時間に音楽教室へと入っていく少女など、敵視の対象でしかなかった。その少女がレッスンを終えて出てくるのを待ち、そのあとをつけたのは、単なる時間つぶしだった。警察に声をかけられないぎりぎりの時間まで待てば、家に帰ったとき、母親がもういなくなっているかもしれない。

その少女の家は決して豪邸《ごうてい》ではなかった。どこにでもあるどころか、むしろちょっと古くてちいさな家。でもそれは、ユメの共感を呼ばなかった。

また実感してしまっただけだ。ふつうの家庭と、自分の家庭のちがい。よかったですね親に愛されていて、とユメは胸中で吐《は》き捨《す》てた。なんとなくその場で立《た》ち尽《つ》くしていたが、ため息をついて身を翻《ひるがえ》す。

そのときに、そのピアノの旋律《せんりつ》は流れてきたのだ。

ユメは少女の家を振《ふ》り返《かえ》った。

一瞬《いっしゅん》、自分がなぜ振《ふ》り返《かえ》ったのかさえユメにはわからなかった。さっきの少女が弾《ひ》いているのは直感でわかった。設備のいい家には見えないが、ピアノのある部屋にだけは防音工事をしているのか、それほど大きく聞こえるわけではない。それでもユメはその音をはっきり聞き取れた。

心臓が、ぎゅううっ、と締《し》めつけられた。

ユメはそれで、自分が振《ふ》り向《む》いてしまった理由を理解した。

衝撃《しょうげき》を受けたのだった。

信じられなかった。……なんだ、この響《ひび》きは。この旋律《せんりつ》は。

……ユメはそれがショパンの曲ということも知らなかった。その少女――ヒカリが日々どれほどの努力を重ねているのかも、まだ知らなかった。

わかったのは、ひとつだけ。

この、夕陽《ゆうひ》で真っ赤に染まった世界には――。

＊

命《みこと》は首を振《ふ》った。

「ちがう。……僕は半吸血鬼だから」

言いながら眉根《まゆね》を寄せてしまったのは、演技ではない。胸の内で渦巻《うずま》く悲しみは本物だ。失った、ありとあらゆるものはもう返ってこない。だからこそ美来《みらい》の存在は救いだった。

　ユメも演技ではなく、きょとん、とした。

「は？」

「風囃《かぜはや》さんがいま言ったのに似てる。僕がいまこうしているのは、僕が選んだこと。でも、きっとほかに選択肢《せんたくし》はなかった。僕の人権は半分が削《けず》られたし、なにより、僕の心には吸血鬼への憎《にく》しみに加えて……吸血鬼を駆除《くじょ》することで、自分はちがうんだって証明したい欲求が生まれたから」

　ふと、涙《なみだ》すらにじみそうになった。ユメがまた激しく、どきんっ、とその瞳《ひとみ》を揺《ゆ》らす。それが命《みこと》の心をますます切《き》り裂《さ》く。

「いまも。風囃《かぜはや》さんも、ほかのみんなも、僕と目が合うと心が乱されたと思う。それは僕の心の芯《しん》みたいなものとなんら関係ない。僕が支配血統の吸血鬼の君の血を受けた半吸血鬼で、魅《み》了《りょう》の力を抑制《よくせい》できないだけだ。僕こそが、幸せに生きる資格を持ってない。この世で最も大切な愛を穢《けが》す生き物の――」

「――だったら、わたしも資格がないってことになっちゃうかな」

　アサの声で。

　命《みこと》も、ユメも、真子《まこ》とヒカリも、はっとする。命《みこと》はそこではじめて気づいた。

　アサの首。

先ほどたしかに、ユメの果物ナイフはアサの首を傷つけていた。

現に、血で汚《よご》れている。

にもかかわらず、そこに傷口が見当たらない……ような。

アサはぞくぞくと身震《みぶる》いして、微笑《ほほえ》んでいる。

「わたしは血統がちがうし、命《みこと》くんみたいに大吸血鬼の血を受けたわけじゃない。もっと下位の吸血鬼が、戯《たわむ》れにわたしの母親と寝《ね》た結果の失敗作」

半吸血鬼が誕生するには三つのパターンがある。ひとつは、命《みこと》のように上級吸血鬼の血を大量に取り込んだパターン。ひとつは、吸血鬼が命《いのち》を懸《か》ける鮮血《せんけつ》の契《ちぎ》りを行い、しかし不完全に終わったパターン。ひとつは、父親が吸血鬼で人間の母親から生まれるパターン。ただし、ふつうは魔素《まそ》の影響《えいきよう》で受精卵《じゆせいらん》が育たないので、それもかなりのレアな事例だ。命《みこと》も、現実に見聞きしたことはない……。

「でも、わたしは幸せだよ。大嫌《だいきら》いな吸血鬼をこれまでに何匹《なんびき》もぶっ殺してきたし。ほんと嫌《いや》だよね、命《みこと》くん。吸血鬼って。この世で最も汚《けが》らわしい生き物」

ユメが戸惑《とまど》いと動揺《どうよう》の入り交じった声を発する。

「なんの話？　なに？　動かないで。どうせあたしに未来はない。ほんとに刺《さ》す――」

ユメの脅《おど》しをさえぎって。

アサがとつぜん、無造作に、自身の首筋に当てられたナイフを握《にぎ》った。その刃《やいば》を。ユメが、なっ――と慌《あわ》てる。アサは強く握《にぎ》り込《こ》み、当然、あっという間にその右手が赤く染まった。血がぼたぼたと流れ、アサは痛そうに眉《まゆ》をひそめたが、ナイフを離《はな》しはしなかった。細身の体格からは考えられない力で、ユメを背負うように投げ飛ばした。ユメはなんら抵抗《ていこう》できず、ベッドの上にたたきつけられた。

「ユメちゃん……‼」

ヒカリが悲鳴をあげる。アサが血まみれの果物ナイフを投げ捨て、おなじく血まみれの手でそれをさっと取り出した。怪我《けが》をしているとは思えない、なめらかな動き。早くも治りはじめているのだ。

アサが手にしたのは、事前の簡易的な荷物チェックで漏《も》れていた物だ。小型の拳銃《けんじゅう》。消音器が取りつけられている。

ユメは目を丸くして、自分に向けられる銃口《じゅうこう》を見た。

アサが言う。

「この銃《じゅう》に入っているのは魔血武器《まけつぶき》の弾丸《だんがん》。吸血鬼だって殺せる。人とおなじように、長い時間をかけないと再生できない。……法律上、吸血鬼は殺してもなんら罪に問われない」

その瞬間《しゅんかん》、命《みこと》はいくつかの事象が起こるのを認識《にんしき》した。アサの言葉を聞いたユメが、ごくごくちいさく、たぶんほかのだれも気づかなかった程度にふっと笑った。アサが一瞬《いっしゅん》だけ、目配せするかのごとく目を向けてきた。命《みこと》はかすかに迷った。自分の体をユメの前に投げ出して盾《たて》になるか。体が無意識にそうしようとするのを、理性の判断が刹那《せつな》だけ止《とど》めた。その刹那《せつな》で、ヒカリが命《みこと》より先に動いた。

夜ではないとはいえ、ふつうの人間の速さではなかった。まだ間に合うし、ヒカリを追《お》い越《こ》すこともできただろう。それでも決断する。命《みこと》は止《とど》まった。命《みこと》のなかでは結論が出ている。これで確実なものになるはずだ。

アサが躊躇《ちゅうちょ》なく引き金を絞《しぼ》る。

消音器に抑《おさ》えられた銃声《じゅうせい》が響《ひび》いた。

14

鮮血《せんけつ》の尾《お》を引きながらヒカリが仰向《あおむ》けに倒《たお》れる。ベッド——ユメのそばに、ばふっ、と。命《みこと》はそのときにユメが浮《う》かべた、絶望、衝撃《しょうげき》、悔恨《かいこん》、苦しみ、さまざまな想《おも》いがない交ぜになった表情に胸が痛くなる。ユメが涙《なみだ》をにじませ、ヒカリを抱《だ》きしめる。

「ヒカリ、ヒカリ、ヒカリ……!!」

「だい、……じょうぶ。ユメちゃん……」

ヒカリの声はどこか呆然《ぼうぜん》としていた。

……そう。その〝大丈夫《だいじょうぶ》〟が強がりではないことを命《みこと》は知っている。アサは、法律上、という言葉をわざわざ使った。命《みこと》たちとおなじく、魔女狩《まじょが》り防止のルールは遵守《じゅんしゅ》しているということだろう。であれば、魔血武器《まけつぶき》の銃弾《じゅうだん》を使用する際のルールも守っているはずだから。

ヒカリはぐっと力を込め、起きあがりながら続ける。

「……こういうことがあると、自分がもう……人間じゃないって実感する……」

「…………え？」

ユメが目をぱちぱちさせる。

アサの弾丸《だんがん》はヒカリの胸の中央近くに当たっている。アサがユメのふとももを狙い、それをヒカリが全身でかばったのだ。ヒカリは咳《せ》き込《こ》んだ。口許《くちもと》を押さえた手に、弾頭《だんとう》のつぶれた弾丸《だんがん》がぽろりと落ちる。食道か気道かはわからないが、体内に入った銃弾《じゅうだん》を吐《は》き出《だ》したのだ。

服を裂《さ》き、皮膚《ひふ》と肉をずたずたにし、骨を砕《くだ》いた銃弾《じゅうだん》の傷。

ヒカリは痛みに顔をゆがめているものの、その傷はすでに治りかけている。出血は止まり、傷口が見る間に再生されていく。それは、吸血鬼であることをなにより雄弁《ゆうべん》に語っている。それも夜でもないのにこの再生力は、始祖に近い位置の上級吸血鬼だ。

命《みこと》は、状況《じょうきょう》を理解しきっていないユメへと告げる。

「魔血武器《まけつぶき》の銃弾《じゅうだん》を込める場合、最初の一発は絶対に、魔血武器《まけつぶき》ではなく通常の弾丸《だんがん》にしなければならないってルールがあるんだ。吸血鬼なのかどうか最終的な判断材料にするため。意識的に再生させないようにできる個体もいて、確実性には欠けるから、それも考慮《こうりょ》して総合的に判断しろってことだけど……」

擬態《ぎたい》をやめたヒカリの瞳《ひとみ》の色が、赤くなっている。

薔薇《ばら》に似た香りが広がっている。

「……わたしにはそのやり方もわかりませんし、どのみちもう……これ以上隠《かく》すつもりもありませんでした。わたしが吸血鬼です。ユメちゃんの血を飲んで、我慢《がまん》してきました」

アサが薄《うす》く微笑《ほほえ》み、銃口《じゅうこう》をヒカリへと改めて向ける。アサの言動には命《みこと》も驚《おどろ》いている。

……アサはなんだ？　半吸血鬼と名乗ったのは事実か？　実際に傷は再生しているし、吸血鬼だとしたらこのタイミングで自らそう偽《いつわ》りはじめる理由がない。事実だとして、その正体はいったいなんだ？　この日本で銃器《じゅうき》を……ましてや魔血武器《まけつぶき》の銃弾《じゅうだん》だと言った、そんな物を手に入れられるのは――。

今度はユメがヒカリをかばうように前に出る。叫《さけ》んだ。

「ちがう！　ちがう、ちがうちがう！　吸血鬼はあたし！　ヒカリじゃない！　いまのはなにかのまちがい、だからあたしを――」

「自分を吸血鬼だって誤認《ごにん》させ、殺させて、騒動《そうどう》を終わらせようとしたのか？」

命《みこと》はユメの必死の抗弁《こうべん》をさえぎった。アサの所属についてはあとだ。少なくとも吸血鬼を狩《か》る側であり、命《みこと》とおなじく、その目的のために学園に入っていたのはまちがいなさそうだ。こぶしを握《にぎ》りしめ、震《ふる》えを抑《おさ》えながら続ける。

「でもそれは意味がないよ。昨日すこし話した、身もふたもない方法っていうのが、殺害することだから。吸血鬼は死ねば灰になり、死体を残さない。風嚙《かぜはや》さんが自分を犠牲《ぎせい》に、しても、ただ、無駄《むだ》に――…………」

アサが銃《じゅう》を構えたまま首を傾《かし》げた。命《みこと》の異変を察して。

「命《みこと》くん？　どうかした？」

「…………いや。なんでもない。とにかく、僕が昨日風嚙《かぜはや》さんに話をしたのは……そうすれば吸血鬼ではないほうが自分は吸血鬼だと言い出すと考えたからだ。そうして風嚙《かぜはや》さんは名乗り出て、美調《みつぎ》さんは風嚙《かぜはや》さんをかばって撃《う》たれ、その傷が目の前で治った。僕はもうこれっぽっちも疑ってない」

確定した。

美調《みつぎ》ヒカリが、命《みこと》たちが捜《さが》していた支配血統の吸血鬼だと。

疑念の余地はすでにない。脳がそう判断した途端《とたん》、命《みこと》の体のなかを爆発《ばくはつ》するような感情が満たしたのだ。いつものことだ。やめるべきと思っていてもどうにもならない。

怒《いか》りと憎悪《ぞうお》。吸血鬼に対するものだ。目の前にいる。……命《みこと》の家族を殺し、妹の体を奪《うば》い、命《みこと》の人生を破壊《はかい》し、これからも多くの人に対してそうするバケモノの一匹《ぴき》が。

命《みこと》の心が、魔素《まそ》に侵《おか》された全身の細胞《さいぼう》が、殺したい、と叫《さけ》んでいる。心拍数《しんぱくすう》があがる。汗《あせ》が噴《ふ》き出《だ》す。憎《にく》しみに震《ふる》える。吸血鬼であるなら、あれは美調《みつぎ》ヒカリという人間ではない。その動く死体だ。美調《みつぎ》ヒカリの顔で喋《しゃべ》っているにすぎない。どうせすぐに人の愛を食い散らかすようになる、邪悪《じゃあく》な怪物《かいぶつ》だ。話を聞く必要もない。いますぐ制圧し、拘《こう》束《そく》すればいい。だがそうしない理由はふたつあって、ひとつは、人であるユメをすこしでも傷つけないようにしたいから。

……大切な人が吸血鬼にされた時点で、人生が壊《こわ》れるほどの心の傷を負うのは逃《のが》れられないのだが。

「でも……ちがう。ちがうの。命《みこと》。ヒカリじゃない……」

ユメは泣きながら首を振《ふ》った。

アサが口を挟《はさ》んだ。

「もう言《い》い逃《のが》れは不可能だってば」

「そうじゃない。……ヒカリは吸血鬼にされたけど、あたしの血を飲んできたから、わるいことなんてほとんどなにもしてない。比婆《ひば》ユキエを発作的《ほっさてき》に襲《おそ》いそうになって、その記憶《きおく》を消したくらい……。戸河内《とごうち》マイも、坪野《つぼの》タイヨウも……ヒカリはなんにもしてない。命《みこと》から話を出されるまで吸血鬼災害の犠牲者《ぎせいしゃ》だなんて思いもしていなかった」

アサは思いがけないといった反応を見せた。

「ええ？」

「命《みこと》、聞いて。お願い。嘘《うそ》じゃないから。ヒカリのことを隠《かく》したかったから言えなかった。あたしも、ヒカリも……ずっと怖《こわ》がってた」

アサが首を傾《かし》げる。

「罪を減らそうとしてるのかな？　でも無駄《むだ》だよ。吸血鬼が排除《はいじょ》されるのは、具体的な罪を犯《おか》した結果じゃない。ある意味で、原罪。存在そのものが人間社会に許されない」

「あんたに言ってない。命《みこと》、……命《みこと》なら信じてくれるかもって思ったから言ってるのよ。ここでの軟禁《なんきん》に結局応じたのも、断ると疑われるから、やり過ごせれば疑いを晴らせるから、それだけじゃない。候補者のなかにもうひとりの吸血鬼がいるかもしれなくて、その正体を摑《つか》めるかもしれないと思ったから。あたしたちは、……ねえ、命《みこと》。ヒカリは吸血鬼だけど、でも同時に吸血鬼災害の被害者《ひがいしゃ》でもあるの。あんたならわかるでしょ。その理不尽《りふじん》さを。命《みこと》、あんたなら――……」

理由のふたつ目が、まさにこれだ。

ヒカリから聞かなければならない話がある。

命《みこと》はいつでも取り出せるようにしていた魔血武器《まけつぶき》のナイフ、コルバスを鞘《さや》から抜《ぬ》く。ユメは青ざめてはっとするが、ヒカリは動じない。……ある程度の覚悟《かくご》は決まっているらしい。命《みこと》は尋《たず》ねる。

「美調《みつぎ》さん。わかる範囲《はんい》で教えてくれるかな。君が吸血鬼にされた経緯《けいい》」

「……はい。よく憶《おぼ》えていない部分も多いんです。でも第二音楽室でピアノを弾《ひ》いていたときでした。とつぜん女の人がやってきたんです……顔は思い出せない。微笑《ほほえ》みながら、聴《き》かせてくれる？　と言った気がします。わたしはショパンを弾《ひ》いて、その人は……素敵《すてき》、と。この領域に至るまでにどれだけの努力が必要だったかな、と言いました。そして後ろから首を噛《か》まれました……。わたしは気を失って、目を覚ましたときにはその人はいなくて、わたしは……なぜかわかりませんが、すぐに自覚しました。わたしは吸血鬼に生まれ変わった。支配血統の。そのあとすぐに校舎で見かけたほかの生徒が……、…………美味《おい》しそう、と思えてしまったんです。わたしは吸血衝動《しょうどう》に駆《か》られて……自分でもわかりました、これは一度血を飲まないと決して収まらないって」

＊

春休み。

ヒカリから、吸血鬼にされた、と連絡《れんらく》を受けたときはいまいち意味を理解できなかった。だがその夜、直接会うと冗談《じょうだん》ではすまないのがわかった。

ユメはヒカリと会うときに人目につかないよう、防犯カメラの位置も含《ふく》め、事前に選定していた場所がいくつかある。そのうちひとつ。念のために学園の敷地内《しきちない》を避《さ》け、学園から駅へ向かう途中《とちゅう》のちいさな公園でヒカリと待ち合わせをした。

ユメが先に着いて、ヒカリを待った。

そして、やってきたヒカリを見た瞬間《しゅんかん》の気持ちを、ユメは生涯《しょうがい》忘れられないだろう。

ヒカリは泣いていた。苦しくて、自分でもどうしようもできなくて、こみあげるものを必死に堪《こら》えて、しかし堪《こら》えきれずに涙《なみだ》がこぼれていた。ユメの顔を見た瞬間《しゅんかん》、ヒカリの表情がくしゃりとゆがんだ。ユメちゃぁん、とヒカリが泣き声を漏《も》らした。ユメが聞いたことのないヒカリの声音《こわね》だった。

ヒカリは女子寮《じょしりょう》からその公園にやってくるまでのあいだだけで、人を見かける度《たび》、強烈《きょうれつ》な吸血衝動《しょうどう》に駆《か》られて苦しんだのだ。自分が人でなくなったこと、自分の夢と努力が断《た》たれてしまったことを幾度《いくど》となく自覚させられただろう。

それでも耐《た》えて、耐《た》えて耐《た》えて公園まで歩いてきて、ユメを見て感情が決壊《けっかい》した。

……ユメは、あとになって思う。

ヒカリは人気のない公園でユメを見て、ユメに対しても吸血衝動《しょうどう》を覚えたのかもしれない。

……ただひとりの親友、ずっと寄《よ》り添《そ》ってきた大切な相手を食糧《しょくりょう》として感じてしまったことに、ヒカリは絶望したのかもしれない。ヒカリは公園のなかほどで立ち止まり、震《ふる》え、奥歯を噛《か》んだ。爛々《らんらん》と光る赤い目の焦点《しょうてん》は合わず、息は荒《あら》く、尋常《じんじょう》ならざる雰囲気《ふんいき》だった。

ユメは、相手がヒカリなのに……なにより大事で、そのために芸能活動を捨てて天霧学園《あまぎりがくえん》などという地獄《じごく》のような学校に入ったくらいなのに、自分の本能がすり切れるような恐怖《きょうふ》を覚えた。

そうだ。ユメが支配クラスとして天霧《あまぎり》学園に入ったのは、ヒカリのためだ。

ユメは引《ひ》っ越《こ》したあとも、ヒカリとずっと連絡《れんらく》を取っていた。ヒカリが特別クラスとして天《あま》霧《ぎり》学園に入学することになった、と聞いた。在学中の諸費用はもちろん、卒業後の留学費用やコネクションまで面倒《めんどう》を見てくれる――六年間の屈辱《くつじょく》の日々を耐《た》えさえすれば。

ユメには我慢《がまん》ならなかった。

ヒカリが天霧《あまぎり》学園の特別クラスですごす六年。

ヒカリが、……ヒカリの努力が、音楽が、どれだけ素晴《すば》らしいか。どれだけ世界を変え得るか。そんなこともわからない、考えもしない……お金持ちの家に生まれただけの馬鹿どもがヒカリを見くだす？　いじめる？　そんな校風？　システム？

ありえない。

……自分とヒカリの関係を知っている者はどこにもいない。

ユメは、自分が支配クラスの生徒として入学することを思いついた。

天霧《あまぎり》学園がヨーロッパに持つコネクションは、仮にユメがヒカリの留学費用を出したところで得られない価値を持っている。全面的にサポートしてくれるなら、ヒカリの夢――ユメにとっても特別中の特別、ヨーロッパでプロのピアニストとして活躍《かつやく》する、という夢に向けて最も近道なのはたしかだった。実力だけでは突破《とっぱ》しきれない壁《かべ》も、きっと突破《とっぱ》できる。ヒカリならそうできる。

もともとユメは芸能界に未練はあまりなかった。芝居《しばい》は楽しかったが。母親から自由になるための、お金、という力も得た。母親には使用させないよう手を尽《つ》くしていたし、また、数々の大人たちの力を借りて、母親と完全に縁《えん》を切ることもできた。自分としてはもう充分《じゅうぶん》な結果だった。

ユメでは、ヒカリのピアノが生み出す無二の世界を生み出せない。だから優先順位は考えるまでもなかった。

自分の資金で支配クラスとして入学し、まずやったのはほかの生徒たちに怖《こわ》がられるようにすることだ。ユメの名と顔はわりと知られていたために、すり寄ってくる生徒は少なくなかった。そういう支配クラスの生徒を片《かた》っ端《ぱし》から突《つ》き放《はな》し、陰口《かげぐち》をたたく奴《やつ》は正面から口喧嘩《くちげんか》でねじ伏《ふ》せ、同時に特別クラスの生徒もあからさまに馬鹿にした。その上でヒカリを、人前でのみなぶる態度を取った。

このおどおどした特別クラスの生徒は、あたしの獲物《えもの》。

周囲にそう知らしめた。結果的に、ユメが知るかぎり、ヒカリはほかの特別クラスの生徒ほどはひどいちょっかいを受けなかった。

ユメにとっては人生はじめてと言ってもいい、幸せに充実《じゅうじつ》した日々だった。ヒカリを陰《かげ》で守って、ほかに人のいない第二音楽室で、ヒカリの音楽を聴《き》き、お喋《しゃべ》りをして、笑い合って、ピアノを習う。自分はこの瞬間《しゅんかん》のために生まれてきた気さえした。また、ヒカリのピアノもさらに上達した。

小学校のころから、ユメからすると神のごとき領域のピアノだったのに、ヒカリの腕《うで》には上限というものがなかった。ヒカリはぞっとするほどの努力で、無限に続く階段を一段ずつのぼっていった。むろん、ヒカリに負けず劣《おと》らずの天才たちが鎬《しのぎ》を削《けず》る世界であり、なんの保証もない。それでもユメは疑っていなかった。

天霧《あまぎり》学園が調整し、卒業後に、世界的に有名な大ピアニストに師事する話も進んでいるという。

ヒカリの音楽はきっと、世界を舞台《ぶたい》にしたプロのピアニスト、という高すぎる目標にだって到達《とうたつ》できる——。

その……ユメの夢そのものでもあるヒカリが、唇《くちびる》の端《はし》からよだれを垂らし、がたがた震《ふる》え、吸血鬼の証明として瞳《ひとみ》を赤く光らせている。ユメは普段《ふだん》のヒカリを知っている。美調《みつぎ》ヒカリという人間の人格をよく理解している。

だからこそユメも、一見してわかってしまった。ヒカリが〝飢《う》え〟ていることを。それが人間の挙動ではないことを。

比婆《ひば》ユキエは間がわるかった。

おそらくほんとうに偶然《ぐうぜん》通りかかった。メインの大通りではないため、散歩気分でマイナーな道を選んだのだろう。声をかけられ、ユメとヒカリは同時にはっとした。

――風噺《かぜはや》さん？　春休みと言ってももう遅《おそ》いでしょ。なにしてるの？

生徒の面倒見《めんどうみ》もいいと評判の〝比婆《ひば》ちゃん先生〟は、首を傾《かし》げて歩み寄ってきた。ユメに。

……吸血鬼にされたばかりで、飢《う》えきっているヒカリに。

――なに？　泣いてるの？　ちょっと……どうしたの⁉　なにがあったの⁉　そっちの子は、ええっと……そうだ、特別クラスの、音楽の――。

そのときのヒカリは限界を超《こ》えていたのだ。

比婆《ひば》ユキエがヒカリの肩《かた》に手をかけた。ヒカリは目を爛々《らんらん》とかがやかせ、振《ふ》り向《む》くと同時に比婆《ひば》ユキエの腕《うで》を摑《つか》んだ。

ヒカリとは思えない、強烈《きょうれつ》な力に見えた。比婆《ひば》ユキエはまったく抵抗《ていこう》できず、短い悲鳴をあげて引《ひ》きずり倒《たお》された。ヒカリは比婆《ひば》ユキエを地面に押さえつけ、背に乗って、その首に後ろから歯を――。

――ヒカリ、駄目《だめ》‼

ユメは思わず叫《さけ》んだ。ヒカリは、ぐっと踏《ふ》みとどまった。

やさしいヒカリ。人の気持ちをちゃんと考えられるヒカリ。ヒカリの様子を見ただけで、ユメにはヒカリがどれほど激しい飢《う》えに襲《おそ》われているかわかったのに。

ヒカリはそれでも自分を制御《せいぎょ》した。吸血衝動《しょうどう》に抗《あらが》った。いったいどんな精神力が必要だったろうか。ヒカリは顔を押さえ、泣き声をこぼしはじめた。

――なに。なんなのこれ。どうしたらいいの。わたし、なにをしたの？　なんの罪でこんなことになっているの？　嫌《いや》、……人の血なんて飲みたくない。なのに人の血が飲みたいの。最後の一滴《てき》まで飲《の》み尽《つ》くしたいの。嫌《いや》なのに、……嫌《いや》、ぅぅぅ、嫌《いや》ぁ……！　飲みたい、殺したい、飲みたい、飲みたい、飲みたいぃ……!!

ヒカリがユメに訴《うった》えた。

――助けて……ユメちゃん……。

比婆《ひば》ユキエがヒカリの下から懸命《けんめい》に這《は》い出《で》る。化け物を見る目でヒカリを一度見て、なんとか身を起こすと、恐怖《きょうふ》で何度も転びながら走り出す。公園の外へ向かって。

疑う余地はなかった。比婆《ひば》ユキエは大通りに出る、だれか人と会うなり助けを求める。ユメとヒカリを名指しで、もしかすると警察に通報する。それで終わりだ。一度吸血鬼と強く疑われれば逃《のが》れられない。なぜなら事実だから。ヒカリが、パニック寸前の顔をしている。ユメは自覚せず口を開いていた。

――……めて。

――え？

――……止めて。ヒカリ、比婆《ひば》ちゃん先生を捕《つか》まえて。……逃《に》がしては駄目《だめ》!!　ヒカリの夢がぜんぶ終わっちゃう!!　早く!!

ヒカリは弾《はじ》けたふうに立ちあがり、比婆《ひば》ユキエへ飛びかかった。ユメが目で追うのも難しいほどの瞬発力《しゅんぱつりょく》だった。一瞬《いっしゅん》で追いつき、比婆《ひば》ユキエの頭を掴《つか》んで地面へ押さえつける。体をねじって振《ふ》り仰《あお》ぎながら暴れる比婆《ひば》ユキエの目を、ヒカリはじっとのぞき込んだ。

そして――――。

ユメも、ヒカリ自身も。

なぜとつぜんこんなことになったのかわからない。なぜヒカリが学園内で吸血鬼から〝鮮血《せんけつ》の口づけ〟を受けたのか。これまでも吸血鬼がひそんでいたのなら、なぜヒカリ以前までは被《ひ》害《がい》が発生しなかったのか。

ユメたちにわかるのは、追《お》い詰《つ》められた現実だ。

ヒカリが精神支配の力で比婆《ひば》ユキエを昏倒《こんとう》させたあと。ユメはヒカリの手を引いて公園から逃《に》げ出《だ》し、真っ暗な神社の裏で、ふたりでしゃがみ込み、抱《だ》き合《あ》って震《ふる》えていた。どうしたらいいのだろう、とユメはそればかり考えていた。

吸血鬼《ヴァンパイア》。

動く死体。

……人間社会からは絶対に排除《はいじょ》される化け物。

ヒカリを吸血鬼にした相手は、ヒカリがどれだけの努力を重ねてきたか知らないのだ。決して戯《たわむ》れに奪《うば》っていいものではない。……ヒカリの夢。それが叶《かな》うのがユメの夢だ。

ヒカリは比婆《ひば》ユキエを気にしていた。

──比婆《ひば》先生……大丈夫《だいじょうぶ》かな。わたし、精神支配の力を上手《うま》く制御《せいぎょ》できたのかわからない。ただ記憶《きおく》だけ消せていればいいけど。もしも、もっとひどい影響《えいきょう》を与《あた》えていたら……わたし……わたし……。

──ヒカリはなにも気に病《や》まなくていい。

ユメは言った。

──あたしがやれって言ったの。

これから、ヒカリはどうなるのだろう？

いずれ発覚する？　いまは気がそれたせいか落ち着いているが、先ほど見た吸血衝動《しょうどう》。血を吸わずにあれをコントロールできるとは思えない。

自分たちに未来はあるのだろうか？

ふつうに考えれば、ない。

どこに助けを求めても無駄《むだ》だ。仮にヒカリが協力的な態度を保っても、少なくともピアノの道が断《た》たれるのはユメにでも容易に理解できた。ヒカリの努力も、音楽も、ここですべて終わり。でも、そんなの……どうやっても納得《なっとく》できなかった。

ユメは決断する。

……あるいは、とっくに心は決まっていたのかもしれない。小学生のころ、あの夕陽《ゆうひ》のなかでヒカリのピアノを聴《き》いたあのときから。

――……ヒカリ。

呼びかけたとき、ユメの胸にすがって泣くヒカリの様子はまたおかしくなりはじめていた。歯ががちがちと鳴っている。鼓動《こどう》が速く、汗《あせ》が噴《ふ》き出《だ》している。おそらく激しい吸血衝動《しょうどう》が湧《わ》きあがりはじめている。ユメはそんなヒカリを一度強く抱《だ》きしめた。

――飲んで。あたしの血を。

ヒカリは驚《おどろ》いて顔をあげた。

ユメは安心させるために微笑《ほほえ》んだ。

――死なないように、あたしまで吸血鬼にしないように、精いっぱい気をつけて？　……あたしの血さえ定期的に飲んでいれば、ヒカリが吸血鬼ってバレないようにすごせるかもしれない。卒業後は、あたしもいっしょにヨーロッパに行ってあげる。そのくらいのお金はあるよ。ねえ、ヒカリのためじゃなくてあたしのためにそうして？　あたしの夢は……ヒカリの夢は、これからなんだから。こんなことに負けてやらない。だって――。

あの日、はじめて聴《き》いたヒカリのピアノ。

ユメは純粋《じゅんすい》に、その美しさに心を打たれた。赤い陽射《ひざ》しのなかに流れるその音。ユメは気づけば涙《なみだ》していた。言い知れぬ感動に包まれた。

この世界にはがんばって生きる価値がある。

世のなかに存在するのは、男に媚《こ》びるときの母親の顔、ユメを殴《なぐ》るときの母親の顔、真夜中に寝室《しんしつ》から聞こえてくる母親のあえぎ声、そんな醜悪《しゅうあく》なものばかりではないのだ。こんなにも美しいものが存在している……。

ヒカリのピアノがそう思わせてくれなかったら、ユメはどんな悲惨《ひさん》な人生を送っていただろうか。

だから、自分の覚悟《かくご》と演技でヒカリの夢を継続《けいぞく》できるなら、迷う必要なんてなにひとつなかった。

……なのに。

人気《ひとけ》のない女子トイレの、個室にふたりで入っている。天霧《あまぎり》学園と言えどさすがにトイレに防犯カメラはない。……あの転入生——いや、ほんとうは転入生ではなくスパイのような行為《こうい》をしにきた捜査員《そうさいん》だったらしいが、とにかく、あの汐瀬《しおせ》命《みこと》とその取り巻きの女が近くにいないのは確認済《かくにんず》みだ。

ユメはヒカリの前で、服をおおきくめくりあげた。

よくするように、個室の下部の隙間《すきま》から腕《うで》を差し出して吸血させてもよかった。が、明日から貴賓館《きひんかん》で軟禁《なんきん》される。ユメはあの貴賓館内《きひんかんない》に入ったことがあるので、トイレの造りが校舎とおなじく下部に隙間《すきま》があるのはわかっている。そういうのも含《ふく》め、カメラに映らず吸血させるタイミングはあるだろう。けれど、これまでより減るのはまちがいない。いまのうちにたっぷり吸わせておくに越《こ》したことはないと考えた。

首筋は傷痕《きずあと》が目立つので、吸わせない。

万が一、ユメ自身の裸《はだか》を見られる機会があっても上手《うま》く隠《かく》せる箇所《かしょ》がいい。よく選ぶのは腋《わき》に近い腕《うで》の裏側、ふとももの付け根などだが、今回は胸のすぐ脇《わき》にする。ブラジャーも外し、ヒカリへ、いいよ、と告げる。

ヒカリは泣きながら、ユメの乳房《ちぶさ》のすぐ斜《なな》め下《した》に口をつけた。刃物《はもの》で切ったような鋭《するど》い痛みが走るが、ユメは漏《も》れそうになった苦痛の声を堪《こら》える。

——……怖《こわ》くないよ。ヒカリ。大丈夫《だいじょうぶ》。

ヒカリが、怖《こわ》い、と言っていたのだ。

もちろん、わかる。……ユメだって怖《こわ》い。

ユメとヒカリにとって、坪野《つぼの》タイヨウの惨殺《ざんさつ》死体は青天《せいてん》の霹靂《へきれき》でしかなかった。

ヒカリは、知らない、と青ざめていたし、ユメもヒカリを疑ってなどいない。ユメの血を定期的に飲んでいれば、ヒカリの情緒《じょうちょ》は比較的《ひかくてき》安定していた。ユメは体力をかなり消耗《しょうもう》していたものの、それを隠《かく》すのは得意だった。

ユメも、ヒカリも、坪野《つぼの》タイヨウとは接点もほとんどなく、ヒカリが彼を襲《おそ》う動機はなにもない。

あまつさえ、行方《ゆくえ》不明になっている戸河内《とごうち》マイも実は吸血鬼災害の被害者《ひがいしゃ》だと、話を持ってきた美来《みらい》から聞いた。

そちらについてもユメとヒカリはなにも知らない。ヒカリが吸血鬼にされたのと同時期か？　それともすこし前か？　わからない。

ヒカリが吸血鬼にされ、ユメがそれを守ろうとしている。単にそれだけではない、もっと邪《じゃ》悪《あく》な意志が学園内に渦巻《うずま》いている気がした。だがヒカリのため、ユメは自身の恐怖《きょうふ》を表にはなるべく出さないようにする。

傷口を舐《な》められる痛みと生命力が流れ出ていく実感、不思議と湧《わ》き起《お》こる恍惚感《こうこつかん》のなかで、ヒカリの頭を撫《な》でながら考える。

なんであれ、やるしかない。

命《みこと》が候補者をたった四人に絞《しぼ》っているのなら。

しかも、話を持ってきたということから、美来《みらい》はすでにそこから外れている可能性もある。

となると状況《じょうきょう》はかなり詰《つ》んでいる。疑いの目がかかったままだと、仮に駆除《くじょ》されなくても夢の継続《けいぞく》の邪魔《じゃま》になるだろう。疑いを晴らしきるしか道はなかった……。

＊

ユメとヒカリの話に、銃《じゅう》を構えるアサが言った。

「信じられない」

命《みこと》が言った。

「信じるよ」

アサは不服そうな顔をした。視線と銃口《じゅうこう》をヒカリの胴体《どうたい》に油断なく向けたまま、声だけを命《みこと》に向けてくる。

「まさか命《みこと》くん、もうひとりいるって戯《ざ》れ言《ごと》を真に受けるんじゃないよね？　吸血鬼と、それに誑《たぶら》かされた人間の言葉を？　わたしを疑うの？」

「アサは……外国……ちがうかな、どこかのおおきな企業《きぎょう》に雇《やと》われたハンターだと思う。僕のことは最初から知っていたんだね」

「公安に飼われてる半吸血鬼がいるって、界隈《かいわい》では有名だからね。……わたしは君とおなじだよ。ここにいるはずの吸血鬼を殺しにきた。馬鹿な連中のいじめも、その周辺にいる吸血鬼を捜《さが》すためと考えたらなんともなかったし。……もしかして、情報源を明かさないと信じられないって言う？」

「いや。君のことも信じる。どこで機密情報を得たのかは……どうせ教えてってお願いしても教えてくれないよね。とにかく、僕が信じたくないのは……真子《まこ》」

命《みこと》は真子《まこ》を見やる。ほかの三人も、つられてそうした。

真子《まこ》は全員の視線を浴びて、へっ？　と戸惑《とまど》いを見せた。

「なに？　なんですか、命《みこと》？」

「ひとつお願い。わるいけど、服を脱《ぬ》いで見せてくれないかな」

真子《まこ》は安心した表情で、ふーっ、と息を吐《は》いた。

「よかった。命《みこと》がついにあたしに欲情しただけですか」

真子《まこ》の軽口には付き合わない。命《みこと》は抜《ぬ》き身《み》のコルバスを手に、ユメを守るために立ち位置を変える。アサは鍛《きた》えている。そもそも半吸血鬼であるなら、身体能力が低いはずがない。吸血鬼であるヒカリは言わずもがなだ。

最も守るべきはユメだ。

「美来《みらい》ちゃんが、自分を襲《おそ》った吸血鬼を強力な魔血武器《まけつぶき》で斬《き》った可能性がある。ひとまず左《ひだり》腕《うで》を見せてほしい。美来《みらい》ちゃんは右利《みぎき》きだから、吸血鬼側に防御創《ぼうぎょそう》ができたなら左手の可能性がいちばん高いから」

「命《みこと》、そんな物騒《ぶっそう》な顔して、そんな物騒《ぶっそう》な物を向けないでくださいよ」

「脱衣所《だついじょ》で倒《たお》れていた美来《みらい》ちゃんは、僕とふたりきりのときに譫言《うわごと》のように話してた。……むかし、美来《みらい》ちゃんがお姉さんと喧嘩《けんか》して、家を飛び出して、廃工場《はいこうじょう》に隠《かく》れて、怖《こわ》くなってきたときに僕が迎《むか》えにきたって。……細部まで似てる。どうして君が語っていた想《おも》い出《で》とおなじ内容を、美来《みらい》ちゃんが口に出すのかな」

「命《みこと》はスーパーヒーローですから。あちこちでおなじようなことをして、魔法《まほう》のようにみんなを助けてたんじゃないですか？」

「その言い回しもそうだ。それに、坪野《つぼの》タイヨウのストーカー行為《こうい》のときも。僕がふと、むかしもあった気がする、というような話をしたら、真子《まこ》はきついストーカーを僕がとっちめたと言った。……でも美来《みらい》ちゃんも、むかしを思い出した、って言ってたんだ。ストーカー被害《ひがい》に遭《あ》って、それを僕が解決する、そんなことがそこまで頻出《ひんしゅつ》するかな？」

真子《まこ》は平然と答える。

「あたしも久嶺《くれ》さんも超絶《ちょうぜつ》美人ですから。それに命《みこと》、考えてみてください。久嶺《くれ》さんは精神支配を受けていたんですよね？　ってことは、そういった記憶《きおく》もぜんぶ改竄《かいざん》された結果なんじゃないですか？」

「ストーカー被害《ひがい》の話は脱衣所《だついじょ》の件の前にしてたし、美来《みらい》ちゃんはむかしの僕との写真も持っていたから。……可能性だけで言うなら、その写真を見た僕の記憶《きおく》自体が改竄《かいざん》の結果という可能性はある。でも状況《じょうきょう》をあれこれ考えると、あくまでゼロではないというのに近い話で、幼なじみなのは事実だと素直《すなお》に取ったほうが早いよ。でも」

命《みこと》はポケットからスマートフォンを取り出す。

真子《まこ》はそれを見て、唇《くちびる》を尖《とが》らせた。

「あたしのスマホじゃないですか。いつの間に」

「朝、真子《まこ》が僕の部屋にきて、写真を撮《と》って。鞄《かばん》に収めるのを確認《かくにん》したあと、それをちょっと盗《ぬす》ませてもらった」

「まさか、中身を確認《かくにん》したんですか？　乙女《おとめ》の秘密を？　パスコードも見てた？　マナー違反《いはん》甚《はなは》だしいです、命《みこと》と言えど困りますよ」

「このスマホに入ってる写真は、今朝、真子《まこ》が僕を撮《と》った何枚かだけ。ほかのアプリも使っている形跡《けいせき》はなく、通話履歴《りれき》も僕と想子《そうこ》さんだけ」

喋《しゃべ》っているあいだも心苦しかった。

真子《まこ》を想《おも》って、ではない。命《みこと》でさえ真子《まこ》との想《おも》い出《で》を振《ふ》り払《はら》うのに労力を要する。想子《そうこ》の心痛はいかほどか。想像するだけで灼熱《しゃくねつ》の怒《いか》りに駆《か》られる。吸血鬼という生き物は、どこまで人を辱《はずかし》めれば気が済むのか。

「想子《そうこ》さんにも……確認《かくにん》してもらったんだ。真子《まこ》の幼いころの写真を捜《さが》してくれって。……真《ま》子《こ》をあんなにベタ可愛《かわい》がりしている想子《そうこ》さんが、真子《まこ》の写真を撮《と》ってないなんてありえない。

なのに、なかった」

ただの一枚も。

「代わりにたくさん出てきたのは、想子《そうこ》さんの記憶《きおく》に存在しない弟の写真だった。吸血鬼災害課の同僚《どうりょう》も、大半は真子《まこ》を想子《そうこ》さんの妹として認識《にんしき》してたらしい。だけど、今回の件に深く関わっていない者や、ほかの課の人間には、真子《まこ》の存在を知らず想子《そうこ》さんの亡《な》くなった弟の話を知っている者も複数いたと。……ありとあらゆる物証が、想子《そうこ》さんの弟の存在を示してる。これは僕にも信じがたいけど——」

五年以上も暮らした家なのに。

まるで記憶《きおく》にない。想子《そうこ》も改めて確認《かくにん》して、驚愕《きょうがく》し混乱した。

「想子《そうこ》さんのマンションの和室には、ちゃんと仏壇《ぶつだん》が——想子《そうこ》さんの両親と弟の遺影《いえい》があったと。記録上、想子《そうこ》さんの弟が亡《な》くなったのは七年ほど前。僕とおなじ年の生まれだった。僕も想子《そうこ》さんからさんざん弟の話を聞いているだろうに、それも記憶《きおく》にない。真子《まこ》との記憶《きおく》しか。

…………でも」

命《みこと》は真子《まこ》へ近づく。真子《まこ》は動じない。戸惑《とまど》いの色はすでになく、楽しげだ。命《みこと》がコルバスの湾曲《わんきょく》した刃《やいば》を服の襟《えり》に引っかけても、真子《まこ》は顔色ひとつ変えない。

「僕と想子《そうこ》さんの記憶《きおく》のなか以外では、真子《まこ》という少女の存在がいきなり現れたのは、たぶん……あの朝。僕が比婆《ひば》ユキエと会ったあと。吸血鬼災害課の本部で想子《そうこ》さんと今後の方針について話したあの日の朝、僕の布団《ふとん》に潜《もぐ》り込《こ》んでいたときからだ。おまえはあのときに真子《まこ》という人間を僕の記憶《きおく》に作った。そのすこし前に、想子《そうこ》さんの記憶《きおく》のなかにも」

命《みこと》は喋《しゃべ》りながら真子《まこ》の服を斜《なな》めに切《き》り裂《さ》いた。

襟《えり》から左腕《ひだりうで》の袖《そで》にかけて。布がはらりと垂れ、真子《まこ》の左腕《ひだりうで》の肌《はだ》が露《あら》わになる。

前腕《ぜんわん》の外側に、手首から肘《ひじ》にかけておおきな、新鮮《しんせん》な傷痕《きずあと》がある。

「僕のなかで眠《ねむ》ってた美来《みらい》ちゃんの記憶《きおく》と、想子《そうこ》さんのなかの弟の記憶《きおく》を、そのまま自分との想《おも》い出《で》として利用して。僕と想子《そうこ》さん、それに一部の吸血鬼災害課の人間に精神支配をかけ、記憶《きおく》を改竄《かいざん》したんだ」

真子《まこ》は袖《そで》の破かれた部分を右手で撫《な》でて、軽い口調で言った。

「命《みこと》にならら、乱暴にされるのも嫌《いや》じゃないですよ？」

「おまえは、だれだ？」

命《みこと》はコルバスを突《つ》きつける。真子《まこ》は袖《そで》を撫《な》でるのをやめ、右手でコルバスの刃《やいば》をぐいっと摑《つか》んだ。皮膚《ひふ》が裂《さ》け、血が滴《したた》る。が、真子《まこ》は意にも介《かい》さない。つい先ほどのアサの真似《まね》と言わんばかりだ。

真子《まこ》は微笑《ほほえ》んだ。

「**あたしのこと忘れちゃったの？**」

記憶《きおく》の底に沈《しず》んだ澱《おり》が、燃えあがるような感情とともに舞《ま》った。

真子《まこ》がいま浮《う》かべた微笑《ほほえ》みが、同一だったからだ。

五年半前のあの日。両親が殺され、妹が始祖の吸血鬼から鮮血《せんけつ》の契《ちぎ》りを受け、その体を奪《うば》われた直後。

瀕死《ひんし》になった命《みこと》に自らの血を垂らしながら、始祖の吸血鬼が浮《う》かべた微笑《ほほえ》み。妹の顔を思い出せなくても、妹の顔で浮《う》かべたその微笑《ほほえ》みの印象は強烈《きようれつ》に残っている。人の苦しみを美酒として味わう邪悪《じやあく》な微笑《ほほえ》みだ。

「――お兄ちゃん」

真子《まこ》の瞳《ひとみ》が赤くかがやいた。

薔薇《ばら》の匂《にお》いがさらに強くなる。

15

始祖。

世界中の関係機関、世界中のハンターが追い、その痕跡《こんせき》でさえ数えるほどしか掴《つか》めていない、最も強力な吸血鬼の一匹《びき》。吸血鬼の王。ほかに、戦争、飢餓《きが》、死、三つの血統の吸血鬼《きゆうけつき》の君《きみ》

がいるが、こいつは――。

〝支配《しはい》の君《きみ》〟。

……妹の体。

視界が真っ赤に染まり、全身の血液が沸騰《ふっとう》する気分になる。その瞬間《しゅんかん》、命《みこと》の感情は殺意のみで占《し》められた。引きちぎられた父の死体。血を吸《す》い尽《つ》くされて干《ひ》からびた母の死体。いまもこうして冒瀆《ぼうとく》されている妹の死体。

破壊《はかい》された、命《みこと》自身の人生。

殺す。

摑《つか》まれたままのコルバスを〝支配の君〟の首めがけて突《つ》き出《だ》す。〝支配の君〟は片手で、しかも刃《やいば》を摑《つか》んでおり、命《みこと》は柄《つか》を両手で持ったにもかかわらず、すさまじい抵抗力《ていこうりょく》だった。だが関係あるか。この世で最も殺したい相手の首が目の前にあるのだ。押し込む。刃《やいば》が〝支配の君〟の指に食い込み、血がさらに撒《ま》き散《ち》らされる。切っ先が近づいていっても〝支配の君〟は余裕《よゆう》を崩《くず》さずに口を開く。

「お兄ちゃん。お兄ちゃん、お兄ちゃぁん」

……その唇《くちびる》で。

妹のものであるはずの口で、お兄ちゃん、などと言うな。

「五年？　六年かな？　ぶりに再会したね。あたしが鮮血《せんけつ》の口づけで転生させた吸血鬼を、お兄ちゃんたちが捕《つか》まえて……冬だったっけ？　そのときに、お兄ちゃんが公安の吸血鬼災害課にいるってちゃんと知ったんだ。うれしかったなあ。ほんとうに半吸血鬼として生き延びてたなんてすごいなあ。だからねお兄ちゃん、再会を祝して、またひとつ新しいご褒美《ほうび》をあげようと思うんだ」

〝支配の君〟がコルバスを握《にぎ》る手に力をこめる。刃《は》が悲鳴をあげるのがわかる。しかし命《みこと》は殺意のかたまりになりながらも、頭の一部ではちゃんと冷静に、視界の端《はし》でそれを確認《かくにん》していた。あとすこし。

アサがそっと移動している。命《みこと》の体に邪魔《じゃま》されず、射線が取れる位置。銃口《じゅうこう》を〝支配の君〟へ向ける。ユメとヒカリはどうしているだろうか。命《みこと》は背を向けているからわからない。まさか、この隙《すき》に逃亡《とうぼう》を図《はか》るような愚《おろ》かな真似《まね》はしないだろうが。そうだ。先ほどのアサの銃声《じゅうせい》が聞こえていればいちばんいいが、消音器がつけられていたことから、音が届いたかどうかは怪《あや》しい。事前に伝えていたとおり、廊下《ろうか》の防犯カメラを通じて吸血鬼災害課の仲間たちに合図を――。

〝支配の君〟が笑っている。

その瞳《ひとみ》が血の流れよりも赤く光っている。

「…………しまっ――」

間に合わない。

命《みこと》の対処も。アサの銃撃《じゅうげき》も。

神の見えない手で頭を殴《なぐ》りつけられたような衝撃《しょうげき》があった。支配血統の、上位の吸血鬼だけが使える、まともな形を成していない速度優先の荒《あら》い精神支配。日本語としては存在せず、英語ではたしか〝Mind hammer〟と呼ばれていた。脳を揺《ゆ》さぶって見当識をごく短時間だが奪《うば》う。命《みこと》は精神支配に抵抗《ていこう》する訓練を積んでいるし、それこそ〝支配の君〟の魔素《まそ》のおかげで吸血鬼の固有能力への耐性《たいせい》は相当に高いが、それでも一瞬《いっしゅん》頭が真っ白になる強度だった。ほかの三人はなおさらひとたまりもなかった。

命《みこと》が意識を取《と》り戻《もど》して真っ先に見たのは、刃《は》を根元から折られたコルバスの柄《つか》だ。目の前にいた〝支配の君〟がいない。はっと振《ふ》り返《かえ》る。アサはこめかみに手を当て、頭を振《ふ》っている。ユメは虚脱《きょだつ》状態で固まっている。

ヒカリは……〝支配の君〟に後ろから捕《つか》まえられている。

その首筋に当てられているのは、魔血武器《まけつぶき》のフォールディングナイフ——美来《みらい》の物だろうグリフィスⅡだ。

「……えっ……」

声をあげたのはユメだった。意識がぼんやりしたままの顔で、ヒカリのほうを見る。

〝支配の君〟がなんのためらいもなく、グリフィスⅡでヒカリの喉《のど》を掻《か》っ切《き》った。

「かはっ……」

ヒカリが呼気を漏《も》らした。次いで、ごぽっ、と粘性《ねんせい》のある水音。

「お兄ちゃんが持ってたちゃちな武器じゃ、心臓を貫《つらぬ》いてもたぶんあたしを殺しきれないからね。ダメージはあるだろうけど。とにかく、ご褒美《ほうび》はあたしを殺すに足る魔血武器《まけつぶき》。ほら、お兄ちゃん見て？」

〝支配の君〟がヒカリの血に濡《ぬ》れたグリフィスⅡをかかげる。

ヒカリが首から大量の血液を流し、その場に倒《たお》れる。グリフィスの刀身に付着した血が、均一に広がっていって、刃《は》そのものの色を赤黒く変える。ユメが、あ……と呆然《ぼうぜん》とした声を漏《も》らす。グリフィスの刃《は》が形状を禍々《まがまが》しく変えていく。もう折りたためないだろう。床《ゆか》に、ヒカリの血が広がっていく。

「あたしに深い傷痕《きずあと》を残すくらいだもん、とびきり強力な魔血武器《まけつぶき》でしょう、これ。それがわたしの血を吸って、いまは上級吸血鬼の血と命を吸った。その血を媒体《ばいたい》にして、あたしの魔素《まそ》を大量に結合させた。おそらく、この地球上で最も対吸血鬼能が高い武器になっただろうね。すこし遊んであげる。できるのなら、そのあいだにあたしを殺してみて？」

〝支配の君〟が、変質したグリフィスを命《みこと》の足元に投げて寄越《よこ》す。ユメが絶望的な悲鳴をあげた。

「――ああ、ぁぁあああああああああああ……‼」

その叫《さけ》び声《ごえ》で我に返ったアサが〝支配の君〟を銃撃《じゅうげき》する。命《みこと》は近くにあった椅子《いす》を廊下《ろうか》

——防犯カメラに映る位置へと投げ、折られたコルバスの代わりにグリフィスを拾いあげる。

〝支配の君〟は命《みこと》のほうへと跳躍《ちょうやく》して銃弾《じゅうだん》を避《よ》ける。ユメがヒカリに駆《か》け寄《よ》る。

「ヒカリ、ヒカリ、ヒカリ、ヒカリ、ヒカリぃ……!!」

「ねえお兄ちゃん。むかしよくいっしょにゲームしたよね？」

すぐ目の前に〝支配の君〟の顔。認識《にんしき》すると同時にすさまじい衝撃《しょうげき》が腹部にきた。腹筋がねじりあげられる感覚。〝支配の君〟のこぶしだ。まるで徹甲弾《てっこうだん》だ。日中の吸血鬼は、夜の五分の一程度まで力が低下する。ただのこぶしだ。命《みこと》は半分なので、夜にやり合うより差は縮まっているはずなのに。この筋力。この速度。命《みこと》はどうにか踏《ふ》みとどまって、グリフィスを袈裟懸《けさが》けに振《ふ》りおろす。

〝支配の君〟は紙一重《かみひとえ》、身をかわした。

「それといっしょ。ゲームなんだ。お兄ちゃんを半吸血鬼にしたのも。いまこうして殺し合いをはじめたのも。美調《みつぎ》ヒカリと風雌《かぜはや》ユメに目をつけたのも」

ユメがヒカリを抱《だ》き起《お》こし、懸命《けんめい》に名を呼んでいる。ヒカリはわずかに息があるようで、うっすらと目を開ける。上級吸血鬼と言えど、始祖の吸血鬼に、グリフィスほどの魔血武器《まけつぶき》を使って、昼間に首を斬《き》られたら……助からない。

再生するよりずっと早く死が訪《おとず》れるだろう。

「ゲームだって？」

「そうだよお兄ちゃん。あたしはたまたま、この子たちがこの学園でお互《たが》いを大切にして、でもそれを周りに隠《かく》してることを知ったんだ。ふたりの健気《けなげ》な想《おも》いを知って、あたしは夢想した……どちらかを吸血鬼にしてやったら、このふたりはいったいどんな反応をするだろうって。だからやってみたんだ。結果、あたしは歓喜《かんき》したよ。永い時間で、こんな決断をした人間はいなかったから」

〝支配の君〟は命《みこと》のグリフィスを避《よ》け、時折反撃《はんげき》で打撃《だげき》を繰《く》り出《だ》しながらも、井戸端会議《いどばたかいぎ》のような余裕《よゆう》がある。

「だって、このふたりはそれでも人としての夢を叶《かな》えるため、茨の道を生きようとしてた。あたしは美調《みつぎ》ヒカリと精神を意図的につなげたままにしておいたから、その感情の揺《ゆ》れ動《うご》きがわかって、とっても楽しかった。希望と絶望を味わえた。美調《みつぎ》ヒカリを吸血鬼にするのに合わせて適当な女子生徒を屍人《レブナント》にして、公的機関の目をあえてこの学園に向けさせたのもあたし。鮮血《せんけつ》の口づけはけっこう消耗《しょうもう》が激しいんだけど、まあ、楽しみのためだから?」

グリフィスの刃《やいば》が〝支配の君〟の肩《かた》をかすめる。ダメージにもならないような皮一枚の傷。だがたしかに傷は再生しない。この化け物であっても、命《みこと》と全力でやり合いながら、おまけに喋《しゃべ》りながら、傷をわざと再生させないという芸当まではできないはずだ。

つまり、奴《やつ》の言葉は正しい。いまのこのグリフィスなら殺せる。

「美調《みつぎ》ヒカリの精神を通してだけじゃなく、あたし自らの目で楽しもうと考えた。それでお兄ちゃんたちを利用した。途中《とちゅう》で美調《みつぎ》ヒカリたちの混乱を煽《あお》るために、だれでもよかったんだけど、すっごく気持ちわるかったから坪野《つぼの》タイヨウを選んで、殺してさらしてみた。久嶺美来《くれみらい》があたしの正体を暴《あば》こうとしたとき、中途半端《ちゅうとはんぱ》な形で返《かえ》り討《う》ちにしたのもおんなじ。あっ、お兄ちゃんのがんばりも期待どおりだっ――」

〝支配の君〟が命《みこと》からやや離《はな》れた瞬間《しゅんかん》を見逃《みのが》さず、アサが銃撃《じゅうげき》を加える。そのうち一発は〝支配の君〟の右腕《みぎうで》に当たった。右腕《みぎうで》は跳《は》ねあがって血を撒《ま》くが、魔血武器《まけつぶき》の弾丸《だんがん》だというのに、そこまでダメージがあるようには見えない。〝支配の君〟は意にも介《かい》さず、いかにも楽しそうに話を続けてくる。

「――ったよ。お兄ちゃんがこのふたりの想《おも》いを穢《けが》すのも、笑いがこぼれちゃうくらいだったし。お兄ちゃんは愛を穢《けが》すのが得意だね？　美調《みつぎ》ヒカリは自分のためにがんばってくれてる風《かぜ》噺《はや》ユメを裏切ってるみたいに感じて、お兄ちゃんにどきどきする度《たび》に泣いてた。風噺《かぜはや》ユメが血を吸われて、たまたま魔血体《まけつたい》になっててよかった。さすがお兄ちゃん！　ちょっと大変だったけど、念入りに記憶改竄《きおくかいざん》してやったかいがあった。あたしを魔法《まほう》みたいに救ってくれるスーパーヒーロー――」

「ふざけるな‼」

どれだけ――。

人間の尊厳を、愛を、笑って踏《ふ》みにじる気なのだ。目に前にいる邪悪《じゃあく》を殺さなければならない。一秒でも早く。

真子《まこ》との想《おも》い出《で》を怒《いか》りで吹《ふ》き散《ち》らし、グリフィスの刃《やいば》を振《ふ》るう。妹の口で、どれだけ薄汚《うすぎたな》い言葉を吐《は》き続《つづ》けるつもりだ。

「なにがおもしろいんだ！　そんなことの、なにが……！」

「そうなんだよ、お兄ちゃん。たかが知れてる。あたしは、……あたしたちは永い時間を生きすぎて、この世のすべてに倦《う》んでるんだ。なにしても、つまらない、とすぐに感じてしまう。だからあたしたちにはゲームが必要なんだ。暇《ひま》つぶしが。お兄ちゃんは勘《かん》ちがいしてるかもだけど、あたしがやってるゲームはこれだけじゃない」

アサの銃撃《じゅうげき》。

当たらないものの〝支配の君〟の動きが一瞬《いっしゅん》止まる。

「おっとっと。……あたしはこんなことは同時にいくつもやってる。お兄ちゃんたちががんばってても、あたしがやってる暇《ひま》つぶしの何割も気づきさえしない。今回の軟禁《なんきん》に参加するために、あたしが事前に何人の血を吸ってきたかまだ知らないでしょ？　あたしだって魔血体《まけつたい》の若い女にこれだけ囲まれたら、飢餓《きが》状態じゃ吸血衝動《しょうどう》を出さないのは難しいからね。何人かは吸いすぎて死んだと思うけど――」

命《みこと》はその隙《すき》に、床《ゆか》に落ちていたコルバスの柄《つか》を蹴《け》り飛《と》ばした。足を止めていた〝支配の君〟の顔をかすめる。折れ残った刃《は》が目に当たり、切《き》り裂《さ》く。ちゃちな武器と言われはしたが一般《いっぱん》的《てき》には上等な魔血武器《まけつぶき》だ。眼球を裂《さ》いて、再生されるにしてもわずかに視界と視野を奪《うば》う。

命《みこと》は再び距離《きょり》を詰《つ》めた。

振《ふ》りおろしたグリフィスを〝支配の君〟は避《よ》けきれなかった。

刃《やいば》がこめかみに当たる。斜《なな》めに食い込んで、魔素《まそ》で強化された硬《かた》い頭蓋骨《ずがいこつ》を、貫《つらぬ》きこそできなかったが削《けず》る手応え。命《みこと》は吹《ふ》っ飛《と》ばされ、血が飛び散り、〝支配の君〟が笑《え》みを深めて、命《みこと》の脇腹《わきばら》に肘《ひじ》をぶち当ててくる。

意識が飛びそうになる。命《みこと》は、壁《かべ》に激突《げきとつ》する。がはっ、と血を吐《は》く。

＊

ヒカリはもうすぐ死ぬ。

ユメにもそれはわかった。抱《だ》き起《お》こしたヒカリの顔色には、吸血鬼だからきっとなんとかなる、見た目より実際の傷は浅いのでは、というユメの願望を一発で消し去る、圧倒的《あっとうてき》なリアリティがあった。

死の。

どうすればいいんだろう。

ヒカリの音楽が聴《き》けなくなる。ヒカリが……いなくなる。

絶望しかなかった。ヒカリがいたからこそ、この世界にはがんばって生きる価値があったのだ。ユメは生きてこられたのだ。一度手に入れた最も大切なものを失うのは、最初から持てないよりずっとつらい。どうすれば絶望から解放されるのだろう？　耐《た》えられない。こんなに愛《いと》しいものを失うなんて。……絶望から逃《のが》れる方法はひとつしかない。ヒカリが死ぬまで手を握《にぎ》っておいて、その手が崩《くず》れ落《お》ちたら、自分もいっしょに――。

「――……………………ユメ……ちゃん……………」

ヒカリが消え入りそうな声を発した。

微笑《ほほえ》んで、血を吐《は》きながら続けてきた。

「だい……すき……。ユメちゃんがいた……から。わたしは……………」

「……ヒカリ！　あたしだって、ヒカリがいたから……ヒカリのことが――」

ヒカリの赤い瞳《ひとみ》がひときわ美しく光った。

ヒカリは微笑《ほほえ》んだまま。ユメは瞬間的《しゅんかんてき》に、ヒカリが自分に対して精神支配の力を使ったのだと理解した。抵抗《ていこう》できない。邪悪《じゃあく》な力によって心が塗《ぬ》り替《か》えられるのを実感する。

ユメはうなだれる。

「……ヒカリのことが……嫌《きら》い…………」

ヒカリの音楽も。ヒカリとの日々も。ふたりの夢も。……なくしてももう絶望しない。悲しくない。……握《にぎ》ったままのヒカリの手から力が完全に抜《ぬ》ける。ヒカリが微笑《ほほえ》んだまま死に、その体が灰になって崩《くず》れていく。

＊

ベッド上の美来《みらい》の頭で、ぱっと記憶《きおく》が弾《はじ》けた。

どうして思い出せなかったのか不思議なほど。

そうだ。命《みこと》があの子を、真子《まこ》、と呼んだときに胸がざわついた。驚《おどろ》いて思わず、えっ、と声を出してしまった。あれをきっかけにして、その考えが浮《う》かんだのだ。

あの子――陸田真子《おかだまこ》は、命《みこと》の妹なのでは？

まさか、そんなことありえない。自分にそう言い聞かせても、一度浮《う》かんだ疑念は消えなかった。美来《みらい》の直感が、その閃《ひらめ》きを無視すべきではないと告げていた。顔立ちも面影《おもかげ》があるように思う。でも命《みこと》には言えない。だれかをまちがって吸血鬼と訴《うった》える行為《こうい》は許されない。だから美来《みらい》は、脱衣所《だついじょ》で真子《まこ》を待った。命《みこと》がリビングでユメと話しているのは把握《はあく》したし、いつまでも姿を見せなければ、真子《まこ》が確認《かくにん》にくるはずだと考えた。そうでなくても、単に入浴にきてもおかしくない。実際、そう待たずに真子《まこ》はやってきた。

――あなたは、みこちゃんの妹？

ふいうちのその問いかけに真子《まこ》は――〝支配の君〟は笑ったのだ。

美来《みらい》とて、始祖の吸血鬼があそこまで強力だとは予想していなかった。あんなのは上級吸血鬼と比べてもべつの生き物だ。美来《みらい》が逃《に》げる間もなく――――。

「――………くそっ」

うめき声で我に返る。美来《みらい》はベッドの脇《わき》を見た。

スツールに座る想子《そうこ》がうつむき、こめかみを押さえていた。その体が震《ふる》えている。美来《みらい》が言葉に詰《つ》まってしまうくらいの悲しみの波が放たれていた。やがて顔をあげた想子《そうこ》の目には、涙《なみだ》の跡《あと》があった。

「やっとはっきり思い出した……弟のこと。わたしは命《みこと》に、弟の姿を重ねたんだ……。それを利用しやがった……あの吸血鬼が。陸田真子《おかだまこ》なんて存在しない。くそ、くそっ……久嶺美来《くれみらい》、君もなにか思い出したのか」

「そう……です」

「あの吸血鬼にダメージを与《あた》えたんだろうな。……もしも真子《まこ》が吸血鬼だった場合のために、待機する捜査員《そうさいん》たちにはかなりの武装をさせている。防犯カメラの映像にかすかでも異変が映ったら突入《とつにゅう》する手はずになっている。だが、こんなに強力な精神支配を使える相手を……仕留められるのか？」

美来《みらい》は迷った。

だが結局、言うことにした。

「みこちゃんはスーパーヒーローですから。みこちゃんが見つけようとして、やろうとして、できなかったことなんてないんです」

……この場に命《みこと》がいなくても。

ありったけの、六年分の愛情を込めて。

＊

ヒカリの灰のそばで、ユメが膝《ひざ》をついてうつむいている。先ほど蹴《け》りを一撃《いちげき》受けたアサが、折れた左腕《ひだりうで》をだらんとさせ、どうにか片手で構えた銃口《じゅうこう》を〝支配の君〟に向けている。命《みこと》は血に濡《ぬ》れた手でグリフィスを持ち直した。

肋骨《ろっこつ》が肺に刺《さ》さっているのがわかる。呼吸が困難だ。複数回〝支配の君〟の打撃《だげき》を食らい、もはや満身創痍《まんしんそうい》だ。アサもそのようだが、夜でないにしても傷の再生が遅《おそ》い。それだけ〝支配の君〟の魔素《まそ》が強烈《きょうれつ》なのだ。吸血鬼による打撃《だげき》は、魔血武器《まけつぶき》と似た性質を持つ。

「お兄ちゃん、せっかくあたしに一撃《いちげき》入れたのにねぇ？」

そう語る〝支配の君〟には充分《じゅうぶん》な余裕《よゆう》が残っている。妹そのものの顔が、こめかみから流れる血で赤く染まっている。その一撃《いちげき》だけはたしかなダメージになっている。……おかげで頭の靄《もや》がおおきく晴れていた。

妹の名と顔。

いまは、完全に思い出せる。

汐瀬《しおせ》真《まこと》。

みこと、と、まこと。

命《みこと》と同い年の双子の妹。

そうだった。双子《ふたご》だったから似た音で名付けられた。あだ名は、まこちゃん、で、命《みこと》自身はよく、まこ、と呼んでいた。美来《みらい》はそれを憶《おぼ》えていたから、引っかかるものを感じたのか。いま、目の前にいる〝支配の君〟の顔は、その真《まこと》が六年近く成長したものだ。だが笑い方がまるでちがう。

真《まこと》の顔でこんな邪悪《じゃあく》な笑《え》みを浮《う》かべているのが、それだけで万死《ばんし》に値《あたい》する冒瀆《ぼうとく》だ。

「救援《きゅうえん》がこないねぇ？　おかしいねぇ？」

命《みこと》はその言い方にピンとくるものがあった。

「……まさか」

「せっかくのゲームの佳境《かきょう》なのに、どうでもいいおじさんたちに邪魔《じゃま》されるのもね。想子《そうこ》お姉ちゃんがきてるんならそれはそれで遊べただろうけど、どうも久嶺《くれ》美来《みらい》の病院にいるみたいだし。お兄ちゃんが頼《たの》んだのかな？　お兄ちゃんってば美来《みらい》ちゃんばっかひいきして、嫉妬《しっと》しちゃうじゃん」

なにをした？　命《みこと》が与《あずか》り知《し》らぬあいだに、周囲の捜査員《そうさいん》に精神支配をかけたのか？　命《みこと》たちの救援《きゅうえん》にこないように？　わからない。が、防犯カメラの映像、消音器つきとはいえ度重《たびかさ》なる銃声《じゅうせい》、ユメの悲鳴など充分《じゅうぶん》に伝わる要素はあるのに、実際に救援《きゅうえん》はこない。

「ま、でも、お兄ちゃんとのゲームもそろそろ終わりかな？　気づいてるよ。体力も限界でしよ？　骨も何箇所《なんかしょ》か折れてるし、内臓も傷《いた》んでる。あたしに一発クリーンヒットを入れたのはすごいけど、…………吸血鬼のなり損《そこ》ないではこのあたりが限界か」

〝支配の君〟の喋《しゃべ》り方《かた》ががらりと変わった。

真《まこと》の喋《しゃべ》り方《かた》ではなく、おそらくは〝支配の君〟もともとのもの。

「しょせん、なにもできなかったな。汐瀬《しおせ》命《みこと》、わたしの兄、わたしの息子《むすこ》、わたしの玩具《がんぐ》。陸《おか》田真子《だまこ》としておまえの苦悩《くのう》を見たぞ。本物の愛？　愛を穢《けが》す？　馬鹿馬鹿しい。愛などただの脳内物質が生み出す幻想《げんそう》だ。おまえはその幻想《げんそう》にすがるしかなかったんだろう。愛を信じることでしか、自分は邪悪《じゃあく》な吸血鬼とはちがう、と思えなかった。おまえは自己証明に愛を穢《けが》し、愛を利用しているだけ」

〝支配の君〟は、うなだれるユメへと歩み寄っていく。命《みこと》は見ていた。先ほどヒカリがユメへ精神支配をかけたのを。

ヒカリは最期《さいご》に、自身に対するユメの愛情を精神支配で消したのだ――ユメが絶望に囚《とら》われないために。だがユメはうなだれたままだ。そして〝支配の君〟が見ていなかった、もうひとつのできごと。

……ありえるのか？　そんなこと？　〝支配の君〟が言うことはある意味正しい。愛など命《みこと》の魅了《みりよう》で簡単に覆《くつがえ》る、これまでずっとそうとしか見えなかったものだ。愛など現実には存在しない。命《みこと》の幻想《げんそう》で、人でありたい願望の結果だ。

だが、美来《みらい》が六年近くも変わらず命《みこと》に抱《いだ》いてくれていた感情はなんだ？

想子《そうこ》は精神支配によって真子《まこ》へ強い愛情を抱《いだ》いたが、それは無から生み出された気持ちではない。弟への気持ちを転用されたのだ。欺《あざむ》かれはしたものの、それが揺《ゆ》るぎないからこそ欺《あざむ》かれてもなおあの強さを保っていたのでは？　時間さえあれば、自ら精神支配を解いて〝支配の君〟を後ろから斬《き》れた可能性もあるのでは？

ヒカリが最期《さいご》の力を振《ふ》り絞《しぼ》ってユメに精神支配をかけた理由は？

直感だった——信じるべきだ。

愛を。

絶対に。

だから命《みこと》は、ユメを守るために飛び出したくなるのをぐっと堪《こら》える。どのみち、救援《きゆうえん》がこないなら、〝支配の君〟が言うとおりこのまま続けても勝ち目は薄《うす》い。賭《か》けに出る覚悟《かくご》を決めた。瞬間《しゆんかん》を待って、いつでも飛び出せるよう、苦しい呼吸をできるだけ整える。

〝支配の君〟がユメの頭を乱暴に摑《つか》む。

「わたしは見たぞ。美調《みつぎ》ヒカリが最期《さいご》にしたこと。それを人は愛ゆえと言うかもしれないが、結局のところ、おまえは泣きやんだ。叫《さけ》びやんだ。精神支配で愛なんて軽く吹き飛《ふと》ぶ。なあ、風嚙《かぜはや》ユメ？　美調《みつぎ》ヒカリが死んでも悲しくないだろう。怒《いか》りも憎《にく》しみも湧《わ》いてこないだろう。愛が幻想《げんそう》だという証明ではないか」

「…………………………命《みこと》……」

「うん？」

ユメがうつむいたまま命《みこと》の名を呼び、〝支配の君〟が首を傾《かし》げる。ユメはそのまま、ちいさな声でぼそぼそとなにかを続けた。命《みこと》には聞こえなかったし、それは〝支配の君〟も同様だったらしい。〝支配の君〟がユメの髪《かみ》を引っ張り、その顔をあげさせる。

「なんだ？　聞こえるように話してみろ。なにを――……」

〝支配の君〟の言葉が止まったのは、たぶん、驚《おどろ》いたからだ。

ユメの表情が予想外だったのだろう。

「こんな奴《やつ》にはなにひとつやらないで、こんな奴《やつ》の戯言《たわごと》は聞かないで、って命《みこと》に言ったの。死ねよクソ野郎《やろう》」

視線で〝支配の君〟を燃《も》やし尽《つ》くさんとするばかりの、憎《にく》しみのまなざし。愛する者を奪《うば》われた人間の、絶対に消えない怒《いか》りの炎《ほのお》。

命《みこと》が目撃《もくげき》したもうひとつのできごととは、ユメが顔を伏《ふ》せたままそっとある物を拾ったことだ。それはいまユメの手のなかにある。

〝支配の君〟に折られたコルバスの刃《は》。

命《みこと》は、ユメがわざわざ〝支配の君〟に気づかれないようにそれを拾う意味を考えた。ヒカリの最期《さいご》の精神支配を受けたユメが、いつまでも顔をあげない理由を考えた。

そして〝支配の君〟を振り仰《あお》ぐユメの表情が、命《みこと》が賭《か》けに勝ったと示している。

命《みこと》は床《ゆか》を蹴《け》る。ユメが全体重、あらんかぎりの力を込めて、コルバスの刃《やいば》を〝支配の君〟の右足に突《つ》き刺《さ》した。魔血武器《まけつぶき》の刃《やいば》は吸血鬼の強靱《きょうじん》な皮膚《ひふ》と肉を裂《さ》き、足《あし》の甲《こう》から足の裏にかけて貫通《かんつう》し、床《ゆか》に刺《さ》さって縫《ぬ》い止《と》めた。

〝支配の君〟はユメのふいうちに対応できなかった。ヒカリへの愛を消されたはずのユメが、そんな命がけの行動を取るなど理解不能だったにちがいない。距離《きより》を詰《つ》めた命《みこと》に、〝支配の君〟が顔をあげる。足を縫《ぬ》い止《と》められて一瞬《いっしゅん》動けずとも、咄嗟《とっさ》に右手をあげて命《みこと》のグリフィスを受け止めようとして――。

＊

ユメはたしかに一瞬《いっしゅん》、ヒカリへの想《おも》いを見失った。

心に深く刻まれた傷の痛みが楽になったように思えた。知らなければ味わわなくて済んだ悲しみと絶望を、味わわなくて済むようになった。……だが。

自分の心のなかに残る炎《ほのお》にはすぐに気づいた。

いま、折れた魔血武器《まけつぶき》の刃《やいば》を突《つ》き刺《さ》してやった吸血鬼に対する怒《いか》りと憎悪《ぞうお》だ。

脳の回線が焼き切れそうなほどに強い感情だった。自分はなぜこんなにも怒《おこ》っているのだ？

なぜ、なにと引《ひ》き替《か》えにしてでもこいつを駆除《くじょ》してやりたいと感じているのだ？　そう疑問を持ち、怒《いか》りの火へと手を伸《の》ばした。心のなかでその感情を摑《つか》んで、引っ張り出してみた。すると聞こえた気がした。

ヒカリのピアノが。

それとともに爆発的《ばくはってき》に戻《もど》ってきた。靄《もや》に覆《おお》い隠《かく》されていたもの。

ヒカリへの想《おも》いが。ヒカリとすごした日々の記憶《きおく》が。ヒカリとすごしたかった未来の夢が。

あれがなかったほうが心の傷は浅い。だからあんなもの知らないほうがよかった。……やっぱり、そんな結果になるはずがなかった。

あれがあるからいまのユメがある。

この世界の美しさを信じて、生きている。

大切なものを知らないほうがよかったなど絶対にない。

一度よみがえってしまえば、精神支配の力に揺《ゆ》さぶられることはもうなかった。むしろヒカリが最期《さいご》にしたのがそれ——ユメの心の痛みを軽減しようとする試みだったことは、ヒカリのユメに対する、生きて、という祈《いの》りの証明だ。

その事実はユメのヒカリへの想《おも》いをより強固にした。

ヒカリはやさしい子。

……自分が後追いすれば、絶対に悲しむ。

ユメは叫《さけ》んだ。

「あたしたちのあいだにあった想《おも》いが、幻想《げんそう》なわけないだろうが!!」

銃声《じゆうせい》。

＊

アサが撃《う》った銃弾《じゆうだん》のうち一発が〝支配の君〟の右手首に、もう一発が胴体《どうたい》に当たった。致《ち》命傷《めいしよう》にはほど遠い。それでもユメが刺《さ》したコルバスと合わさって、その動きを阻害《そがい》はした。命《みこと》のグリフィスのほうが早い。

〝支配の君〟の腕《うで》をすり抜《ぬ》け、その胴体《どうたい》へ。

〝支配の君〟と目が合った。ピジョンブラッドのルビーのような瞳《ひとみ》。〝支配の君〟も、避《よ》けられない、と悟《さと》ったらしかった。〝支配の君〟は笑う。妹そのものの顔どころか、妹そのものの笑い方で。

「助けて、お兄ちゃん」

命《みこと》の視界が涙《なみだ》でゆがんだ。それは最後に聞いた妹の言葉とおなじ。どこまで小馬鹿にするのか。命《みこと》は妹を助けられなかった。命《みこと》の世界は血と魔素《まそ》で穢《けが》された。愛を穢《けが》す中途半端《ちゅうとはんぱ》な化け物にされた。…………だが。

美来《みらい》や、ユメやヒカリの想《おも》いを考える。

穢《けが》されても揺《ゆ》るぎない愛もある。

それはまさしく、本物の愛というものの強さを示しているのではないか。あるいは……愛を穢《けが》すこんな自分でもいずれ見つけられるほどの強さを。

抑制《よくせい》できない魅了《みりょう》の力よりも。邪悪《じゃあく》な吸血鬼の存在よりも。

そんなもののせいで見つけられないと考えるほうが、本物の愛を穢《けが》す行為《こうい》なのかもしれなかった。

グリフィスの刃《やいば》が、もともと妹の真《まこと》のものだった〝支配の君〟の体を深く、おおきく、斜《なな》めに斬《き》り裂《さ》いた。

16

以下、事実のみを記す。

四月末。人類史上はじめて、吸血鬼の君が捕《と》らえられる。

翌日。強烈《きょうれつ》なダメージによって意識を失っていた〝支配の君〟が目を覚ます。国内の専門機関にて、魔血武器《まけつぶき》の鎖《くさり》で厳重に拘束《こうそく》した上で、尋問《じんもん》が開始される。

五月一日。吸血鬼の君を捕《と》らえた功績、および監視《かんし》カメラの映像を確認《かくにん》していたほかの捜査《そうさ》員《いん》たちも多くが精神支配を受けていたことから、汐瀬《しおせ》命《みこと》と陸田《おかだ》想子《そうこ》は吸血鬼を身内と誤認《ごにん》していた事実が免責《めんせき》される。

天霧《あまぎり》学園に近い立地の住宅街にて、三十一人の吸血鬼災害被害者《ひがいしゃ》を確認《かくにん》。うち死者は四人。未就学の男児をふくむ。

五月二日。〝支配の君〟から大量に採取した血液、細胞《さいぼう》の解析《かいせき》開始。また、魔血武器《まけつぶき》グリフイスによって与《あた》えられた傷が明確に再生しはじめているのを確認《かくにん》。

五月六日。〝支配の君〟が研究機関から逃亡《とうぼう》する。絶対に逃《に》がさない、という前提で用意された監視《かんし》と隔離《かくり》をどう突破《とっぱ》したのかこの時点では不明。

五月十四日。大なり小なり精神支配を受け、〝支配の君〟の脱走《だっそう》を手助けしてしまった人数が確定。合計で百五十七人。

数があまりに多いこと、〝支配の君〟と直接接触《せっしょく》していない者の存在から、支配血統の始祖の精神支配能力はこれまでの常識を逸脱《いつだつ》している可能性が強く示唆《しさ》される。吸血鬼災害課の少なくない人間が軽度の精神支配被害《ひがい》に遭《あ》った事実も合わせ、遠距離《えんきょり》、あるいは連鎖的《れんさてき》な精神干《かん》渉《しょう》が可能なのではないかとはじめて疑われる。

五月十九日。政府から各省庁を通じ、関係機関へ通達。

今後、吸血鬼の君を発見した場合は生け捕《いど》りを考えてはならない。即座《そくざ》に駆除《くじょ》すべし。

その通達は、吸血鬼の君が人間の手には負えない化け物中の化け物だと公的に認められたのに等しい。

五月二十日。一部の外国から日本政府の決定に抗議《こうぎ》がある。吸血鬼という生き物の解明とそれによる災害の予防には、始祖の吸血鬼の各種データが必要不可欠だと。しかし、日本は通達を変更《へんこう》せず。〝支配の君〟の拘束期《こうそくき》に得た大量のデータを、一部提供する合意を結んだという噂《うわさ》がある。日本、諸外国ともに噂《うわさ》は否定。

＊

……………五月七日。

彼女は朝靄《あさもや》の天霧《あまぎり》学園をひとり歩いている。

周囲はしずまり返っている。朝早い時間であるのに加え、校内で吸血鬼災害が発生した結果だ。親元に帰っている生徒は多い。公安は吸血鬼の駆除《くじょ》を発表し、安全宣言を出したが、それで即座《そくざ》に生徒や保護者の気持ちが安らぐというものでもないだろう。だから、だれにも見られなかった。

もっとも、見られてもなんの支障もないのだが。

彼女は校舎内のエレベーターに乗り、最上階の理事長室を目指す。廊下《ろうか》の突《つ》き当《あ》たり。ドアを開けるなり、なかで待っていた男が言った。

「おめでとうございます」

彼女は、くすり、とする。男――天霧《あまぎり》学園の副理事長の存在にだ。今日、顔を出すとは伝えていなかったのに。相変わらず耳ざとい。もしくは、彼女がこなかったらくるまで待っているつもりだったのだろうか。まあ、けっこうなことだ。彼女はデスクを回り込んで、オフィスチェアに腰《こし》をおろした。

小首を傾《かし》げて、尋《たず》ねてみる。

「それはどっちに対する祝意？　選挙から会えていなかったから、当選のこと？　それとも、わたしが無事であることに対してかな？」

「どちらもです。理事長——市長。どちらの呼び方がいいですか」

「どっちでもかまわないよ。……あ、そうだ、お礼を言ってなかったね。市長選と学園内の吸血鬼災害の対応が重なった過労、ってことで不在を上手《うま》く誤魔化《ごまか》してくれたでしょ。わたしがゲームで遊んでいても働いてくれるなんて素晴《すば》らしい部下だ。わたしのそばにいても、魔血体《まけったい》にならない体質も貴重」

「お体は問題ありませんか」

「そこそこ、けっこう……ううん、やっぱいくらい疲《つか》れてはいる。……あ、紅茶ありがとう。やっぱコーヒーよりいいよね。こんなにしんどいのいつぶりかな。いまの体になってからははじめてか。ほら見て、まだ」

彼女はこめかみに貼《は》ったちいさな絆創膏《ばんそうこう》を指差した。

「こめかみと、胸からお腹《なか》にかけての怪我《けが》は治りきってないの。腕《うで》の傷痕《きずあと》はほぼ消えたし、こっちもあとすこしだと思うけど」

「……戯《たわむ》れがすぎます」

「あはは。今回はさすがのわたしも、死んだり永遠に囚《とら》われたりする可能性がちょっとあったと思う。わたしのとっておき——精神干渉《かんしょう》の連鎖《れんさ》がバレたかもしれないから、次は危ないね。血とかも相当に採られちゃったし。次は……もっと慎重《しんちょう》にやらないと対策を打たれるかもしれない。でもまあ、つまらなさは悪だから。……市長選に出てみたのは、いまさらながら正解だった」

「どういう意味で？」

「下手に目立って、ぼろが出て……この天霧《あまぎり》学園って庭を失うリスクがあるなあとは思ったけど、無事に当選したからこの街全体を遊び場にできるでしょ？」

副理事長は苦笑《くしょう》した。

「吸血鬼災害課の犬が、そんなにお気に召《め》しましたか？」

「そりゃあ、ハンデつきとはいえわたしとのゲームに勝った人間なんて百年以上ぶりだもん。さすがはお兄ちゃん。わたしのスーパーヒーローだ」

彼女は笑いながらチェアを回転させる。

おおきな窓越《まどご》しに天霧《あまぎり》市を眺《なが》める。

「あのとき、倒《たお》れたわたしの心臓を刺《さ》さなかったことを後悔《こうかい》するお兄ちゃんの顔が早く見たいなぁ。だけど、おんなじことを繰《く》り返《かえ》すなんて堕落《だらく》だからね。ちゃんと考えなきゃ。次はどんなゲームで遊ぼうかな。お兄ちゃん――」

妹の記憶《きおく》を取《と》り戻《もど》した命《みこと》であっても、まず気づかないだろう。

正解を知らないからだ。妹の顔を思い出しても、妹の顔がどんなふうに大人になるのかは知らない。窓ガラスに反射する彼女の容姿。それが吸血鬼の擬態《ぎたい》の力により、小学五年生のときから二十年近く成長し、髪型《かみがた》を変え、化粧《けしょう》を施《ほどこ》した汐瀬真《しおせまこと》のものだとは、容易には把握《はあく》できない。

彼女――〝支配の君〟は目をきらめかせて微笑《ほほえ》んだ。

*

妹の真《まこと》が言った。

「あたし、お兄ちゃんの赤ちゃんがほしいなあ」

小学五年。夕暮れの通学路だ。歩いて水筒《すいとう》の麦茶を飲んでいた汐瀬命《しおせみこと》は、思いっきりむせる。

そのときの妹はどんな顔をしていただろう？　両腕を広げてバランスを取り、歩道の縁石《えんせき》の上を進みながらいたずらっぽく微笑《ほほえ》んでいた気がするが、はっきりとはわからない。妹は続ける。

「だってほら、お兄ちゃんって顔が可愛《かわい》いじゃん？　モテるじゃん？　生まれたときから光りかがやいてて、運動できるし勉強できるしやさしさにあふれてて人を助けたりしまくるスーパーヒーローじゃん？」

「……べつにふつうだよ」

「はい出たー出ました！　はるかな高みからの謙遜《けんそん》いただきました！　あたし自由研究で吸血鬼について調べたとき、特に支配血統の吸血鬼は人間にめちゃくちゃモテがちって知って、これ一学期で五人の女子から告白された記録保持者のお兄ちゃんじゃん、あたしのお兄ちゃん吸血鬼だったの？　って思ったし」

「吸血鬼なんて絶滅危惧種《ぜつめつきぐしゅ》だよ」

「一部の地域ではそうでもなくなってきてるかもしれないって。危ないね。いやまあそれはいいんだけど、あたしはお兄ちゃんの赤ちゃん産みますね」

命《みこと》は実の妹の発言に震《ふる》えた。

「そんな馬鹿な……」

「お父さんとお母さんに伝えたら、どんな顔するかな？」

「この世の終わりっぽい顔じゃないかな」

「えー？」

妹はそのくりくりした目で、命《みこと》の顔をのぞき込んでいた。睫毛《まつげ》が長くて、まるで翼《つばさ》のようだと命《みこと》はいつも思う。命《みこと》と妹はわずかしか似ていない。命《みこと》は両親のいいところのみを集めた顔立ちで、妹は完全に母似である。すこし突《つ》き出《だ》したような唇《くちびる》や頬《ほお》の丸みなどは、写真で見た母の子供のころにそっくりだ。

そして、年齢《ねんれい》のわりにはずいぶんませた子だった。

「でもさ。お兄ちゃん」

妹の頭上に広がるのが、流れたての血のごとく鮮烈《せんれつ》な夕焼け空だったのを憶《おぼ》えている。赤とんぼが飛んでいて、飛行機が現在進行形で飛行機雲を刻んでいたのも憶《おぼ》えている。近所の飼い犬がうるさく吠《ほ》えたことすら憶《おぼ》えている。

「容姿でしか判断しない女にお兄ちゃんを取られるのが嫌《いや》なのは、ほんと。そりゃなかには、このひとならいっか、って思う人はいるけど、そうじゃない、愛のない女がお兄ちゃんに言い寄ろうもんなら——」

「愛があるから言い寄るんじゃないのか」

「うっわお兄ちゃん、顔と挙動ぜんぶでモテ街道《かいどう》まっしぐらのくせに劇ピュア……。大丈夫《だいじょうぶ》かな……。とにかく、お兄ちゃんがそんな女どもの毒牙《どくが》にかかるくらいなら、あたしがパンツ引《ひ》っ剝《ぺ》がすからって話。容姿じゃなくて、なんでもできちゃう能力でもなくて、心の芯《しん》みたいなものを愛し合える相手を見つけて？」

見つけられるのだろうか。

あのときの真《まこと》の笑顔《えがお》、あのとき真《まこと》と交《か》わした言葉は、いまとなっては命《みこと》の希望だ。美しい想《おも》い出《で》は生きる意味になる。原動力になる。自分でもこの世で最も大切なものを見つけ出せるのかもしれないという実感も、そうだ。

……命《みこと》は朝の光のなかで、半吸血鬼にされてしまった自分の、けれどもきっと救いはある未来について夢を馳《は》せる。

◉岩田洋季著作リスト

「灰色のアイリスⅠ～Ⅴ」（電撃文庫）
「護くんに女神の祝福を！①～⑫」（同）
「護くんに番外編で祝福を！①～④」（同）
「月の盾」（同）
「めしあのいちにち①～②」（同）
「花×華①～⑧」（同）
「叛逆のドレッドノート①～④」（同）
「手のひらの恋と世界の王の娘たち①～②」（同）
「ミニチュア緒花は毒がある。」（同）
「淫らで緋色なノロイの女王」（同）
「淫らで緋色なノロイの女王：Re」（同）
「午後九時、ベランダ越しの女神先輩は僕だけのもの1～2」（同）
「ゲーム・オブ・ヴァンパイア」（同）

本書に対するご意見、ご感想をお寄せください。

ファンレターあて先
〒102-8177　東京都千代田区富士見2-13-3
電撃文庫編集部
「岩田洋季先生」係
「8イチビ8先生」係

本書は書き下ろしです。

電撃文庫

ゲーム・オブ・ヴァンパイア

岩田洋季《いわたひろき》

2022年11月10日　初版発行

発行者　山下直久
発行　株式会社KADOKAWA
〒102-8177　東京都千代田区富士見2-13-3
0570-002-301（ナビダイヤル）
装丁者　荻窪裕司（META＋MANIERA）
印刷　株式会社暁印刷
製本　株式会社暁印刷

●お問い合わせ
https://www.kadokawa.co.jp/（「お問い合わせ」へお進みください）
※内容によっては、お答えできない場合があります。
※サポートは日本国内のみとさせていただきます。
※ Japanese text only

※定価はカバーに表示してあります。

ISBN978-4-04-914462-8　C0193　Printed in Japan

電撃文庫　https://dengekibunko.jp/

電撃文庫創刊に際して

文庫は、我が国にとどまらず、世界の書籍の流れのなかで〝小さな巨人〟としての地位を築いてきた。古今東西の名著を、廉価で手に入りやすい形で提供してきたからこそ、人は文庫を自分の師として、また青春の想い出として、語りついできたのである。

その源を、文化的にはドイツのレクラム文庫に求めるにせよ、規模の上でイギリスのペンギンブックスに求めるにせよ、いま文庫は知識人の層の多様化に従って、ますますその意義を大きくしていると言ってよい。

文庫出版の意味するものは、激動の現代のみならず将来にわたって、大きくなることはあっても、小さくなることはないだろう。

「電撃文庫」は、そのように多様化した対象に応え、歴史に耐えうる作品を収録するのはもちろん、新しい世紀を迎えるにあたって、既成の枠をこえる新鮮で強烈なアイ・オープナーたりたい。

その特異さ故に、この存在は、かつて文庫がはじめて出版世界に登場したときと、同じ戸惑いを読書人に与えるかもしれない。

しかし、〈Changing Times,Changing Publishing〉時代は変わって、出版も変わる。時を重ねるなかで、精神の糧として、心の一隅を占めるものとして、次なる文化の担い手の若者たちに確かな評価を得られると信じて、ここに「電撃文庫」を出版する。

1993年6月10日
角川歴彦

電撃文庫DIGEST　11月の新刊

発売日2022年11月10日

新作 **デモンズ・クレスト1** 現実∽侵食 著／川原 礫　イラスト／堀口悠紀子	「お兄ちゃん、ここは現実だよ！」 ユウマは、VRMMORPG《アクチュアル・マジック》のプレイ中、ゲームと現実が融合した《新世界》に足を踏み入れ……。川原礫最新作は、MR（複合現実）＆デスゲーム！
続・魔法科高校の劣等生 **メイジアン・カンパニー⑤** 著／佐島 勤　イラスト／石田可奈	USNAのシャスタ山から出土した『導師の石板』と『コンパス』。この二つの道具はともに、古代の高度魔法文明国シャンバラへの道を示すものではないかと考える達也は、インド・ペルシア連邦へと向かうのだが――。
呪われて、純愛。2 著／二丸修一　イラスト／ハナモト	よみがえった記憶はまるで呪いのように廻を蝕んでいた。白雪と魔子の狭間で惑う廻は、幸福を感じるたびに苦しみ、誠実であろうとするほど泥沼に堕ちていく。三人全員純愛。その果てに三人が選んだ道とは――。
姫騎士様のヒモ3 著／白金 透　イラスト／マシマサキ	ついに発生した魔物の大量発生――スタンピード。迷宮内に取り残されてしまった姫騎士アルウィンを救うため、マシューは覚悟を決め迷宮深部へと潜る。立ちはだかる危機の数々に、最弱のヒモはどう立ち向かう！？
竜の姫ブリュンヒルド 著／東崎惟子　イラスト／あおあそ	第28回電撃小説大賞《銀賞》受賞『竜殺しのブリュンヒルド』第二部開幕！　物語は遡ること700年……人を愛し、竜を愛した巫女がいた。人々は彼女をこう呼んだ。時に蔑み、時に畏れ――あれは「竜の姫」と。
ミミクリー・ガールズⅡ 著／ひたき　イラスト／あさなや	狙われた札幌五輪。極東での作戦活動を命じられたクリスティたち。首脳会談に臨むが、出てきたのはカグヤという名の少女で……。
妹はカノジョにできないのに 3 著／鏡 遊　イラスト／三九呂	「妹を卒業してカノジョになる」宣言のあとも雪季は可愛い妹のままで、晶穂もマイペース。透子が居候したり、元カノ（？）に遭遇したり、日常を過ごす春太。が、クリスマスに三角関係を揺るがすハプニングが!?
飛び降りる直前の同級生に『×××しよう!』と提案してみた。2 著／赤月ヤモリ　イラスト／kr木	胡桃のイジメ問題を解決し、正式に恋人となった二人は修学旅行へ！　遊園地や寺社仏閣に、珍しくテンションを上げる胡桃。だが、彼女には京都で会わなければいけない人がいるようで……。
新作 **サマナーズウォー／召喚士大戦1** 喚び出されしもの 著／榊 一郎　イラスト／toi8 原案／Com2uS　企画／Toei Animation/Com2uS 執筆協力／木尾寿久(Elephante Ltd.)	二度も町を襲った父・オウマを追って、召喚士の少年ユウゴの冒険の旅が始まる。共に進むのはオウマに見捨てられた召喚士の少女リゼルと、お目付け役のモーガン。そして彼らは、王都で狡猾な召喚士と相まみえる――。
新作 **ゲーム・オブ・ヴァンパイア** 著／岩田洋季　イラスト／8イチビ8	吸血鬼駆逐を目的とした機関に所属する汐瀬命は、事件捜査のため天霧学園へと潜入する。学園に潜む吸血鬼候補として、見出したのは4人の美少女たち。そんな中、学園内で新たな吸血鬼の被害者が出てしまい――。
新作 **私のことも、好きって言ってよ!** ～宇宙最強の皇女に求婚された僕が、世界を救うために二股をかける話～ 著／午鳥志季　イラスト／そふら	宇宙を統べる最強の皇女・アイヴィスに“一目惚れ”された高校生・進藤悠人。地球のためアイヴィスと付き合うことを要請される悠人だったが、悠人には付き合い始めたばかりの彼女がいた！　悠人の決断は――？

第28回電撃小説大賞
銀賞
受賞作
MISSION
スキャンして
作品を調査せよ
>>>
ミミクリー・
ガールズ
MIMICRY GIRLS
電撃文庫

となりの悪の大幹部!
TONARI NO AKU NO DAIKANBU
佐伯庸介
ill. Genyaky
俺の部屋のお隣さんに
銀髪美女が!?
元悪の幹部と過ごす日常コメディ!!
ある日、俺の隣の部屋に引っ越してきたのは、銀髪セクシーな異国のお姉さんとその娘だった。荷物を持ってあげたり、お裾分けをしたりと、夢のお隣さん生活が始まる……！　かと思いきや、その正体は元悪の大幹部だった!?
電撃文庫

MONSTER HOLIC
怪物中毒
PICK UP!
超人気作家
三河ごーすと
が贈る原点回帰にして
最新の
ダークファンタジー！
AUTHOR
三河ごーすと
ILLUST
美和野らぐ
怪物以上人間未満の
少年少女たちが
《官製スラム》の夜を駆ける——！
MONSTER HOLIC
電撃文庫